冯铿 石评梅

中国现代小说经典文库

冯铿 石评梅

黄勇 主编

汕头大学出版社

图书在版编目(CIP)数据

中国现代小说经典文库.冯铿、石评梅/黄勇主编.
—汕头:汕头大学出版社.2012.1(2021.6重印)
ISBN 978-7-5658-0607-0

Ⅰ.①中… Ⅱ.①黄… Ⅲ.①小说集—中国—现代
Ⅳ.①I246

中国版本图书馆 CIP 数据核字(2012)第 008926 号

冯铿、石评梅

FENG KENG SHI PING MEI

总 策 划　赵　坚	印　　刷　永清县晔盛亚胶印有限公司
主　　编　黄　勇	开　　本　705mm×960mm　1/16
责任编辑　胡开祥	印　　张　15
责任技编　黄东生	字　　数　253 千字
装帧设计　袁　野	版　　次　2012 年 1 月第 1 版
出版发行　汕头大学出版社	印　　次　2021 年 6 月第 4 次印刷
广东省汕头市大学路 243 号	定　　价　39.80 元
汕头大学校园内	书　　号　ISBN 978-7-5658-0607-0
邮政编码　515063	
电　　话　0754-82904613	

版权所有,翻版必究　如发现印装质量问题,请与承印厂联系退换

前　言

文学史上有许多英年早逝的女作家，初出茅庐便表现出令人惊诧的才情，留下急促而耀眼的一笔后便飞离人世，仿佛上天也要嫉妒她们一样。石评梅（1902－1927）和冯铿（1907－1931）可以算是其中的两位。

石评梅1902年出生在山西平定的一个山城，家乡秀美的山水滋养了她至情敏性的文学趣味，而家庭不和谐的声音又让小小的石评梅变得多愁而善感。童年时代受国学根底很好的父亲影响，让她在接受新式教育之余又通悉了四书、诗经。十八岁时石评梅只身赴京求学，并考进女子高等师范体育科。其间与一位受托照顾自己的有妇之夫发生恋情，涉世未深的石评梅投入了自己的全部情感换得的却是刻骨的伤痛。正是在这种交织着恋爱的喜悦与伤痛的背景下，石评梅开始了文学创作。但经历了一次感情的巨大打击后，石评梅在顽强地面对生活时是笼罩着一层浓重的失望的，直到她受到真挚的情侣、中国共产党最早的革命家之一高君宇的热情感化和思想影响以及他病逝的刺激之后，她对人生和艺术的态度才终于发生了深刻的转变。1927午，年轻的石评梅不幸被脑炎夺去了年仅26岁的生命。

石评梅的小说带有浓郁的自叙传和主观抒情色彩，多借自身或周遭人的悲惨命运抒写旧社会旧礼教的冷酷和可怕，从而产生伤感的和反抗社会的情绪。在她短暂的创作生涯中，大体可以理出三个不同时期。在石评梅刚刚投身于文学创作时，她还是一个未经世事的孩子，所以凭着热情写出的诗文，形式与内容都略嫌单薄。随着感情生活的不幸接踵而至。石评梅的创作思想有了显见的变化，她了解了什么是人生，什么是深刻的哀痛，人生观趋于悲观，情与理在她的创作中发生了极大的冲突。真正让作者内心发生激转的是高君宇的热诚与死，从中她的思想由悲哀中找到了出路。这一时期也是作者小说创作的高峰期，连续写出数十篇小说，其中的代表作有《红鬃马》、《匹马嘶风录》等。创作于1927年的《匹马嘶风录》显示了同时代女作家中罕见的艺术分量。作品塑造了一位充溢着气宇轩昂的豪情的新女性形象何雪樵，她家破人亡，辞别情侣，南下漂泊。最终当上革命军中的随军救护，在血肉纷飞的战场上找到了自己人生的价值。小说人物性格丰满，内心描写尤为真切感人，技巧已相当娴熟。

"左联五烈士"中唯一的一位女作家，是遇害时年仅24岁的冯铿。

冯铿原名冯岭梅，1907年出生于广东潮州城的一户官宦人家。她自幼便受到书香世家的熏陶，酷爱文学。从小个性刚强，性格鲜明，对社会的不平现象深恶痛绝，毫不妥协。15岁时便开始在汕头《时报》副刊上发表白话小诗和散文小品。1925年冯铿进入左联中学高级班学习，时值中国第一次大革命的风暴兴起，年少的冯铿迸发出革命的活力，成为潮汕学生运动的积极分子。她不仅以自身的实践活动投身社会，而且拿起笔，努力发挥文学的社会作用。中学毕业后，冯铿辗转来到上海，在上海她接受了更加热烈真切的革命运动的洗礼，思想觉悟得到了进一步的升华。这一时期的冯铿不仅在文学创作上继续发奋，而且在1930年加入"左联"，从事与文学有关的更为切实的事业。不幸在1931年二月的一个深夜，冯铿连同四位"左联"的战友被国民党反动当局秘密杀害。

冯铿从事文学创作的时间很短，在她较早的一批实验性小说当中，作者首先便将目光投向对妇女不幸命运的同情和关注上，思索女性青年的爱情婚姻状况。虽然这些小说难免情节单纯，手法稚嫩，但已包蕴了冯铿创作的基本特征。在小说《遇合》中作者展示了传统礼教与社会舆论织成的一张精神之网对妇女的桎梏与戕害，小说初具现代短篇小说的结构与框架，以沉郁并略带滞重的笔调展示了青年女子的命运悲剧。随着社会现实的激荡和作者人生体验的逐渐加深，特别是在冯铿加入"左联"后的最末一段时间里，作家的小说创作逐步走向成熟。以加入左联后写就的第一部中篇力作《重新起来》为例，冯铿以她从潮汕到上海后的革命活动为素材创作了这篇洋溢着昂扬、乐观的革命精神的作品，其中的社会思想观念和审美观念发生了根本性的转变，作者不再像过去那样钟情于文静、高傲、漂亮的女性，转而歌颂与表现质朴、粗犷、真实的美。

石评梅和冯铿两位同样英年早逝的作家却以其截然不同的创作风貌抒写了各自不同的人生。本书收录了两位作家短促创作生涯中的小说代表作，有心的读者可以从中体味出两位女性作家真实而迥异的精神世界。

目 录

石评梅

"只有梅花知此恨"	3
病	6
弃　妇	9
红鬃马	13
祷　告	21
归　来	27
余　辉	30
白云庵	32
被践踏的嫩芽	39
流浪的歌者	44
匹马嘶风录	52
忏　悔	63
林楠的日记	70
晚　宴	78
惆　怅	80
卸妆之夜	83
冰场上	85
毒　蛇	87
噩梦中的扮演	90
偶然来临的贵妇人	92

冯 铿

遇　合 …………………………………………………… 97
友人C君 ………………………………………………… 106
无着落的心 ……………………………………………… 113
最后的出路 ……………………………………………… 122
重新起来 ………………………………………………… 192

石评梅

"只有梅花知此恨"

　　这是夜里十点多钟，潜虬坐在罩了碧罗的电灯下，抄录他部里的公文：沙发旁边放着一个白漆花架，紫玉的盆里正开着雪似的梅花。对面墙上挂一幅三尺多长的金漆钻花玻璃镜框里面的画片，是一个穿着淡绿衫子的女郎，跪在大理石冢前，低了头双手抱着塑在墓前的一个小爱神。后面是深邃的森林，天空里镌着半弯秋月，几点疏星。

　　潜虬似乎有点儿疲倦，写不了几个字，他就抬起头来，看看这幅画片，有时回头向铜床上望，盖着绣花紫绸棉被的，已经入梦的夫人。

　　今夜不知为了什么，飘浮在他脑海上的都是那些纤细的银浪，是曾经淹没过他整个心魂的银浪。他无意识的站起来，伸了伸懒腰，遂慢慢踱到那盆梅花跟前，低了头轻轻吻着：一直到清香咽入温暖的心房时，沉醉的倒在沙发上，那时皎洁辉煌的灯光，照着他泛着红霞的面靥！

　　这时候忽然客厅的电话铃响，他迷惘中睁开眼惊讶的向四周望了望：停了一息，差人进来说："周宅请老爷说话。"他想了想说："问清楚是找我吗？"差人低低的说："是的，老爷。"

　　他慢慢踱进那间庄严富丽的客厅，电灯上黄白流苏的光彩，照着他惺忪睡眼：脑海里像白雁似的思潮，一个个由茫远处急掠的飞过！沉思了半晌，才想起他是来接电话的，遂坐在电话旁边的一个玫瑰绒躺椅上："喂！你哪儿！找谁！"

　　"你是谁？呵！你是潜虬吗？……你是八年前北京大学的潜虬吗？"

　　"是的，我是潜虬……声音很熟。呵！你莫非薏妹吗？"

　　"潜虬，我是薏薏，我是你西子湖畔的薏妹。你近来好吗？你一直莫有离开北京吗？咳！潜虬，八年我们莫有通消息了，但是你能想到吗？我们在公园的荷花池前曾逢到一次，崇效寺枯萎了的牡丹前，你曾由我身边过去。"

"薏妹，真做梦都想不到你今夜会打电话给我，你怎么知道我的号数呢？"

"今天下午我到一个朋友家赴宴，无意中我看见一本你们部里的人名录，翻出你的名字，我才知道你原来也在北京，后来我便知道你的住址，和电话号头。"

"薏妹，想不到今夜我们还有个接谈的机会，咳！我毕业以后，一直就留在北京，后来因为家乡被海寇扰乱的缘故，民国十二年的八月，我回南把家搬出来。你大概不知道我是死是活？更不知道我是近在咫尺，还是远在天涯？但是我，在这八年里，我什么都知道你，你是民国十年由天津来到这里，又由西城搬到东城，现在你不是就住在我们这个胡同的北口吗？去年腊月底，有一天我去衙门，过你们门口时，确巧逢见你牵了那六岁的女孩上汽车；那时你穿着一身素服，面色很憔悴，我几乎要喊你。你自然哪能想到风砂扑面，扰扰人海的北京市上，曾逢到你八年前的潜虬呢？我此后不愿再过你门口。因此我去部里时，总绕着路走。薏妹！薏妹！！你怎么不理我呢？怎么啦！现在你还难受吗？咳！我所以不愿意和你通消息的缘故，就是怕你苦痛！"

"潜虬，你怎知道我怎样消磨这八年呢？我是一点泪一滴血的挨延着。从前我是为了母亲，现在呢我又忍不下抛弃了小孩们。我告诉你，我母亲在去年腊月底已经死了，你逢见我的那一天，我正是去法源寺上祭。我从来不愿意埋怨父母，我只悲伤自己的命运，虽然牺牲的对得住父母，但是他们现在都扔下我走了，世界孤零零的只留着我。"

"薏妹！何尝是孤零零的只留着你，你岂不知世界上还有我是在陪着你吗？八年前的黄浦江上，我并不是莫有勇气，收藏起我的血泪沉在那珀石澄澄的江心；那时我毫无牵系，所以不那样做的缘故，当然纯粹是为了你，为了成全你的孝心，我才牺牲了一生幸福，为了使你不念到我的苦痛，我在这世界上才死里救生，这正是为了在这孤零零的世界上陪你。我常想哪怕我们中间有高山，有长流，但是我相信天边明月，一半是你的心，一半是我的心！现在你不要难受，上帝怎样安排，我们就怎样承受。你的责任，便是爱你的丈夫，爱你的儿女，我的责任，也是爱我的妻子。生命是很快的，转瞬就是地球上我们的末日，光华的火焰终于要灭熄的！"

"我现在很好，很安于我的环境；早已是麻木的人了，还有什么痛苦，不过我常想毁灭我们的过去，但是哪能办到呢？我愿意我永久这样，到我离开世界的那一天。你近来部里事情忙吗？你很久莫有在报上做文章了。"

"我本想毕业后就回乡村去，这污浊纷坛的政治舞台我真不愿意滥竽唱随；但是我总不愿意离开北京。部里事忙的很，工作繁多是减少繁思的妙法，所以我这八年的生活，大都消磨在这个'忙'字上。"

"喂！潜虬！子和已在上星期去了上海了，假如这时期，你愿意见到我时，我可以见你……"

"你应该满意现在的隔离，侯门似海，萧郎路人，这是我们的命运；我们是地球上最后的胜利者，我们是爱神特别祝福的人！我现在不能见你，我莫有理由、勇气去见你；你应该知道社会礼教造成的爱，是一般人承认的爱，他的势力压伏着我们心灵上燃烧的真爱。为了这个，薏妹，我不愿见你；并且以后你连电话都不要打。这是痛苦，已经沉寂了的湖，你让它永久死静好了。薏妹！你怎么了？薏妹！你不要难受！呵！你怎么不理我呢？喂！喂！"

沉寂了，一切像秋野荒冢一样的沉寂。潜虬晕倒在那个玫瑰绒的躺椅上，旁边也一样放着一盆桃色的红梅，一阵阵冷香扑到他惨白的脸上。

病

窗外一片片飞着雪花,炉中的兽炭熊熊地燃着,我拥着浅紫的绸被,睁着半开的眼,向窗望着!这时恰是黄昏,屋里的东西,已渐渐模糊起来;病魔又乘着这黑暗的势力,侵入我这无抵抗的身体内。当时微觉有点头痛,但我的心仍觉清明的存在。迷离恍惚中,依稀听见枕畔有轻轻语声:

"母亲远在故乡,梅隐姐姐又在日本,云妹你哪里能病?"这凄清的声音,传到我的耳鼓时,不觉一阵心酸,眼眶里的泪又湿透了枕衣!但当我睁开眼看时,床前只有何妈,背着黯淡的灯光,拿着一杯煎好的药静静地低头站着。伊脸上堆满了愁纹,也似乎同我一样诅咒这苍天是如何的不仁呵!

我起来喝了半杯这不治病痛的药,仍睡下。我忽然自己也莫名其妙的,向何妈微微地一笑!但伊如何能知道我的笑是何种的笑呵?我把眼闭后,伊也蹑手蹑足,轻轻地出去了。我实在再无勇气看这惨淡的灯光,确是太凄凉而且恐怖了!一时间又将二十年来的波纹,都连续不断地浮上脑海,一幕一幕像电影一样,很迅速地转动。

一年一年的光阴催着我在痛苦的途程中工作,我未曾找到一株青翠的松枝!或是红艳的玫瑰!只在疲倦的床上,饮伤了未母辣的火酒,刺遍了荆棘的针芒!只见一滴一滴的血,由我心巢中落到土壤里;一点一点的泪,由眼中逆流到心房。一年的赠与,只有惆怅的悲哀;我更何忍,对着这疏峭的寒梅,重温那迷惘的旧梦呵!

这样群众欲狂的新年,我只张了病幕,隔阻了一切。在电话的铃声里,何妈已替我谢绝了一概虚伪的酬酢。不过当爆竹声连续不断的刺入耳鼓时,我又想到家乡的团圆宴上,或者母亲还虚着我的坐位待我?伊们又岂能料到可怜的我,是病在天涯!

石评梅

今天早晨雪已不下，地上满铺着银沙；让何妈把窗上的纱幔都揭起，顿觉心神舒爽！美丽的朝霞，正射在我的脸上；紫红的轻绢一层一层的退着，渐渐变成淡蓝的云座；那时由云幕中捧出了一轮金黄的太阳。再加蔚青的晴空，绚烂的云霞，白玉似的楼阁，雪绒似的花球；这一幅冬景——也可说是春景，确是太理想的美丽了；窗前小鸟，也啭着圆润的珠喉啁啾着；案头两株红梅，也懒松松地半开着！当一阵阵馥郁的清香，送到枕畔的时候，不禁由心灵的深处，发出赞美！这是半载隐逸的（也可说是忧愁的）生活中最快乐的一时。"自然"确能有时与人以莫大的兴奋和安慰！

这刹那的安慰只有少时间的逗留，悲哀的纤维又轻轻地跳动着——直到将全身都浸在悲哀的海里，那神妙的搏动，才肯停止。

沙漠中开不了蔷薇似的红花！谁也不能在痛苦的机轮上安慰我！我明知道世间，和被捣碎和伤害的不仅是我！就是现在把理想的种子，植在我希望的田里；将镇痛剂放在我创伤的心上，也是被我拒绝的。我只觉我应当高声地呼喊，低声地啜泣；或者伏在神的宝座下忏悔我生的罪恶。从前热心要实现的希望，现在都一齐包好，让水晶的匣子盛着，埋葬在海底！

任那一切的余烬燃着，或有一天狂风把他们一齐吹化呵！

当灵肉分裂的时候，我把灵魂轻轻向云头浮起，用着灵的眼望着病榻上的我！不禁想人生诚然是可怜而悲痛，飘泊者的呼声，恰是隔了重重尘网的人所不能妄到的。

我确是太痴了！在这样人间，想求到我所希望的星火！人生只应当无目的转着生之轮，服从着严酷的制度！虽然人是具有理智的判断，博感的系恋，但同时人类又组织了一切的制度和习惯；你绝无勇气，把许多堑壁都粉碎了，如你心一样的要求！这种压伏的宇宙下，遂迷漫了失望的呼声！

病的时期内，我就这样不断的运用我心的工作；我毫未觉着光阴是怎样飞驶——像金箭一样的迅速！我只觉太阳射着我时，脸上现着金辉色！可怖的黑暗侵到我的病屋时，只有烈炽的火焰，似乎和这黑暗搏战！

静静的夜里，只听到心浪的起伏，钟声的摆动。有时远远的一阵爆竹声，但没有多时仍归寂然，那时我联想到一件往事：

"依稀是八岁的时候，我也是在新年中忽然病了。我由厢房的窗上，知道了新年中的点缀。雪花铺满了屋顶和院中的假山。一棵老槐树上，悬挂着许多晚上要放的鞭炮，远看去像挂着许多红绿的流苏。客厅的门上，挂着大红的彩绸，两旁吊着许多玻璃灯。

母亲嘱咐了监督我的王妈，没有出房门的权利。或许是怕我受风寒，那时心里很不快活，总想有机会出去玩玩。一到灯光辉煌的时候，母亲怕我孤寂，就坐到我的小竹床上，用伊软绵的爱手，抚着我的散发，谈许多故事给我听。当我每次由睡梦中哭着醒来的时候，母亲准在我旁边安慰我。虽然是病着，但药有母亲看着王妈用心地煎，并且有许多样的汤点给我吃。父亲有了工夫，也踱到我的房里来看我，有时还问问我"已认过的字忘了没有？"

当那时我毫未知道在母亲的帡下生病，是多么幸福的事！这种温柔的仁爱，我就那样使他不得意过去。现在我在天涯已飘泊四年了，当我缠绵床褥，心情烦乱，医药无人过问的时候，我是怎样渴想我亲爱的母亲！系念我亲爱的母亲呵！

梦中有时能望到母亲的影儿，伊慢慢走到我的床前，把伊的手放在我发上抚着，我喜欢的张着双臂抱伊的时候，可恨的晨鸡又喔喔地叫了！迨梦醒后，只有梅花的冷香，一缕缕沁人心肺。阑珊的疏影，在壁上盘曲蜷回的映着。床前确是立着一人，是我忠心的女仆，虽然伊也是伊女儿的母亲，但伊的影子绝不是我的母亲！

我确是因在病笼中了；但朋友呵！请你立在云头向下界一望，谁是不受病笼羁束的？谁是逃出生命之网的漏鱼？病身体的，或不受精神的烦闷；病精神的，或不受身体的痛苦。我呢？精神上感受着无形的腐蚀；身体又感受迟缓而不能致命的斧柯！我的病愈重，我诅咒人生也更深，假如没有生，何至于使我病呢？所以我诅咒社会人情怎样薄浮，制度怎样万恶！我以为社会是虚的总名，藉以组织中心的还是人类——聪明的人类。

我或者是太聪明！或者是神经过敏！在我眼帘下的宇宙，没有完全的整个，只有分析的碎屑。所谓奇丽，只有惨淡；所谓愉快，只有悲哀。我以为世间一切奇丽快乐都是虚幻，而悲哀惨淡，确是宇宙中的主宰，万古不灭的真理！我对于生，感不到快乐，只有悲哀，同时我又怀疑着宇宙中的一切。

病中心情，确有时太离奇，不过我已是为群众所讪讽为疯狂的呻吟者！

不禁又觉着一生太无收获了！游戏了这许多年，所尝受的只是虚伪的讪笑，面具的浮情，有时也曾如流星一样，坠颗光明的星在我面前；但只有刹那的火花到地后又变成坚硬的岩石了！宇宙唯一的安慰，只有母亲的爱。海枯石烂不倦不转之情，都是由母亲的爱里，发蕾以不于开花。这在悲哀的人生，只有为了母亲而生活！母亲为了怕我逸去，曾用伊的鲜红的血丝，结织了生网。我为了爱母亲，我更何忍斩断了母亲结织的生网！另去那死的深洞内，受那比较连母亲都没有的生活！

这样似乎母亲已很诚恳的昭示了，我伏在母亲的宝座下忏悔了。为了母亲，我应当抗议病魔侵占！这样计划之后，可怜我又开始转动这机械的人轮了！

弃 妇

一个清晨，我刚梳头的时候；琨妹跑进来递给我一封信，她喘气着说："瑜姐，你的信！"

我抬头看她时，她跑到我背后藏着去了，我转过身不再看她，原来打扮的非常漂亮：穿着一件水绿绸衫，短发披在肩上，一个红绫结在头顶飞舞着，一双黑眼睛藏在黑眉毛底，像一池深苍的湖水那样明澈。

"呵！这样美，你要上那里去，收拾的这样漂亮？"我手里握着头发问她。

"母亲要去舅妈家，我要她带我去玩。上次表哥给我说的那个水莲公主的故事还未完呢，我想着让他说完，再讲几个给我听。瑜姐，你看罢，回来时带海棠果给你吃，拿一大篮子回来！"说到这里她小臂环着形容那个大篮子。

"我不信，母亲昨天并莫说要去舅妈家，怎么会忽然去呢？"我惊疑地问地。

"真的，真的，你不信去问母亲去，谁爱骗你。母亲说，昨夜接着电报，姥姥让母亲快去呢。"她说着转身跑了，我从窗纱里一直望着她的后影过了竹篱。

我默想着，一定舅妈家有事，不然不会这样急促地打电报叫母亲去。什么事呢？外祖母病吗？舅父回来了吗？许多问题环绕着我的脑海。

梳好头，由桌上拿起那封信来，是由外埠寄来的，贴着三分邮票，因为用钢笔写的，我不能分别出是谁寄来的。拆开看里面是：

瑜妹：

　　我听说你已由北京回来，早想着去姑母家看望你，都因我自己的事纠缠着不得空，然而假使你知道我所处环境时，或许可以原谅我！

你接到这信时,我已离开故乡了,这一次离开,或者永远莫有回来的机会。我对这样家庭,本莫有什么留恋,所不放心的便是茹苦含辛,三十年在我家当奴隶的母亲。

我是踢开牢狱逃逸了的囚犯,母亲呢,终身被铁链系着,不能脱身。她纵然爱我,而恶环境造成的恶果,人们都归咎到我的身上。当我和这些恶势宣战后,母亲为她不肖的儿子流了不少的泪,同时也受了人们不少的笑骂!

我更决心,觉着母亲今日所受的痛苦,便是她将来所受的痛苦。我无力拯救母亲现实的痛苦,我确有力解除她将来的痛苦。因之我才万里外归来,想着解放她同时也解放我,拯救自己同时也拯救她。

如今我失败了,我一切的梦想都粉碎了!我将永远得不到幸福,我将永远得不到愉快,我将永远做个过渡时代的牺牲者,我命运定了之后,我还踌躇什么呢?我只有走向那不知到何处是归宿的地方去。

我从前确有一个梦想,这个梦想像一个毒蟒缠绕着我,已经有六年了。我孕育了六年的梦想,都未曾在任何人面前泄露,我只隐藏着,像隐藏一件珍贵的东西一样的,我常愿这宝物永远埋葬着,一直到黄土掩覆了我时,这宝物也不要遗失,也不要现露。这梦想,我不希望她实现,我只希望她永久作我的梦想。我愿将我的灵魂整个献给她,我愿将我的心血永远为她滴,然而,我不愿她知道我是谁?

我园里有一株蔷薇,深夜里我用我的血我的泪去灌溉她,培植她。她含苞发蕾以至于开花,人们都归功于园丁,有谁知是我的痴心呢!然而我不愿人知,同时也不愿蔷薇知。深夜,人们都在安息,花儿呢也正在睡眠,因之我便成了梦想中的园丁。

我已清楚的认识了自己的命运,我也很安于自己命运而不觉苦痛。但是,这时却有一个人为了我为了她自己,受着极沉长的痛苦,是谁呢?便是我名义上的妻。

我的家庭你深知。母亲都是整天被人压制驱使着作奴隶,卅年到我家,未敢抬起头来说句高声话。祖母脾气又那样暴烈,一有差错,跪在祖宗像前一天不准起来。母亲这样,我的妻更比不上母亲了,她所受的苦痛,更不堪令人怀想她。可怜她性情迟纯,忠厚过人,在别人家她可做一个好媳妇,在我家里,她便成了一个仅能转动的活尸。

我早想着解放了她,让她逃出这个毒恶凌人的囚狱,无论到什么地方去,都比我的家自由幸福多了。我呢,也可随身漂泊,永无牵挂,努力社会事业,以毁灭这万恶的家庭为志愿。不然将我这残余生命浮荡在深涧高山之上，和飞鸟游云同样极止无定的飘浮着。

决志后，我才归来同家庭提出和我的妻子正式离婚，那知道他们不明白我是为了她，反而责备我不应半途弃她，更捉风捕影的，猜疑我别有怀抱。他们说我妻十年在家，并未曾犯七出例条，他们不能向她家提出。更加父亲和她祖父是师生关系，更不敢起这个意。他们已经决定要她受这痛苦，我所想的计划完全失败了。不幸的可怜的她，永远的在我名下系缚着，一直到她进了坟墓。这是多么残酷的事情，我懊丧着，我烦恼着，也一直到我进了坟墓。一切都完了，我还说什么呢？

瑜妹！我给你写这封信的动机，便是为了母亲。母亲！我不能不留恋的便是母亲！我同家庭决裂，母亲的伤痛可想而知，我不肖，不能安慰母亲。瑜妹！我此后极止何处，我尚不知。何日归来，更无期日。望你常去我家看看我的母亲，你告诉她，我永远是她的儿子，我永远在天之涯海之角的世界上，默祝她的健康！

瑜妹！我家庭此后的情形真不敢想，我希望他们能为了我的走，日后知道懊悔。我一步一步离故乡远了，我的愁一丝一丝的也长了。

再见吧！祝你健福！

徽之

我读完表哥的信，母亲去舅舅家的原因我已猜着了，表哥这样一走，舅母家一定又闹得不了，不然不会这样焦急地催母亲去。我同情母亲的苦衷，然而我更悲伤表嫂的命运，结婚后十年，表哥未曾回来过。好容易他大学毕业回来了，那知他又提起离婚。外祖母家是大家庭，表嫂是他们认为极贤德的媳妇，那里让他轻易说道离婚呢？舅父如今不在家，外祖母的脾气暴躁极了，表哥的失败是当然的，不过这么一闹，将来结果怎样真不敢想。表哥他是男人，不顺意可以掉下家庭跑出去。表嫂呢，她是女人，她是嫁给表哥的人，如今他不要她了，她怎样生活下去呢？想到这里我真为这可怜的女子伤心！我正拿着这封信发愣的时候，王妈走进来说："太太请小姐出去。"

我把表哥的信收起来，随跟着王妈来到母亲房里。母亲正在房里装小皮箱里的零碎东西，琨妹手里提着一小篮花，嫂嫂在台阶上看着人往外拿带去的东西。

"瑜！昨夜你姥姥家来电，让我去。我不知道为的什么事，因此我想着就去看。本来我想带你去，因为我不知他们家到底有什么事，我想还是你不去好。过几天赶你回京前去一次就成了，你到了他们家又不惯拘束。琨她闹着要去，我想带她去也好，省的她留在家里闹。"母亲这样对我说的时候，我本想把表哥的事告诉她，后来我想还是不说好了，免得给人们心再印一个渺茫的影子。

我和嫂嫂送母亲上了火车，回来时嫂嫂便向我说："瑜妹，你知道表哥的事吗？听说他在上海念书时，和一个女学生很要好，今年回来特为的向家庭提出离婚。外祖母家那么大规矩，外祖母又那么严厉，表嫂这下可真倒霉极了。一个女子——像表嫂那样女子，她的本事只有俯仰随人，博得男子的欢心时，她低首下心一辈子还值得。如今表哥不要她了，你想她多么难受呢！表哥也太不对，他并不会为这可怜旧式环境里的女子思想，他只觉着自己的妻不如外边的时髦女学生，又会跳舞，又会弹琴，又会应酬，又有名誉，又有学问的好。"她很牢骚地说着。我不愿批评，只微微地笑了笑，到了家我们也莫再提起表哥的事。

但是我心里常想到可怜的表嫂，环境礼教已承认她是表哥的妻子了——什么妻，便是属于表哥的一样东西了。表哥弃了她让她怎样做人呢？她此后的心将依靠谁？十年嫁给表哥，虽然行了结婚礼表哥就跑到上海，不过名义上她总是表哥的妻。旧式婚姻的遗毒，几乎我们都是身受的。多少男人都是弃了自己家里的妻子，向外边饿鸦似的，猎捉女性。自由恋爱的招牌底，有多少可怜的怨女弃妇践踏着！同时受骗当妾的女士们也因之增加了不少，我想着怎样才能拯救表嫂呢？像她们那样家庭，幽怨阴森简直是一座坟墓，表嫂的生命也不过如烛在风前那样悠忽！

过了三天，母亲来信了，写得很简，她报告的消息真惊人！她说表哥走后，表嫂就回了娘家，回去第二天的早晨，表嫂便服毒死了！如今她的祖父，和外祖母闹得很利害，舅父呢不在家，表哥呢，他杀了一个人却鸿飞渺渺地不知哪里去了。因此舅母才请母亲去商量怎样对付。现在还毫无头绪，表嫂的尸骸已经送到外祖母家了，正计划着怎样讲究的埋葬她！母亲又说琨妹也不愿意在了，最好叫人去接她回来，因为母亲一时不能回来，叮咛我们在家用心的服侍父亲。

嫂嫂看完母亲的信哭了！她自然是可怜表嫂的未遇，我不能哭，也不说话，跑到院子里的葡萄架下站着，望着晴空白云枝头小鸟，想到表哥走子，或者还有回来的一天。表嫂呢，她永远不能归来了！为了她的环境，为了她的命运，我低首默祷她永久地安眠！

石评梅

红鬃马

  那是一个春天的早晨，一轮赤日拖着万道金霞由东山姗姗地出来，照着摩天攀云的韩信岭。韩信岭下的居民，睡眼朦胧中，忽然看见韩侯庙里的塔尖上，插着一杆雪白的旗帜，在日光中闪耀着，在云霄中飘展着。这时岭下山坡上，陆陆续续可以看见许多负枪实弹的兵士，臂上都缠着一块白布，表示革命军特别的标志。

  他们是推倒满清，建设民国的健儿。一列一列整齐的队伍过去，高唱着激昂悲壮的军歌，一直惊醒了岭下山城中尚自酣睡的居民。

  韩信岭四周的山城，为了这耀目的白采，勇武的健儿们，曾起了极大的纷扰，但不久这纷扰便归于寂静。居民依然很安闲愉快地耕种着田地，妇人也支起机轮纺织布匹，小孩们还是在河沟里掏螃蟹，沙滩上捡石子地玩耍着。

  在当时纷扰中，隐约的枪声里，我和芬嫂、母亲扮着乡下人，从衙署逃出来，那时只有老仆赵忠跟着我们。枪林弹雨中，我们和一群难民跑到城外，那时天已黄昏，晚霞正照着一片柳林，万条金线慵懒地垂到地上。树荫下纵横倒卧着的都是疲惫的兵士，我们经过他们的面前连看都不敢看，只祷告不要因为这杂乱的足声惊醒他们的归梦。离城有五里地了，赵忠从东关雇来一辆驴车，母亲告诉车夫去南王村，拿着父亲的一封信去投奔一个朋友。我那时才十岁，虽然不知为什么忽然这样纷扰，不过和父亲分离时，看见父亲那惊吓焦忧的面貌，和母亲临行前收拾东西的匆促慌急，已知道这不幸的来临，是值得我们恐怖的！

  逃难时我不害怕也不涕哭，只默默地看着面前一切的惊慌和扰乱，直到坐在车上，才想起父亲还陷在恐怖危险中，为什么他不和我们一块儿出来呢！问芬嫂，她掩面无语；问母亲时，她把我揽在怀中低低地哭了！夜幕渐渐低垂，树林模糊成一片漆黑，驴车上只认出互相倚靠蜷伏的三个人影。赵忠和车夫随着车走。除了车轮的转动，和黑驴努力前进的呼吸外，莫有一点响声。广漠的黑暗包围着，有时一两声的犬吠，和树叶的飘落，都令人心胆俱碎！到了南王村已是深夜，村门上有乡勇把守，因为我们是异乡人不好走进村。后来还是请来了父亲的朋友王仁甫，问明白后才让我们进去。过了木栅门，王宅已派人拿了灯笼来接，这时我心中才觉舒畅，深深地向黑暗的天宇吐了一口气。坐上王宅车到他家时，我已在路上睡着了。

　　这一夜，母亲和芬嫂都未安眠，我们焦虑着父亲的吉凶。芬嫂和母亲说："早知道这样两地悬念，还不如在一块儿放心。"母亲愈想愈觉着难过，但是在人家这里也不愿现出十分悲痛的样子。第二天，母亲唤醒我，才知道父亲已派人送信来了，说城中一切都平静，革命军首领是我们同乡郝梦雄，他是父亲的学生，所以不仅父亲很平安，连这全县一百余村也一样平安。这消息马上便传布了全村，许多妇人领着自己的小孩来到王宅慰问我们！母亲很客气地接见了他们。那天午餐是全村的乡董公请，母亲在席上饮上三杯酒，庆祝这意外的平安！

　　午餐完毕，王宅用轿车送我们进城，这次不是那样狼狈了。一进城门，便看见军队排立着向我们举枪致敬。车进了大门，远远已看见父亲和一位雄壮英武全身军装的少年站在屏风门前迎接我们。下了车，我先跑过去抱住父亲，父亲笑着说："过去给你梦雄哥行礼，不是他，我也许见不着你们了。"这时真说不出是悲是喜，母亲和芬嫂都在旁边擦着眼泪，父亲笑声中也带了几分酸意。我走到梦雄面前很规矩地向他行了礼，他笑着握了我的手说："几年不见，妹妹已长大了，你还认识我吗？"他蹲下来捧着我的下颚这样问，我笑了，跑到母亲跟前去，父亲笑了，梦雄和赵忠他们都笑了！

　　过于几天，父亲和梦雄决定了一同进省，因为军旅中不便带女眷，所以把我们留在这里。在梦雄走的前一天，我们收拾好行装搬到南王村王仁甫家中暂住，等父亲派人来接我们。临行时父亲和梦雄骑着马送我们到城外，我也要骑马，父亲便把我抱在他的鞍上。时已暮春，草青花红，父亲和梦雄并骑缓缓地走过那日令我惊心的柳林，我忽然感到一种光荣，这光荣是在梦雄骑着的那匹红鬃马的铁蹄上！

　　到了东关外，父亲把我抱下马来，让我和母亲坐在车上去。我知道和父亲将要分离，心中禁止不住的凄哀，拉着父亲的衣角哭了！梦雄跳下马来，抚着我的额前短发，他说："妹妹，你不要哭，过几天便派人来接你去省城。你想骑马，我那里有许多小马，我送你一匹，你不要哭，好妹妹。"母亲、芬嫂下了车和父亲、梦雄告别后，赵忠又抱我上了车。车轮动了，回头我见父亲和梦雄并骑站在山坡上，渐渐远了，我还见梦雄举扬着他的马鞭。

梦雄因为这次征服了岭南各县的逆军，很得当道的赞喜！回到省城后，全城的民众开大会欢迎他的凯旋。不久他便升了旅长，驻扎在缉虎营，保卫全城。在这声威煊赫后的梦雄，当时很引起我们故乡长老的评论。他家境原本贫寒，父亲是给人看守祠堂，母亲是个瞎子。他十岁时便离开家乡去漂泊，从戎数载，转战南北。谁都以为他早已战死沙场，哪料到革命军纷起后，他遂首先回来响应。不仅他少年得志令人敬佩，最使人艳羡的他还有一位美丽英武的夫人，听说是江苏人，她的来历谁都不知道，但是她的芳名冯小珊是这城里谁都晓得的。

我们到了省城后，便和梦雄住在一条胡同内。小珊比我大十岁，我叫她珊姐。她又活泼又勇武，憨漫天真中流露出一种庄严的神采，教人又敬又爱。梦雄和她感情很好，英雄多情，谁也看不出英武的梦雄在珊姐面前缠绵柔顺却像一只小羊。

过了中秋节后四天，是我的生日。父亲特别喜欢，张罗着给我过一个愉快幸福的生辰。那天早晨，母亲给我换上玫瑰色缎子的长袍，上边加了一件十三太保的金绒坎肩，一排黄澄澄的扣子上镌着我的小名；芬嫂与我梳了两条松长的辫子垂在两肩，她又从小银匣内拿出一条珠链给我挂在颈上。收拾好，母亲派人来叫我，芬嫂拉着我走到客厅，在廊下便听见梦雄和珊姐的笑声！我揭帘进去。珊姐一见我便跑过来握着我的手说："啊呀！好漂亮的小姑娘，你过来看看我送你的礼。""她一定喜欢我的，你信不信？"梦雄笑着向珊姐说。我走到母亲面前，母亲指桌上一个杏黄色的包袱说："你还不谢谢珊姐给你的礼。"我过去打开一看，是一套黑绒镶有金边的紧身戎装，还有一顶绒帽。梦雄不等我看完，便领我走到前院，出了屏门那棵槐树下拴着两匹马，一匹是梦雄的红鬃马；还有一匹小马，周身纯白，鞍辔俱全。我想起来了，这是梦雄三月前允许了我的礼物。我真喜欢，转过身来深深地向他们致谢！那天收了不少的礼物，但是最爱的还是这两样。

不久我便进了学校，散课后，珊姐便和我骑着马去郊外，缘着树林和河堤，缓辔并骑；在夕阳如染，柳丝拂髩的古道上，曾留了不少的笑语和蹄痕。有时玩得倦了，便把马拴在树上，我们睡在碧茵的草地上，绿荫下，珊姐讲给我许多江南的风景。谈到她的故乡时，她总黯然不欢，我那时也不注意她的心深处，不过她不高兴时，我随着也就缄默了。

中学将毕业的前一年，梦雄和珊姐离开了我们去驻守雁门关。那时我已十六岁了，童年的许多兴趣多半改变。梦雄送给我的小白马，已长得高大雄壮。我想留着它不如送给珊姐自用，所以我决定送给她。在他们临行时，我骑着它到了城外关帝庙，父亲在那里设下了别宴。我下了马，和梦雄、珊姐握别时，一手抚着它，禁不住的热泪滴在它蒸汗的身上。珊姐骑着它走了三次，才追着梦雄的红鬃马去了。归途上，我感到万分的凄楚，父亲和母亲也一样的默然无语。斜阳照着疏黄的柳丝，我忽然想起六年前往事，觉童年好梦已碎，这一阵阵清峭的秋风，吹落我一切欢乐，像漂泊的落叶陨坠在深渊之中。

八年以后，暑假里，我由燕北繁华的古都，回到娘子关畔的山城。假如我尚有记忆时，真不信我欢乐的童年过后，便疾风暴雨般横袭来这许多人间的忧愁，侵蚀我，摧残我，使我终身墓葬于这荒冢寒林之中。此后只有在一缕未断的情丝上，回旋着这颗迂回而悲凄的心，在一星未熄的生命余焰里，挥泪瞻望着陨落的希望之星，和不知止于何处的遥远途程。这自然不是我负笈千里外所追求的，又何尝是我白发双亲倚闾所希望的。然而命运是这样安排好了，我虽欲挣脱终不能挣脱。

这八年中，我在异乡沉醉过，欢笑过，悲愁过，痛哭过，遍尝了人间的甜酸辛辣，才知道世界原来是这个罪恶之薮，而我们偶然无意中留下的鸿爪，也许便成了一种忏悔罪恶的遗迹。恍惚迷离中，一切虽然过去了，消逝了，但记忆磨灭不了的如影前尘，在回忆时似乎尚可得一种空幻的慰藉。

黄昏的灯光虽然还燃着，但是酒杯里的酒空了，梦中的人去了，战云依然深锁着，灰尘依然飞扬着，奔忙的依然奔忙，徘徊，依然徘徊的我忽然踟躇于崎岖荆棘的天地中，感到了倦旅。我不再追求那些可怜的梦影了，我要归去，我要回到母亲的怀里，暂时求个休息去。我倦了，我想我就是这样倒下去，我也愿在未倒时再看看我童年的摇篮，和爱我的双亲。

挣扎着由黑暗的旅舍中出来，我拂了拂衣襟上的尘土，抚了抚心上的创口，向皎洁碧清的天空深深地吐了一口气后，踏着月色独自走向车站。什么都未带，我不愿把那些值得诅咒，值得痛恨的什物，留在身畔再系绊我。就这样上了车，就这样刹那间的决定中抛弃了一切。车开行了，深夜里像一条蜿蜒在黑云中的飞龙，我倚窗向着那夜幕、庄严神秘的古都惨笑！惨笑我百战的勇士逃了！

谁都不晓得，这一辆车中载着我归来，当晨曦照着我时，我已离开古都有八百里，渐渐望见了崇岭高山，如笏的山峰上，都戴着翠冠，两峰之间的瀑布，响声像春雷一般。醒了，我一十余载的生之梦，这时被洞中水声惊醒了！禁不的眼泪流到我久经风尘的征衫！为了天堑削壁的群山，令我回想到幼年时经过的韩信岭，和久无音信的珊姐和梦雄。

下了火车，我雇了一只小驴骑到家。这比什么都惊奇，我已站在我家的门口了。湖畔一带小柳树是新栽的，晚风吹拂到水面，像初浣的头发，那边上马

石评梅

石前，卧着一只白花狗，张着口伸出血红的舌头，和着肚皮一呼一吸的，正看着这陌生的旅客呢！我把小驴系在柳树上，走向前去叩门，我心颤动着，我想这门开了后，不知将来的梦又是些什么？

到家后三天，家中人知我心境忧郁，精神疲倦。父亲爱怜我，让我去冠山住几天，他和小侄女蔚林陪着我。一个漂泊归来的旅客，乍承受了这甜蜜的温存和体帖，不觉感极涕下！原来人间尚有这块园地是会使我幸福的，骄傲的。上帝！愿永远这样吧！愿永远以这伟大的慈爱抚慰世上一切痛苦失望中归来的人吧！

山道中林木深秀，涧水清幽，一望弥绿，把我雪白的衣裳也映成碧色。父亲坐着轿子，我和蔚林骑着驴，缓缓地迂回在万山之间，只听见水声潺潺，但不知水在何处！草花粉蝶，黄牛白羊，这村色是我所梦想不到的。一切诅恨宇宙的心，这时都变成了欣羡留恋，一草一木，一山一水之微，都给与我根深很大的安慰。我们随着父亲的轿子上了几层山坡，到了我家的祖茔。父亲下了轿，领着我和蔚林去扫墓，我心中自然觉到悲酸。在父亲面前只好倒流到心里。烧完纸钱，父亲颤巍巍地立在荒墓前，风吹起他颚下的银须和飞起的纸灰。这一路我在驴上无心再瞻望山中的风景，恨记忆又令我想到古都埋情的往事。我前后十余年中已觉世事变幻，沧桑屡易，不知父亲七十年来其辛苦备尝，艰险历经的人事，也许是恶苦多于欢乐？然而他还扎挣着风烛残年，来安慰我，愉悦我。父亲！懦弱的女儿，应在你面前忏悔了！

远远望见半山腰有一个石坊，峰头树林蔚然深苍中掩映着庙宇的红墙，山势蜿蜒，怪石狰狞，水乳由山岩下滴沥着，其声如夜半磬音，令人心脾凛然清冷。蔚林怕摔，下了驴走着，我也下来伴着她，走过了石坊不远便到了庙前，匾额写着"资福寺"。旁边有一池清泉，碧澄见底，岩上有傅青主题的"丰周瓢饮"四字。池旁有散发古松一株，盘根错节，水乳下滴，松上缠绕着许多女萝。转过了庙后，渡一小桥是槐音书院，因久无人修理已成废墟，荆棘丛生中有石碑倒卧，父亲叹了一口气，对我说，这是他小时读书之处。再上一层山峰至绝顶便到冠山书院，我们便住在这里。晚间，芬嫂又派人送来许多零用东西，和外祖母特别给我做的点心。

夜里眼侍父亲睡了后，我和蔚林悄悄走出了山门，立在门口的岩石上，上弦月弯弯像一只银梳挂在天边，疏星点点像撒开的火花。那一片黑漆的树林中时时听见一种鸟的哀鸣。我忽然感到这也许便是我的生命之林！万山间飘来的天风，如浪一样汹涌，松涛和着，真有翻山倒海之势。蔚林吓的拉紧了我的手，我也觉得心惊，便回来入寝。父亲和蔚林都睡熟了，只有我是醒着，我想到母亲，假如母亲在我身畔，这时我也好睡在她温暖的怀中痛哭！如今我仿佛一个人被遗弃在深夜的荒山之中，虎豹豺狼围着我，我不能抑制我的情感，眼泪如泉涌出！

鸡鸣了，我披衣起来，草草梳洗后便走出了山门，想看看太阳出山时的景致。一阵晨风吹乱了我的散发，这时在烟雾迷漫中，又是一番山景。我站在山峰上向四面眺望，觉天风飘飘，云霞烟雾生于足下，万山罗列，如翠笋环拱，片片白云冉冉飘过，如雪雁飞翔。恍惚如梦，我为了这非人间的仙境痴迷似醉。天边有点淡红的彩色，渐渐扩大了，又现出一道深紫的虹圈，这时已望见东山后放出万道金光，这灿烂的金光中捧出一轮血红似玛瑙珠的朝阳！

我下了石阶走去，那边林中有个亭子，已废圮倾倒，蛛丝尘网中抬头看见一块横额，写着"养志亭"三字。四周都是古柏苍松，陵石峻秀，花草缤纷，静极了，静得只听见自己呼吸的声音。我沉思许久，觉万象俱空，坐念一清，心中恍惚几不知此身为谁？走下了养志亭，现出一条石道，自己忘其所以地披荆棘，践野草走向前去，望见一带树林中，隐约现出房屋，炊烟飘散，在云端缭绕。

下了山，看见一畦一畦的菜园，红绿相间。粉墙一带，似乎是个富人的别墅，旁边有许多茅屋草舍，鸡叫犬吠俨然似个小村落。看看表已七点钟了，我想该回去了，不然父亲和蔚林醒来一定要焦急我的失踪呢！我正要回头缘旧径上山去，忽然听见马嘶的声音，而且这声音很熟，似乎在哪里听见过一样！我奇怪极了，重登上了山峰，向那村落望去，我看不见马在哪里！又越过一个山峰时，我可以看见那一带粉墙中的人家了，一排杨柳下，拴着两匹马，我失惊的叫起来，原来一匹是梦雄的红鬃马，一匹是他赠我，我又蹭珊姐的小白马。我仔细地望了又望，看了又看，一点都没有错，确是它们。

我像骤然得到一种光荣似的，心中说不出的喜欢，哪想到我会在这里无意中逢见它们。我又沉默了一会，觉着这不是梦。重新下了山，来到那个村落，我缘着粉墙走，看见一个黑漆大门，旁边钉着个铜牌写着郝宅，门口站着一个小姑娘，抱着一个小孩。我问她，这里是谁住着？她说是郝太太。我又问她："你是谁呢？"她指着怀中小孩说："这是郝少爷，我是她的丫头叫小蟾。"

我说明来历，她领我走到客厅，厅里满挂着写了梦雄上款的对联和他的像，收拾得很整洁。院子很大，似乎人很少，静寂的只听见蝉声和鸟唱。碧纱窗下种着许多芭蕉，映得房中也成了绿色。院中满栽着花木，花荫下放着乘凉的藤椅。我正看得入神时，帘子响了，回头见一个穿着缟素衣裳的妇人走过来。我和她一步一步走近了，握住手，但是一句话也说不出，四只眼睛瞪望着。我真想哭，站在我面前这惟悴苍老的妇人，便是当年艳绝一时天真活泼的珊姐。我呢？在珊姐眼中也一样觉得惊讶吧！别时，我是梳着双髻的少女。如

石评梅

今满面风尘，又何尝是当年的我。她问我为何一个人这样早来？我告诉了她，父亲和蔚林在山上时，她即叫人去告诉我在这里，并请他们来她家午餐。后来我禁不住了，问到梦雄，她颜色渐渐苍白，眼泪在眶中转动着，她说："已在一年前死了！"我的头渐渐低下，珊姐紧紧握住我的手，我和她都在静默中哭了！

珊姐含泪领我到她的寝室，一进门便看见梦雄的放大像，像前供着几瓶鲜花。我站在他遗像前静默了一会，我心中万分凄酸，哪知关帝庙一别便成永诀的梦雄，如今归来只余了一帧纸上遗影。我原想来此山中扫除我心中的烦忧，谁料到宇宙是如斯之小，我仍然又走到这不可逃逸的悲境中来呢！

"珊姐！难得我们在此地相见，今日虽非往日，但我们能在这刹那间团聚，又何尝不是一种幸福。你拿酒来，我们痛饮个沉醉后，再并骑出游，你也可以告我别后的情况，而且我也愿意再骑骑小白马，假如不是它的声音，我又哪能来到这里？"我似乎解劝自己又系解劝珊姐似的这样说。

珊姐叫人预备早餐，而且斟上了家中存着的陈酒。痛饮了十几杯后，我什么东西都没有吃，遂偕同珊姐走到后院。转过了角门，我看见那两匹马很疲懒的立在垂杨下。我望着它们时心中如绞，往日光荣的铁蹄，驰骋于万军百战的沙场，是何等雄壮英武！如今英雄已死，名马无主，我觉红鬃马的命运和珊姐也一样呢！我的白马也不如八年前了，但它似乎还认识故主，我走近了它时，它很驯顺地望着我。珊姐骑上梦雄的红鬃马，我骑上白马，由后门出来。一片绿原，弥望都是黄色的麦穗，碧绿的禾苗。珊姐在前领着道，我后随着，俨然往日童年的情景，只是岁月和经历的负荷，使我们振作不起那已经逝去的豪兴了。

远远望见一片蔚浓的松林，前面是碧澄的清溪，后面屏倚着崇伟的高山，我在马上禁不住的赞美这个地方。停骑徘徊了一会，抬头忽然不见了珊姐，我加鞭追上她时，她已转入松林去了。我进了松林，迎面便矗立着一块大理石碑，碑顶塑着个雕刻的石像，揽辔骑马，全身军装，碑上刊着"革命烈士郝梦雄之墓"。珊姐已下了马，俯首站在墓前，墓头种满了鲜花和青草，四周用石柱和铁环围绕着。

我把马拴在松树上，走近了石碑，合掌低首立在梦雄墓前，致这最后的敬意和悲悼！梦雄有灵也该笑了，他一生中所钟爱的珊姐和红鬃马，都在此伴着他这静默的英魂！偶然相识的我，也能今朝归来，祭献这颗敬慕之心。梦雄！你安息吧，殡葬你一切光荣愿望、热烈情绪在这山水清幽的深谷中吧！

珊姐望着石像哭了！我不知怎样劝慰她，只有伴她同挥酸泪！她两手怀抱着梦雄的像，她一段一段告诉我，他被害的情状，和死时的慷慨从容。我才知道梦雄第二次革命,是不满意破坏人民幸福、利益的现代军阀。他虽然壮志未酬身先死,但有一日后继者完成他的工作时,他仍不是失败的英雄。他的遗嘱便是让珊姐好好地教养他的儿子,将来承继他的未完之志去发扬光大,以填补他自己此生的遗憾!

自从听见了珊姐的叙述后,不知怎样,我阴霾包围的心情中忽然发现了一道白采,我依稀看见梦雄骑马举鞭指着一条路径,这路径中我又仿佛望见我已陨落的希望之星的旧址上,重新发射出一种光芒!这光芒复燃起我烬余的火花,刹那间我由这个世界踏入另一世界,一种如焚的热情在我胸头缭绕着——燃烧着!

祷 告

——婉婉的日记

九月三号

今天是星期日,她们都出去了。这屋子往日多么热闹,如今只觉得空寂可怕。我无地方可去,也无亲友可看,结果只好送她们去了,我孤身回来,天天忙着,我是盼有一天闲,但是闲了又这样情绪不宁感到无聊。

晚饭后,魏大夫叫我送一束花给四十四号的吴小姐,她是个极美丽的姑娘,虽然因为病现的清癯点。和她谈了半天才知道她就是吴文芳的侄女。我问到文芳,她说她自从辞了医院事情后,不久就和一位牙医生结婚,如今在青岛。正谈着,她的母亲来了。我便把花插在瓶里,把魏大夫写的那个英文片子放在花瓶前,我和她们笑了笑就开门出来了。

路过大楼时,想进去看看赵牧师,我心忽然躁烦起来,不愿意去了。

回到寝室楼,依然那样空寂,我真有点害怕,静默得可怕!推开娟玉的房门,雪帐低垂着,一缕花香扑鼻而来。她未曾回来,风吹着帐帷正在飘动!站在这里呆了一会,我回到自己的床上来。我想睡,睡了可以把我安息在幸福的梦里。但心情总是不能平静,像黑暗中伸出无数的苍白手臂在接引我。睡不成,我揭被起来,披了一件斗篷,走到楼下回廊上看月亮。

夜静极了,只有风吹着落叶瑟瑟,像啜泣一样击动我的心弦。天空中一碧如洗,中间镶着繁星,一轮秋月又高又小,照得入清寒澈骨。我合掌跪在这晶莹皎洁的月光下,望见自己不知道来处的影子。

世界上最可怜最痛苦的大概是连自己都不知是谁的人罢!连自己的父母都不知道是谁,连自己的父母都不知在哪里的人罢?你照遍宇宙照尽千古的圆月,告诉我,我的父母是谁?他们在哪里?你照着的他们是银须霜鬓的双老,还是野草黄土中的荒冢呢?

落叶在阶前啜泣时,抬头或者还认得他的故枝。我是连树叶都不如,这滔滔人海，茫茫大地中，谁是亲呢我的，谁是爱怜我的？只有石桥西的福音堂，是可怜的婉婉的摇篮。这巍峨高楼的医院，是可怜的婉婉栖居的地方。天天穿上素白的长袍，戴上素白的高冠，咽着眼泪含着笑容，低声柔气，服侍许多呻吟愁苦的病人，这是可怜的婉婉的伴侣和职务罢！

主啊！只有你知道，夜静时候，世界上有一个可怜无父无母无兄弟姊妹的孤女，在月光下望着一堆落叶咽泪！

夜深了，我回来，斜倚在枕上，月光很温柔地由窗纱中射进来，她用纤白的玉臂抱吻着我。我希望做梦，或者梦中可以寻见认识了我的父母，或者我还能看见我的妹妹弟兄。我真不敢想下去了。今天看见吴小姐的母亲时，我才知道世界上还有那么亲爱自己的一个女人，她是自己的母亲。

婉婉！你自己的母亲呢？

九月五号

昨夜刮了整夜的风，今天忽然觉着冷，早晨三十号来了一位病人，患着脑膜（炎）。头疼得他一直喊叫着，我给他枕上冰囊似乎止住点痛。他是一个银行的办事员，送他进来的是几个同事，和他年纪仿佛的青年。魏大夫看过了，告诉我劝他平静些，不能让他受刺激，最好不要接见亲友，晚上再吃药，这时候最好先令他静静地安眠。

我拉过绿幕遮住射进来的阳光，将他的东西都安放在橱里。整理好后，拿了花瓶到后园折了几枝桂花。当我悄悄送花来时，他已醒了，睁着很大的眼望着我。我低头走进去，把花瓶放在病榻畔的小几上。

"要水吗？先生！"我问他。他摇了摇头。我就出来了。

十二点钟午餐来了，我请他少用一点，他不肯。再三请他，他才在我手里的杯子内喝了三口牛乳。这位病人真奇怪，进来到现在，他未曾说过一句话，时时都似乎在沉思着严重的问题。

给他试验温度时，我拿起他床前的那个纸牌，他的名字是杨怀琛，和我同姓。

夜里魏大夫把配好的药送来，我服侍着吃完了药，换上冰袋，临走时我告诉他：要东西时，只要把电铃一按便有人来。在楼梯上逢见娟玉，问她去那里，她说要去值夜，在大楼上。

到了寝室很远便听见她们的笑语声，我没有去惊动她们，一直走到我的房里。书桌上放着一本书，走过去一看是本精装的《圣经》，里边夹着个纸条，上边写着：

石评梅

> 婉婉：那天你送花来，母亲看见你，说你怪可爱的。我已告诉了她你待我的好处，她更觉喜欢，今天送东西时给你带来一本《圣经》。她叫我送给你，她说这本书能擦去你一切的眼泪！
>
> ——吴娴

我捧着这本书，把这短笺回环地读了四五遍。因为别人的母亲偶然施与的爱，令我想到我自己的母亲。《圣经》，我并不需要它，我只求上帝揭示我谁是我的母亲，她在哪里？只有她能擦去我一切的眼泪。主啊！只要你告诉我她在哪里，我马上赴汤蹈火去寻找她。然而默默中命运涎着脸作弄我，谁知道何时何地才能实现我如意的梦。

惨淡的灯光照在圣母玛丽亚的像上，我抬头默然望着她！

九月九号

昨夜我做了一个梦，梦见我走到一个似乎乡村的地方，一带小溪畔有几间茅屋，那里透露出灯光来。我走到茅屋前，听见里面有细碎的语声，窗外映着淡淡的月光。我轻轻推开门，月光投射进来，黑暗的屋角里看见床上坐着一个老妇人，她合掌念着佛。一盏半明半暗的油灯，照见她枯皱的脸上挂着两道泪痕！我走进一步，跪下去伏在她膝头上痛哭！

不知何时醒来，枕衣上已湿了一大块。

今晨梳洗时，在镜子里照见我自己，我自己孤苦伶仃的一个人在这世界上挣扎，转眼已十九年了。自从我进了福婴堂到现在没有一个亲人来看过我，也没有一个人认识我。我找不着我亲爱的父母和姊妹兄弟，他们也一样不曾找到我。记得我在福婴堂住了七年，七年后我服侍一个女牧师，她教我读《圣经》，做祷告。十四岁那年她回国去了，把我送到一个外国医院附设的看护学校习看护，三年毕业后，魏大夫就要我在这医院里当看护，已经有两年了，我想假使这时候我的母亲看见我，她也许不认识我。

三十号那个病人已经来了四天了。他病还见好，魏大夫说只要止住痛就不会有什么危险。今天他已和我攀谈起来，问我哪里人？家里还有些谁？唉！让我怎么回答他呢？连我自己都不知道，怎样能告诉他？这是我一生的耻辱，我只有低下头咽泪！他大概也理会到我有不能说出的苦衷，所以不曾往下追问。

他的病不能移动，所以他只可静静地躺着。晚饭后我给他试验口温，我低头用笔在簿上记录时，他忽然向我说："姑娘，我请求你一件事，你可肯替我办?"

"什么事?"我问。

他又几次不肯说,后来他叫我从衣橱里拿出一本日记,里面夹着信纸信封。他告诉我了,原来是请我给他写一封信,他念着我写:

文蕙妹鉴:

你信我已收到,事已如斯,夫复何言。我现已移入病院,将来生死存亡,愿妹勿介意,人生皆假,爱又何必当真。寄语方君,善视妹,则我瞑目矣。

怀琛。

写好,他又令我在日记里找着通信地址,原来也是姓吴。我心里真疑惑是吴文芳的姊妹,什么时候去问问文芳侄女便知道究竟了,信封也写好后,我递给他看。看完他很难受,把眼睛紧紧闭上,牙齿嚼着下唇,脸一阵阵现的苍白。我把日记放在他枕头畔,给他喝了几勺开水,我轻轻问他:"这信付邮吗?"他点点头。我轻轻闭门时,听到一声最哀惨的叹息!

晚风吹在身上,令我心境清爽一点,望着星月皎洁的天空深深地吐了一口气。

我凝视着手中这封信,假如这真是最后消息时,不知这位文蕙小姐看了该怎样难过?最可怜这生病的青年,进来医院这许久,未曾来过一个人,或者一封信一束花是慰问讯候他的。

今夜晚间本来不是轮我去,不过我看见他那种伤心样子真不放心。十二点了,我又从魏大夫那里拿了药亲自给他送去,一推门我便看见他正在流泪!我给他吃了药,他抬起那苍白的脸望着我,他说:"姑娘,我真感谢你,然而我怕今生不能报答你了,但是我有个唐突的请求,我愿知道姑娘的芳名。"我完全被他那清澈的,多情的目光摄去了我的灵魂,当淡绿的灯光映在他脸上时,我真觉得这情况太惨了。我抖颤着说:"我叫婉婉,和先生同姓。"他不曾往下问,我也未曾多告诉他一点。

十二点半钟了,我的责任应该请他休息,我用极诚恳的态度和他说:"先生,你宽怀养病,不要太愁苦,我求上帝赐福给你。"

"谢谢你,婉婉姑娘,祝你晚安!"他含着泪说。

石评梅

九月十二号

昨夜魏大夫告诉我今天陪他到城外出诊，我的职务已另请一位看护代理。我从衣橱里拿出我那件外衣和帽子围巾，这三件东西是那女牧师临回国时送我的，因为我不常出去，所以虽然它们的式样已经不时髦，不过还很新。

收拾好已九点钟，我想去大楼看看三十号的病人。走到他病室前，我忽然有点迟疑，因为自己的装束现在已不是个看护了，我来看他不是不便吗？我立在门口半天，终于推开门进去。他看见我忽然惊惶的坐起来，眼睛瞪视着问我："你是文蕙吗？我没有想到你会来看我呀！"他伸着双臂问我，他哭了！啊呀！这一吓把我直退到门口。

我定了定神才告他说："先生！我是婉婉，你不要吃惊。"我说着走过去扶他睡下。

我等他休息了一会，我才告他我今天要出城去，职务已有人代理。我问他要不要什么东西给他带来，他这才和我说："你今天的装束真像她。原谅我对姑娘的失礼，因为我是在病中。"他说着流下泪来。我真不忍看了，也不知该怎样安慰他好，只呆呆地立在他床前。

"姑娘，你去吧！我不要什么，我在这世界上没有需要的东西了。"

"你好生静养，晚间我回来给你读《圣经》。"我把他的被掩好，慢慢走出来。

汽车已在医院门前，魏大夫站在车口等着我。

在车上饱看着野外的秋色，柳条有点黄了，但丝丝条条犹想牵系行人。满道上都是落叶，汽车过去了，他们又和尘土落下来。平原走尽，已隐隐看见远处的青山。魏大夫告诉我，我们要去的地方便在那青山背后，渐渐到了山根，半山腰的枫树，红的像晚霞一样，远看又像罩了一层轻烟软雾。

走进了村庄，在一个别墅门前车停了，这时已十点多钟。我们进到病房里，是一位小姐患着淋巴腺结核，须用手术医治。我帮着魏大夫，割完已经一点半钟了。主人是个五十多岁的老人，很诚恳地招待我们。用完午餐我们就回城来，一路上我不看景致了，只想着三十号那个病人，真懊悔今早不应这样装束去看他，令他又受一个大刺激。

到了城里又去看了一个患肺病的人，七点钟才回到医院。我在花店买了两个精巧玲珑的小花篮，里面插满了各色的菊花和天冬草。

今天一天真疲倦，回到医院我就到自己房里来。叫人送一个花篮给吴小姐，另一个花篮我想送给三十号的病人。

本想今夜亲自送去，不过不是我轮值，因为早晨又惊扰了他，现在也不愿再去了。连我自己也奇怪呢，为什么我这样可怜他，同情他？我总想我应该特别注意关照他，好像他是我的哥哥，或者是弟弟一样。

　　夜里我替他祷告，我想到他心中一定埋藏着一件伤心的历史，那天我给他写信的那个女子，一定就是使他今日愁病的主人。不知他有父母没有！也许他和我一样孤苦呢！今天我忽然想也许他是我的哥哥，因为他也姓杨。最奇怪的是我心里感到一切令我承认他是我的哥哥。

　　我想明天去大胆问问他，他有莫有妹妹送到福婴堂，在十九年前。

九月十三号

　　今晨七点钟，我抱着那个花篮到大楼去，在楼梯下我逢见两个人抬着软床上来。我心忽然跳起来，不知为什么我忽然想到他不好的消息，急忙跑上楼，果然那间房子门口围着许多人，我走进去一看，他死了！僵直的卧在床上，嘴边流着口液，两眼还在半开着，手中紧握着一张像片。

　　这时软床已上来，把他抬到冰室去。

　　我一直靠在墙上，等他们把他抬走了，我才慢慢走到他床前。咽着泪收拾他的床褥。在枕头畔我又发现了他那本日记。我把他的东西整理好，包了一个小包和我那个花篮一块儿教人送到冰室去。不知道这是不是犯罪，他的日记我收起来了。我想虽未得到同意，但是我相信在世界上知道他抱恨而终的大概只有我，承受他最后的遗什的也许只有我。

　　说不出来我心头紧压的悲哀，我含着泪走进了冰室。里面已有几个人在，大概就是送他进来的那些银行同事们。地上放着一个大包袱，他们正在那里看殓衣。我一张望，见他的尸骸已陈列在墙角的木板上，遍体裹着白布，他的头偏向里面，地下放着那个花篮。

　　唉！我悔，昨夜未来看他，如今我站在他面前时，他已经脱离了人间的一切烦恼而去了。可怜他生前是那样寂寞孤苦的病着，他临终也是这样寂寞孤苦的死去，将来他的坟头自然也是无人哭吊无人祭献的寂寞之墓。我咽着泪把花篮放在他的头前，我祷告，他未去远的灵魂，接受世界上这孤女的最后祭献！

　　我走出了冰室，挟着这本日记，我不敢猜想这里面是些什么记叙。朝霞照着礼拜堂的十字架，我低头祷告着回来。

石评梅

归 来

  马子凌的军队快到Q城的时候，市民便在公共体育场，筹备开欢迎战士凯旋的大会。那时晴空无云，温阳正照着这绿色的原野，轻浮着一种草花的香气，袭人欲醉！场中央已扎起一座彩台，台上满摆着鲜花，花中放着一张新月式的白漆桌，两旁列着十几把椅子，全场中连系着十字交叉的万国旗，台顶上那杆令万人崇敬钦仰的旗子，这时临风飘展，使一切野花小草都含笑膜拜！

  烟尘起处，军乐悠扬，旗帜飘摇中先是负枪实弹的步兵，一列一列过去之后，便是马队。在这种雄壮静肃的空气中，只听见幽扬的军乐和着整齐的步履，沙沙沙沙，这是光荣的胜利的语声吗？两旁的观众，扶老携幼，有认子的老母，有寻夫的娇妻，也有是含着悲酸哀痛，来迎接那些归来的沙场英魂。这时也许哀悼之感甚于欢欣之情罢！最后一队中有个清癯的戎装英雄，在马上他忍泪含笑向两旁狂呼投花的群众点头，这就是十年前投笔从戎，誓扫阴霾的马子凌。

  子凌到了场中，军队和民众环绕着那一座高台，万头攒动中，子凌在台上演说他十年中百战成功的经过，他结论说这并不是他的光荣胜利，这是民众的光荣，民众的胜利。今日侥幸功成归来，宇宙重观了清明之象，他自然一样为祖国庆贺欢祝，不过为了证明他这次归来是把这光荣胜利送还给故乡父老，所以他才解甲弃枪，不愿拥兵高位自求荣利。

  他演说完后，在民众热烈的掌声中，脱下他那件染满了血斑的战袍，一抬手扔挂在那杆大旗上，露出他背部和右臂的刨痕，不知怎样他忽然流下泪来，他想到他的老父和他的爱人的惨死！

  第二日他把一切军务都交给他的秘书王静泉代理后，提了一个小箱，就悄悄地离开Q城。一路上他心情烦乱悲怆，往日他只希望着战争胜利和成功，几年中他摒弃了自己一切的情怀而努力迷恋着这愿望的实现。如今果能如愿归来，但是他在群众热烈的掌声中，惊醒了他的幻梦，他失望了！他抱着这虚空的怅惘，回到他的故乡。这时他知道自己的幸福欢乐已埋葬了，他所能偿愿无愧的，就是他能手刃了敌人的头颅，给他的老父和爱人报仇，除此以外他不能再在这光荣胜利的欢笑中求幸福求爱情求名利了。

十年前，子凌的故乡木杨镇，正是 E 军和 G 军开火接触的战线，炮火声中，将这村庄里多少年的安宁幸福给破碎了！那时幸好母亲和妹妹已逃到外祖母家，他呢，在城里念书车路不通，不能回来。在军队开到的前几天，子凌的父亲是这一乡最有名望的老者，所以许多乡人都信仰尊敬他，自从风声紧急后，便在他家里开了几次会议，但这是绝对无办法可想的，后来只议决把妇女先让躲到别的乡村去，余下男人们在家里守着，静等着战神的黑翼飞来。

一天黄昏时候．晚饭后许多农民都聚集在小酒店的门口，期待着那不堪设想的惊惶惨淡之来临。这时正好村西瓦匠的儿子张福和已从前线上逃回来，他传来的消息是 G 军失利，E 军追击着离这里已有三百里。夜来了，一切的黑暗把这几千户的乡镇包围后，忽然由西南角传来一阵枪炮声，一缕缕的白在荫深的树林中飘浮着，惊的树上的宿鸟都振翼向四下里乱飞，村中隐隐听见惶恐喧嚷之声，他们抖颤着，可怕的噩运已来了。

夜里十点钟时候，枪声愈来愈近，隐约中在大道上可以看见灰色蠕动的东西蜿蜒而来。这时子凌的父亲也来到酒店门口，虽然在这样急迫危险中，他仍然保持着那往日沉默庄严的态度，不时把头仰起望着黑漆无星光的天宇！枪声近了，人们马上现露出惊惶来，村门口的狗，都汪汪汪汪向着大道狂吠，这安逸幸福的乡镇，已在这一刹那中破碎了！

败兵进了木杨镇后，大本营便扎在子凌的家中，自然因为他是这里的首富，人格资产房屋都较为伟大！这是木杨镇的浩劫，一切呵！在顷刻之中便颓倒粉碎，妇女和小儿更践踏凌辱得可怜。

当翌晨太阳重照着木杨镇天宁寺的塔尖时，子凌的家中忽然起了极大的扰乱和惊惶，镇中的人们都十分悲痛哀悼地跑来看，原来子凌的父亲，在后院马槽中被人刺死了！死的自然惨凄，周身的衣服都被脱去，紫的血和土已凝结在一块，雪亮的刺刀还插在咽喉上！到底是为什么死的？至如今都是疑案但也无什可疑，总之在枪弹飞来飞去的战翼下，一切都是毁灭，一切都是牺牲。

一月之后，子凌从 Q 城奔丧归来，母亲和弱妹都在外祖母家中病着，他咽下悲痛愤慨的眼泪，料理完一切后，遂辞另了老母稚妹回到 Q 城。这时他热血沸腾，壮怀激荡，誓愿拼此头颅，拼此热血，为惨死的老父伸此一腔冤气，并为许多同胞建筑平和幸福之基。这时 Q 城已有一般青年男女，组织了

石评梅

一个铁血社,同心同志向这条路去进攻,不久子凌便推为这社里的首领,为若干热血健儿所尊崇所爱护。内中有一女同志胡君曼,和子凌肝胆相照,情意相投,协力互助着求铁血社的进行发展,数年之中,他们的社员已有十万余人。这时国内各派擅权,相继消长,战争不已,民苦日深,但是铁血社的雏形,已召了许多敌人的忌恨,每欲乘机扑灭此潜伏的势力而甘心。

有一年的暑假中,君曼负了使命南下,哪晓得敌方的侦探已追踪了她,当她在Y埠,下车时,便被那里的军队捕了去。捕去后在她身上搜出许多密件公文,都是对于敌军不利的计划。Y埠的军长大为震怒,连审讯都没有,便把君曼赏给了捕她的那个营长去当姨太太。这消息子凌知道后万分的愤怒悲痛,更觉这世界是人间魔窟,险恶已极,虽然那时他们势力薄弱,不能相敌,但是这耻辱,已给铁血社不少的兴奋和努力。过了几天,子凌忽然接到君曼一封潦草简短的遗书,说她虽死请子凌不要太过伤心,只盼他积极去进行他们的社务,以事业便是爱情,爱情便是事业的话来勉励他。从此以后子凌专心一意的以改革社会环境为己任,一想到父亲和君曼的惨死,便令他热血沸腾,愤不欲生!

*　　*　　*　　*

十年之后,子凌杀死一切的敌人,凯旋归来,这是一般人所最钦仰羡慕他的,然而当他脱去了赤血斑驳的战袍,露出他背上和右臂的创痕,同时也撩揭起他心底的悲痛,他觉得在枪林弹雨中十年奔走湖海飘零,如今虽然是获得一时的胜利成功,不过在人类永久的战斗里,他只是一个历史使命的走卒,对他自己只是增加生命的黯淡和凄悲!毫无一些的安慰,反因之引起了不堪回首的当年。

一个驰骋疆场,叱咤风云的英雄,如今夕阳鞭影,古道单骑,马儿驮也驮不动那人间的忧愁和怆痛!他抛弃了一切的虚荣名利,独自策马向故乡去了。去哭吊父母的坟墓,去招祭君曼的英魂去了。

余 辉

日落了，金黄的残辉映照着碧绿的柳丝，像恋人初别时眼中的泪光一样，含蓄着不尽的余恋。垂杨荫深处，现露出一层红楼，铁栏杆内是一个平坦的球场，这时候有十几个活泼可爱的女郎，在那里打球。白的球飞跃传送于红的网上，她们灵活的黑眼睛随着球上下转动，轻捷的身体不时地蹲屈跑跳，苹果小脸上浮泛着心灵热烈的火焰，和生命舒畅健康的微笑！

苏斐这时正在楼上伏案写信，忽然听见一阵笑语声，她停笔从窗口下望，看见这一群忘忧的天使时，她清癯的脸上现露出一丝寂寞的笑纹。她的信不能往下写了，她呆呆地站在窗口沉思。天边晚霞，像绯红的绮罗笼罩着这诗情画意的黄昏，一缕余辉正射到苏斐的脸上，她望着天空惨笑了，惨笑那灿烂的阳光，已剩了最后一瞬，陨落埋葬一切光荣和青春的时候到了！

一个球高跃到天空中，她们都抬起头来，看见了楼窗上沉思的苏斐，她们一齐欢跃着笑道："苏先生，来，下来和我们玩，和我们玩！我们欢迎!!"说着都鼓起掌来，最小的一个伸起两只白藕似的玉臂说："先生！就这样跳下来罢，我们接着，摔不了先生的。"接着又是一阵笑声！苏斐摇了摇头，她这时被她们那天真活泼的精神所迷眩，反而不知说什么好，一个个小头仰着，小嘴张着，不时用手绢擦额上的汗珠，这怎忍拒绝呢！她们还是顽皮涎脸笑容可掬地要求苏斐下楼来玩。

苏斐走进了铁栏时，她们都跑来牵住她的衣袂，连推带拥地走到球场中心，她们要求苏斐念她自己的诗给她们听，苏斐拣了一首她最得意的诗念给她们，抑扬幽咽，婉转悲怨，她忘其所以的报容发泄尽心中的琴弦，念完时，她的头低在地下不能起来，把眼泪偷偷咽下后，才携着她们的手回到校舍。这时暮霭苍茫，黑翼已渐渐张开，一切都被其包没于昏暗中去了。

石评梅

那夜深时，苏斐又倚在窗口望着森森黑影的球场，她想到黄昏时那一幅晚景和那些可爱的女郎们，也许是上帝特赐给她的恩惠，在她百战归来，创痛满身的时候，给她这样一个快乐的环境安慰她养息她惨伤的心灵。她向着那黑暗中的孤星祷告，愿这群忘忧的天使，永远不要知道人间的愁苦和罪恶。

这时她忽然心海澄静，万念俱灰，一切宇宙中的事物都在她心头冷寂了，不能再令她沉醉和兴奋！一阵峭寒的夜风，吹熄她胸中的火焰，觉仆仆风尘中二十余年，醒来只是一番空漠无痕的噩梦。她闭上窗，回到案旁，写那封未完的信，她说：

钟明：

　　自从我在前线随着红十字会做看护以来，才知道我所梦想的那个国地，实际并不能令我满意如愿。三年来诸友相继战死，我眼中看见的尽是横尸残骸，血泊刀光，原只想在他们牺牲的鲜血白骨中，完成建设了我们理想的事业，谁料到在尚未成功时，便私见纷争，自图自利，到如今依然是陷溺同胞于水火之中，不能拯救。其他令我灰心的事很多，我又何忍再言呢！因之，钟明，我失望了，失望后我就回来看我病危的老母，幸上帝福佑，母亲病已好了，不过我再无兄弟姊妹可依托，我不忍弃暮年老亲而他去。我真倦了，我再不愿在荒草沙场上去救护那些自残自害，替人做工具的伤兵和腐尸了。请你转告云玲等不必在那边等我，允许我暂时休息，愿我们后会有期。

苏斐写完后，又觉自己太懦弱了，这样岂是当年慷慨激昂投笔从戎的初志。但她为这般忘忧的天使系恋住她英雄的前程，她想人间的光明和热爱，就在她们天真的童心里，宇宙呢？只是无穷罪恶无穷黑暗的渊薮。

白云庵

　　天天这时候，我和父亲去白云庵。那庵建在城东的山阜上，四周都栽着苍蔚的松树，我最爱一种披头松，像一把伞形，听父亲说这是明朝的树了。山阜下环绕着一道河水，河岸上都栽着垂杨，白艳艳的大小山石都堆集在岸旁，被水冲激的成了一种极自然美的塑形。石洞岩孔中都生满了茸茸的细草，黄昏时有田蛙的跳舞，和草虫的唱歌消散安慰妇人们和农工们一天的劳苦，还有多少有趣的故事和新闻，产生在这绿荫下的茶棚。

　　大道上远望白云庵像一顶翡翠的皇冠，走近了，碧绿丛中露出一角红墙，在烟雾白云间，真恍如神仙福地！庵主是和父亲很好的朋友，据说他是因为中年屡遭不幸，看破了尘世，遂来到这里，在那破庙塌成瓦砾的废址上结建了一座草庵。他并不学道参禅，他是遁潜在这山窟里著述他一生的经历，到底他写的是什么，我未曾看见，问父亲，也不甚了解。只知道他是撰著着一部在他视为很重要的著述。

　　早晨起一直到黄昏，他的庵门紧闭着，无论谁他都不招待不接见，每天到太阳沉落在山后，余霞散洒在松林中像一片绯纱时，他才开了庵门独自站在岩石上，望着闲云，听着松啸，默默地地深郁的沉思着。这时候我常随侍着父亲走上山阜，到松林里散步乘凉，逢见他时，我总很恭敬的喊一声"刘伯伯"。慢慢成了一种惯例。黄昏时父亲总带着我去白云庵，他也渐渐把我们看做很知己的朋友，有时在他那种冷冰如霜雪的脸上，也和晚霞夕照般微露出一缕含情的惨笑！

　　父亲和他谈话时，我拿着一本书倚在松根上静静地听着，他不多说话，父亲和他谈到近来南北战事，革命党的内讧，和那些流血沙场的健儿，断头台畔的英雄，他只苍白着脸微微叹息！有时他很注意的听，有时他又觉厌烦，常紧皱着眉峰抬头望着飘去飘来的白云。我不知他是遗憾这世界的摒弃呢，还是欣慰这深山松林，白云草庵的幽静！久之我窥测出他的心境，逆料这烟云松涛中埋葬着一个悲愁的惨剧，这剧中主人翁自然是这位沉默寡言，行为怪僻的"刘伯伯"。

　　有一天父亲去了村里看我的叔祖母，我独自到松林里的石桌上读书，那时我望着将要归去的夕阳，有意留恋。我觉一个人对于她的青春和愿望也是和残阳一样，她将悄悄地逝去了不再回来，而遗留在人们心头的创痕。只是这日暮时刹那间渺茫的微感，想到这里我用自来水笔写了两行字在书上：

　　　　黄昏带去了我的愿望走进坟茔，
　　　　只剩下萋萋芳草是我青春之魂。

　　我握着笔还想写下去，忽然一阵悲酸萦绕着笔头，我放下了笔，让那一腔凄情深深沉没隐埋在心底，我不忍再揭开这伤心的黑幕，重认我投进那帷幕里的灵魂。这时我背后传来细碎的足音，沉重而迟缓，回过头来见是白云庵中的"刘伯伯"。我站起来。他问我父亲呢，我方回答着，他就坐在我对面的石凳上，俯首便看见我那墨水未干的两行字，他似乎感触着一种异样的针灸，马上便陷进深郁的沉思里。半天他抬头向我说："蕙侄，你小小年纪应该慧福双修，为什么写这样的悲哀消极的句子？"他严肃的面孔我真觉有点凛然了，这怎样解说呢！我只有不语。过了一会他深深地叹了口气，他又望着天边最后的余霞说："我们老年人总羡慕你们青年人的精神和幸福，人老了什么也不是，简直是一付储愁蓄恨的袋子，满装着的都是受尽人生折磨的残肢碎骨，我如今仿佛灯残烛尽，只留了最后的微光尚在摇幌，但是我依然挣扎着不愿把这千痕百洞的心境揭示给你们年青人，蕙侄！像你有什么悲愁？何至于值得你这般消极？光明和幸福在前途等候着，你自前去迎接罢！上帝是愿意赐福给他可爱的儿女。"到了最后一句时他有点哽咽了，大概这深山草庵孤身寄栖的生活里，也满溢着他伤心的泪滴呢。这时云淡风清，暮色苍茫，他低了头若不胜其所负荷的悲愁，松涛像幽咽般冲破这沉静的深山，轻轻唤醒了他五十余年的旧梦，他由口袋里拿出他的烟斗，燃著飘渺的白烟中，他继续的告我他来到这里的情形，他说："蕙侄！我结庵避隐到这山上已经十年了，我以前四十余年的经过，是一段极英武悲艳的故事，今天你似乎已用钥匙开开我这秘密的心门，我也愿乘此良夜，大略告诉你我在人生舞台上扮演过的角色。

　　三十年前我并不是这须发苍白的老翁，我是风流飘洒的美少年，我的祖父和父亲都是亡国盛朝的大臣，我是在富贵荣华的府邸中长大，我的故乡是杭州，我也并不姓刘，因为十年前我遭了一次极重要的案件，我才隐姓埋名逃避在这里。

西子湖畔苏堤一带，那里有我不少的马蹄芳踪，帽影鞭痕，这是我童年欢乐的游地，也是我不幸的命运发轫之处。有一年秋天，我晚饭后到孤山去看红叶，骑着马由涌金门缘着湖堤缓辔游行，我在马上望见前面有一个淡青竹市衫，套着玄青背心的女郎，她右手提着一篮旧衣服向湖边去。我把鞭子一扬，马向前跑了几步，马的肚带忽然开了，我翻镫下马来扣时，那女郎已姗姗来到我面前了。她真是我命中的女魔，我微抬头便吃了一惊！觉眼前忽然换了一个世界，我恍如置身在广寒宫里，清明晶洁中她如同一朵淡白莲花！真是眉如春山微颦，眼似碧波清澈。我的亲眷中虽不少粉白黛绿，但是我从未曾看见过这样清秀幽美的女郎。当时把我的马收拾好，她已转到湖边去了，我不自禁的牵了马跟着她，她似乎觉得我是在看她，她只低了头在湖边浣衣，我不忍令她难堪，遂悄悄地骑了马走了。从此以后，我天天到这堤上来徘徊，但总没有再逢见她，慢慢这个影响也和梦中的画景一样，成了我灵台中供养着的一朵莲花。这一瞥中假如便结束了这段因缘，那未尝不是一个绮丽神仙的梦境。那知三个月之后，我从嫂嫂房里出来，逢见赵妈领着一个美丽的姑娘进了月亮门，走近了，她抬起头来，吓了我一跳！这是奇遇，你猜她是谁，她就是苏堤上逢见的浣衣女郎，她两腮猛然飞来两朵红云，我呆呆地站在走廊上。

后来我问嫂嫂的丫头，才知道她是赵妈的女儿，名字叫"梅林"，那年她才十六岁，我的母亲喜欢她幽闲贞静，聪明伶俐，便留在我家里住，不久我们便成了一对互相爱恋的小儿女，我那时十八岁。这当然是件不幸的事件，我们这样门第，无论如何不许我娶老妈子的女儿，我曾向我母亲说过，爱我的母亲只许我娶亲以后，可以收她做我的妾，我那时的思想遂被这件不幸的婚姻问题所激动，我便想当一个家庭革命者，先打破这贫富尊贱的阶级和门阀的观念，后来父亲听见这消息，生气极了，教训了我一顿，勒令母亲马上驱逐赵妈出去，自然，"梅林"也抱着这深沉的苦痛和耻辱出了我家的门。

在她们没有走的前一天夜里，我和梅林在后门的河沿上逢见，她望着垂柳中的上弦月很愤怒的向我说："少爷！我今天听太太房里的兰姑告我，说老爷昨天在上房里追问着我和少爷的事，他生气极了，大概明天就要我和我妈回去。少爷，这件事我现在不能说什么话，想当初我原不曾敢高攀少爷，是少爷你，再三的向我表示你对我的热感。我岂不知我是什么贫贱的人，哪敢承受你的爱情，也是你万般温柔来要求我的。如今，我平空在你家闹了这个笑话，我虽贫贱，但我……唉！我家里也有三亲六故，朋友乡里，教我怎样回去见人呢？"她说着低了头呜呜地哭了！这真是青天的霹雳！我那时还是个不知世故的小孩，我爱梅林纯粹是一腔天真烂漫的童心，一点不染尘俗的杂念，哪知人间偏有这些造作的桎梏来阻止束缚我们。我抚着她的肩说："梅林！你不用着急，假若太太一定让你回去，你就暂时先回去，我总想法子来成全我们。如果我的家庭真是万分不叫我自由，那我也要想法子达到我们的目的，难道我一个男子不能由我自己的意志爱我所爱的人吗？不能由我自己的力量去救一个为我牺牲的女子吗？至于我的心，你当然相信我，任海枯石烂，天塌地崩，这颗爱你的心是和我的灵魂永远存在。梅林！我总不负你，你抬起头来看！我对着这未圆的月儿发誓：梅林我永不负你。"她抬起头来说："少爷！从前的已经错了，难道我们还要错下去吗？我呢！原是很下贱的人，在你们眼底只是和奴婢一样的地位……至于说到深层的话，少爷，梅林没有那么大的福分，就是你愿意牺牲上你的高贵来低就我，我也绝不作那非分之想。谁叫我们是两个世界中的人，假如我是宦门小姐，或者你是农夫牧童，老天就圆满了我们的心了。假如少爷慈悲爱怜梅林，只要在你心里有一角珍藏梅林之处，就是我不幸死去，也无所憾！少爷，其他的梦想，愿我们待之来生吧！"

她走后，我被父亲派到海宁去看病的姑母，我回来便听见她们说梅林死了，说她回去后三天便投湖死了！当时我万分悲痛，万分忏悔，我天天骑着马仍到逢见她的苏堤上去徘徊凭吊，但这场噩梦除了给我心头留下创痕外，一切回忆，渺茫轻淡，恍如隔世。这样过了二年，我憔悴枯瘦的如一个活骷髅，那翩翩美丽的青春和幸福，都被这一个死的女郎遮蔽成阴森、惨淡、悲愁的黑影，因之我愤恨诅咒这社会和家庭，以及一切旧礼教的藩篱。于是我悄悄的离开家庭走了。

戊戌政变时，我在京师大学堂，后来又到上海当报馆主笔，那时我已和家庭完全绝裂，父亲和我的思想站在两极端不能通融，他是盛朝的耿耿忠心的大臣，我是谋为不轨的叛徒。太后临朝，光绪帝被囚于瀛台，康梁罢斥的时候，封闭报馆，严拿主笔，我和一个朋友逃到日本，那时我革命的热心更是拼我头颅，溅此鲜血而不顾。以我一个文弱书生，能这样奋斗，我自己的思想建筑在革命的程途上，这自然都是一个女子的力量，我爱敬的梅林姑娘。

在日本晤孙文和宫崎寅藏，庚子那年我回国随着唐才常一般人，奔走于湘鄂长江，两粤闽浙间，后来在汉口被官兵破获，才常等廿余人均死。我那时幸免于难，又第二次逃到日本。不久联军入北京，太后挈光绪出走，父亲母亲和全家都在北京被害，只剩了杭州家里者姨太养着的我的三弟，从此以后我湖海飘零，萧然一身，专心致志于革命事业者十余年，其间我曾逢见不少异国故乡的美婉女郎，她们也曾对我表示极热烈的愿望，但是我都含泪忍痛的拒绝了。因为我和梅林有海枯石烂永不相忘的誓言。

我的少年期，埋葬这一段悲惨的情史在我心底，以后我处处都是新疮碰上我的旧创。在日本我逢见黄君壁女士，她是那时在东京最有名的中华女侠，她学医我学陆军，我们是天天见面，肝胆相照的朋友，但是我心头有我的隐恨埋殡着，永不曾向她有超过朋友情谊的表示和要求。

辛亥革命，我二次回国投身军界，转战南北，枪林弹雨中幸逃出这副残骸来。民国以后我实指望着革命是得到了真正的成功，哪知专制的帝王虽推倒，又出了不少的分省割据的都督将军，依然换汤不换药的是一种表面的改革，我觉悟了中国人的思想，根本还是和前一样，渐渐我和这般革命元勋，旧时同志，发生了意见，我乃脱甲投戈又回到日本。袁氏称帝，那一般同志在日本重新旗鼓的预备挞伐，我也随着回来。这次我去向一个伟人抛掷炸弹，未中，我扮着乡人逃出北京，回到杭州看了看我的三弟，和已经出嫁并生有子女的妹妹。这时我才觉着我漂泊生活，已如梦一般把我那青春幸福的时代逝去了。我那时候更凄楚的想到梅林，我独自去苏堤一带又追寻了一番我们廿年前的旧梦。她一个勇武柔美，霜雪凛然的女郎，激发我做了这许多轰轰烈烈的事业，但如今我独自在苏堤上，回想起来更增加我的悲痛！廿余年中我像怒潮狂焱，任忧愁腐蚀，任心灵燃烧，到如今灵焰成灰烬，热血化白云，我觉已站在上帝的面前，我和人间一切的愿望事业都撒手告别。宇宙本无由来，主持宰制之者惟我们的意欲情流。人生的欢乐，结果只留过去的悲哀；人生的期望，结果只是空谷的回音，这和巍峨的宫殿，峥嵘的宝塔一样，结果只是任疾风暴雨，摧残欺凌，什么美人唇边的微笑，英雄手中的宝刀，都是罪罚的象征，都是被梦来戏弄。地狱，死刑，暗杀，事业，爱人，金钱，在我的心底呵！从前都是热血的结晶，如今都化成苍白的流云飞上天边去了！"他说到这里忽然站起来，用手向星月灿然的天空指着，他血又从新沸腾了，苍白的月色下，我看他的脸却和刚才的晚霞一样红，颚下银须被晚风吹的在襟头飘拂着。

"蕙侄，你知道吧！我从前的雄心壮志，爱国热诚，革命思想，也和现在的青年们一样狂热呢！那时悬赏捕我的风声日紧一日我也不能再振作我往日的雄心了，一切都和太阳下的融雪一样，我不能再挣扎支持上这孤独，悲哀，空虚的躯壳，和无穷无穷的前途奋斗征战了！我遂肩行李云游到这山中。我爱这里有水涧瀑布，翠峦青峰。微雨和风，白云明月之下，我找了这一块干净土，把五十年雄心壮志，绮情蜜意都一齐深葬此山。任天下怎样鼎沸混乱，人民怎样流离痛苦，我不闻问了，我将深藏此深山松篁中，任白云飘过我的头顶。我老了，我的担子青年人已接过去了，我该休息了，整理完成这廿年中的日记后，我想可以寻梅林去了！只恐怕她还是青春美丽的少女之魂，而我已经是龙钟苍老的白头翁了！"他手里拿着烟斗，微仰着头望着松林中透露出的半弦月神,他心里又想起廿年前那夜的月色,和梅林最后诀别的河畔蜜语。

我始终未曾打断他的话,这时我看他已不能再说什么了,我说:"刘伯伯!人生的悲剧,都是生活和思想的矛盾所造成。理想和现实永远不能调和,人类的痛苦因之也永无休止。我们都在这不完善的社会中生活,处处现实和理想是在冲突,要解决这冲突的原因,自然只有革命,改变社会的生活和秩序。不过这不是几个人几十年就能成功的,尤其因为人生是流动的进步的,今天改了明天也许就发现了毛病,还要再改,革了这个社会的命,几年后又须要革这革过的命。这样我们一生的精力只是一小点,光阴只是一刹那,自然我们的幸福愿望便永远是个不能实现的梦了。一方面肉体受着切肤的压迫,一方面灵魂得不到理想中的安慰,达不到梦中的愿望,自然只有构一套悲剧了事。伯伯!你五十多岁了,也是一个时代的牺牲者,哪知我二十多岁也是一样作了时代的牺牲者!说句不怕伯伯笑话的话吧!我如今消极的思想,简直和你一样。虽然我是个平常的女孩儿,并不曾有过什么惊天动地的作为,建过什么爱国福民的事业,和伯伯似的倦勤退隐。不过近来我思想又变了,我自己虽然把人生已建在消极的归宿处——坟墓之上,但是我还是个青年,我希望我为了自己的悲愁就这样悄悄死去的。我要另找一个新生命新生活来做我以后的事业。因之,我想替沉没浸淹在苦海中的民众,出一锄一犁的小气力,做点能拯救他们的工作,能为后来的青年人造个比较完善的环境安置他们,伯伯,假如你愿意,你便把你那付未卸肩的担子交付给我,我肩负上伯伯这付五十年湖海奔走,壮志如长虹的铁担。"

他听了这一番话,冰森冷枯的脸上,忽然露出浅浅的笑痕,他放下了烟斗,站起来伸过他瘦枯如柴的手来握住我的右手,他说:"蕙侄!二十年来我这时是第一次得意!你这番话大大令我喜欢!你们青年,正该这样去才是光明正坦的大道,才可寻得幸福美满的人生。蜷伏在自己天鹅绒椅上哼哼悲愁,便不如痛痛快快,去打倒,去破坏这使你悲愁的魔鬼。革命的动机有时虽因为是反抗自己的痛苦,但其结果却是大多数民众的福利,并不能计较到自己的福利。所以这并不是投机求利的事业,虽然为了追求光明幸福而去,但是这也是梦想,你不要因为失望便诅咒他,我从前曾有过这样错误思想,现在先告诉你,蕙侄,你去吧!你去用你的血去溅洒这枯寂的地球去吧!使她都生长成如你一样美丽的自由之花。我在这松林里日夜祷告你的成功,你接上这付铁担去吧!事完后你再来这里和我过这云烟山林的生活,我把我整理好的日记留给你。假如我不幸死去,蕙侄!我也无恨憾了,你已再造了我第二次的生命!"他说到这里,山下远远看见一盏红灯隐现在森林中,走近时原来是我家的仆人,母亲叫他燃着来接我的。我向刘伯伯说:"天晚了,明天我再来和伯伯说。这样大概我行期要提早，也须这一星期便可动身。谢谢伯伯今天给我讲的故事，令我死灰复燃，壮志重生。"他望着我笑了！我遂和来人点着母亲的红灯下了山，归路上月色凄寒，回头望白云庵烟雾缭绕，松柏森森中似乎有许多火萤飞舞，星花乱迸，这是埋葬在这里的珠光剑气罢！

　　我默想着松林下桌傍的老英雄，他万想不到他和梅林的一番英雄儿女的侠骨柔情，四十年后还激动了一个久已消沉的女子。

石评梅

被践踏的嫩芽

梦白毕业后便来到这城里的中学校当国文教员，兼着女生的管理。虽然一样是学校生活，但和从前的那种天真活泼的学生时代不同了。她宛如一块岩石在狂涛怒浪中间，任其冲激剥蚀，日子长久了，洁莹如玉的岩石上遂留下不少的创洞和驳痕。黑影掩映在她的生命树上，风风雨雨频来欺凌她惊颤的心，任人间一切的崎岖，陷阱，罗网，都安排在她的眼前，她依然终日来来往往于人海车轨之中，勤苦服务她这神圣的职业。

她是想藉着这车马的纷驰，人声的嘈杂，忘掉她过去的噩梦，和一切由桃色变成黑影的希望。

不知道梦白身世的人，都羡慕她闲散幽雅的兴趣，和霭温柔的心情；所以她在这学校内很得她们一群小天使的爱敬。她自己，劫后残灰，天涯飘萍，也将这余情专诚的致献于她们，殡埋了一切，在她们洁白的小心里。

有一天梦白正在办公处整理她的讲义，一阵阵凉风由窗纱吹进来，令她烦热的心境感到清爽舒畅。这时候已经日暮黄昏，回廊上走过一队一队挟书归去的白衣女郎，有时她们偶然抬头和她们相触的目光嫣然微笑！

钟声息了，只剩下这寂寞的空庭，和沉沉睡去的花草，梦白为了这清静的环境沉思着！散乱的讲义依然堆集在桌上。这时忽然有轻轻叩门的声音，门开了走进一个顾长淡雅的女郎，丰容盛鬋眉目如画，那种高洁超俗的风度，令人又敬又爱。梦白认识她是这校中的高材生郑海妮。

海妮走到梦白的桌子前，她嗫嚅着说；"先生！我有点事来烦扰您"。说着把书包打开拿出一束信来，这一束信真漂亮，颜色是淡青、淡黄、淡紫、淡红，还有的是素笺角上印着凸起的小花。梦白笑了！她说："呵！这一段公案又来了。"

海妮脸上轻泛起那微醉的酪红，薄怒娇嗔的告诉梦白这束信的来历和那厌烦的扰人，为了免除家庭的责难，同学的嘲笑，她希望梦白向学校提出，给她一种惩罚，不要再这样来扰人讨厌。梦白翻着这一束信静听她絮烦的妙语，她心现着有点醉了！"海妮！把这信留在这里我看看，你先回去，明天应该怎么办，我再和你商量"。"谢谢先生！"海妮微微弯着腰，姗姗地走出去了。

晚餐后，梦白在灯下坐着看学生的试卷，她忽然想起海妮给她一束信，她遂把试卷放在一边，她把那束信抽出来看：

海妮：

假如上帝安排下他的儿女是应该相爱的，那我就求你接到这信时你不必惊讶！我仅仅是个中学生，既不是名画家，更不是大诗人，我不能把我崇敬爱慕的女郎，用我的拙腕秃毫来描写于万一。我不须要赞美，我只求心灵有一块干净地方来供奉她，人间采一朵幽淡如兰的鲜花来祭献她，再用我的血泪灌溉这朵花永远是盛开着，令她色香不谢。

昨天我独自在图书馆看书，正是心神凝注时，门帘动了，你姗姗地由我身边走过去。借完书，你又姗姗地惊鸿一瞥似的走出去。就是这样一来一去，把我平静的心波鼓荡的狂涛怒浪，山立千仞。我不能在这里枯坐，遂挟了书走到操场的树阴下。我想在那嘈杂人声中，来往人影里，消失了我心头的倩影。谁知道你偏又和你的同伴来到操场上散步。我明知道是我自己的心情恍惚，但是我那时真恨你，并且恨那和你同行的女伴。

我自己也莫明其妙，在学校已经三年半了，女性的同学我见过数百人，在万花群艳中未曾令我神夺志移，但是你来了之后我就觉的两样了，几次自己想驱逐这幻影的来临，但是终于无效。海妮！这些诉告在你自然是值的卑视讪笑的，我本不愿把这些难邀一笑的言语来扰你清听，但是我的心在悄悄地督催我，我也觉真心的祭献是不至于令神嗔怪的！

林翰生

梦白看完后，觉得这信写的很真诚别致，还不怎样令人不能往下看，海妮的情书自然也该超出于旁人吧！她想着不禁笑了！接着又抽看第二封：

海妮：

我早知道你是不理我的，也知道你对于这渴慕你的人们，环绕于你足下的人们是一样的与以冷笑！我不能把我自己怎样超拔于群侪，令你垂青，我只是一个中学生，我毫无特别的才能建设值的你敬慕。

我现在是求学时代，不幸便无意中受了爱神的戏弄，令我由光明的前途，沉溺于黑暗的陷阱，我哪敢怨你，我自然是痛恨诅咒那嘲弄人的命运，我好似驰骋山野的骏马，忽然自愿把鞍辔加上，任人鞭骑，这是令我日夜痛心怆然下泪的遭逢呵！海妮！不论怎样，我永远珍藏这颗心至永久罢！我不敢说是爱你。

我应该告诉你我的身世，我是孤儿，父母都在十年前相继弃我而去，族叔抚养我到如今，我从未曾盼望过人间的幸福，只求能有点树立时，不辜负叔父一场教养。在我这十八年凄空清寂的生活里，微微有点余温使我生命之火星光彩闪烁的就是你了，你的学问品格处处都令我敬慕，我才不自主的把这颗幼小被伤的嫩芽，重献到你的足下来求践踏。

你是名门闺秀，富室千金，天赋给你的是人间的欢乐和幸福，我也明白，到什么时候我和你也是两个世界的人，侯门似海，我终于是徘徊在朱门外的流浪者。我本不必把我的衷曲向你弹述，希望求你的怜恤，你是不能衷同情于我的。但是海妮，我能够珍藏你于方寸灵台之中，我就不再奢求什么了。

林翰生

梦白连读了几封信后，她的神色异常颓丧，她觉这信里所说的话，好像十年前也有人这样向她说过一样。前尘梦影又涌现到她的回忆边缘上来，令她默默地向着灯光沉思，她不知怎样来处理这一段公案。

翌晨，梦白同海妮商量，海妮的意思还要令梦白提出校务会议，因为不给他惩罚时，怕他还要再写信来，频频相扰。她是想藉此申明表白给她的家庭同学看一看的。梦白原想探一探海妮的口吻，如果她能通融和缓时，她是不愿意声明这件事的，因为这事的结果，在她素有经验的心中已都安排好了，林翰生又是品学皆优的高材生，她怕他受不住这无情的风波！但是海妮这样坚决她也无计再能调剂这严重的空气，遂允许了海妮的要求，在当天下午把这件事情提出校务会议。

会议室里一张长桌上铺着雪白的桌布，放着瓶花，四周都坐满了穿长衫西装的人们，这都是校中的重要职员。门开了，梦白手里拿着那一束鲜艳的信笺进来，他们都很注意的问道："这是什么？"开会时，梦白先把这一束信的公案报告了一遍，主席一面读着信一面征求各位的意见。有的主张重办，有的主张从宽，众见纷纭，莫衷一是。主席后来把两种意见折衷办理，议决给林翰生一个行为不检的特别惩戒,由本级级任面加训迪。这是姑念他平常品学皆优,所以这次才不出牌示给他包留情面。林翰生做梦也不知道,他写给海妮的情书遭了这般厄运,在这庄严堂皇的会议席上,互相传观。

三天后的早晨正是狂风暴雨时候,海妮神色仓忙,面容灰白,又来到梦白的办公处,她站在梦白面前嘤嘤啜泣!梦白不知她受了何人的委曲,再三问她,她由衣袋中拿出一封信来递在梦白手中,拆开来写的是:

海妮:

我不怨你对我这样绝情。就是这一点行为不检的惩戒,我也不介意。不过我三年多在学校里 师长同学面前,我未曾失意过,这次事情发生后,似乎一切人们都觉着我是个轻薄可鄙的少年,将不齿于友侪,这是令我最痛心的。

到如今我在情感上并不忏悔我过去是错误,我用天真忠诚的心血,滴沥着写给你的信,就是枪眼对着心口,钢刀放在颈上,我也不懊悔那是罪恶的表现,不道德的行为。他们那些假道学的人们,根本不能来讪笑我,虽然我自始至终,对于这件事我不愿有所表白。海妮!为了你的绝情,陷我于这黑暗的深渊,不能振作。但是我已另外发现了路途了。我已和叔父商议好,明日便束装回里,我不愿再在这学校逗留,这里对我无一点留意,海妮!就是你,我也不再向你说什么,我为了你的清静,我从此不再写信,也不再在这里停留,愿我们从此永远隔绝好了。

本可以不必写信给你,不过我想告诉你我此后的消息,你也该放心了。海妮!我自然爱你一如往日,此后不论漂泊到天涯地角,我也遥远的替你祝福!也希望你慧心里不要忘了这被你践踏的嫩芽,海妮!海妮!从此你的倩影日离我远了,也许是日距我近了。假如你是有情人,愿你将来心幕上不要留今日的残痕。至于宇宙对我的命运和安排,我也不怨恨冷酷,因为我能在极短的时期中认识你,而且又与你以微小可纪的印象,我已曾满足了。夜深了,我按着惨痛的心灵,向你告别,向我认识你的学校告别!

林翰生

梦白看见这封信,她并不惊奇,不过她心头感到万分的凄酸!抬头见海妮还在低低的泣!纯是个不懂事的儿女态度,她本想说她几句,后来因她已经心碎便忍住了。

一阵风吹开了窗帏，梦白忽然见阶前的一株不知名的紫花，被风雨欺凌的落红满地。这时雨直如注，狂风卷着雨丝把纸窗都湿了，梦白低低的向海妮说了声："也许这时候他已经走了。"

流浪的歌者

碧箫是一个女画家,近来因为她多病,唯一爱怜她的老父,伴她到这背山临海的海丰镇养病。海丰镇的风景本来幽雅,气候也温和,碧箫自从移居到这里后,身体渐渐地恢复了健康。

他们的房子离开海丰镇的街市还有四、五里地,前面凭临着碧清浩茫的大海,后面远远望见,云气郁结,峦峰起伏的是青龙山蜿蜒东来的余脉。山坡上满是苍翠入云的大森林,森林后隐约掩遮着一座颓废的破庙。这是碧箫祖父的别墅,几间小楼位置在这海滨山隅,松风涛语,静寂默化中,不多几天,碧箫的病已全好了。黄昏或清晨时,海丰镇上便看见一位银须如雪的老人,领着一个幽雅淡美的女郎在海岸散步,林中徘徊。

有时她独自一个携着画架,在极美妙的风景下写生,凉风吹拂着她的衣角鬓发,她往往对着澄清的天宇叹息!她看见须发苍白的老父时,便想到死去已久的母亲。每次她悄悄走进父亲房里时,总看见父亲是在凝神含泪望着母亲的遗像沉思。她虽然强为欢笑的安慰着父亲,但不能制止的酸泪常会流到颊上。这样黯淡冷寂的家庭,碧箫自然养成一种孤傲冷僻的易于感伤的性情,在她瘦削的惨白的脸上,明白表现出她心头深沉的悲痛。

这时正是月亮尚未十分圆的秋夜,薄薄的几片云翼,在皎朗的明月畔展护着,星光很模糊,只有近在天河畔的孤星,独自灿烂着。四围静寂的连犬吠声都没有,微风过处,落叶瑟瑟地响,一种清冷的感触,将心头一切热念都消失了,只淇然引起一缕莫名的哀愁。

碧箫服侍父亲睡后,她悄悄倚着楼栏望月,这里并不是崇岭瀑泉,这时也不是凄风苦雨,仅仅这片云中拥护的一轮冷月,淡淡地悠悠地,翻弄着银浪,起颤动流漾时,已波动了碧箫的心弦,她低了头望着地上的树影冥想沉思。这时候忽然由远处送来一阵悠扬的琴声，夹和着松啸涛语，慢慢吹送到这里，惊醒了碧箫沉思之梦。她侧着耳朵宁神静气的仔细听，果然是一派琴音，萦绕在房后的松林左右。这声音渐渐高了，渐渐低地，凄哀幽咽中宛转着迂回缠绵的心曲，似嫠妇泣诉，夜莺哀啼，悲壮时又满含着万种怨恨，干缕柔情，依稀那树林中每一枝叶，都被这凄悲的音浪波动着。碧箫禁抑不住的情感，也随着颤荡到不能制止，她整个的心灵都为这月色琴音所沉醉了。忽然间一切都肃然归于静寂，琴声也划然而止，月色更现的青白皎洁，深夜更觉得寒露侵人，她耳畔袅袅余音，仿佛还在林中颤动流漾。那一片黑森森的树林，荫翳着无穷的悠远，这黑暗悠远的难以探索，正和他渺茫的人生一样呢！

　　碧箫想：这是谁在此深夜弹琴，我来到此三个月了，从未曾听见过这样悲壮哀婉的琴音。她如醉如痴的默想着，心中蜷伏抑压的哀愁，今夜都被这琴声掘翻出来。她为这热烈的情绪感动了，她深深地献与这无限的同情给那不知谁何的歌者。

　　晨曦照着了海丰镇时，多少农夫和工人都向目的地工作去了，炊烟缭绕，儿童欢笑的纷扰中，破了昨夜那个幽静的好梦。

　　碧箫在早晨时，发现她父亲不在房里了。下楼去问看门老仆，他说："清早便见主人独自向林中去了。"她匆匆披了一件外衣，出了栅门向北去，那时空气新鲜，朝霞如烘，血红的太阳照在渐渐枯黄的森林，如深秋的丹枫一样。走进了森林，缘着一条一条草径向破庙走去，那面有路通着海丰镇的街市。她想在这一路上，一定可以逢见父亲在这里散步回来。不远已看见那破庙的山门，颓垣残塔，蔓草黄叶，显得十分凄凉肃森。她走上了台阶，忽然听见有人在里面低吟，停步宁神再听时，父亲正从那面缓步而来。她遂下了台阶，跑了几步迎上去说："爸爸，我来寻你的，你去了哪里呢？""到镇上看了看梓君，他病已好了，预备再过两星期就要回去。他问我们还是再住几天，还是一块儿回去呢。"她听见父亲这话后，低了头沉思了一会，这里的环境，却是太幽静太美丽了，她真有点留恋不肯去呢！她又想北京父亲还有许多事要办理，哪能长久伴她住在这里。因之她说："爸爸，如果你急于回去，我们就同樟君一块儿去，不然再多住几天也好，爸爸斟酌吧！他们等着我们吃早餐呢，我们回去吧。"走到铁栅门时，服侍碧箫的使女小兰在楼上扬着手欢迎他们，碧箫最爱的一只黑狗也跑出来跟随在她的足下嗅着。这时她心中充满了无限的哀感，这些热烈的诚恳的表情，都被她漠然不加一瞬的过去了。

　　碧箫同她父亲用完早餐后，她回到房里给她的朋友写一封信，正在握管凝思的时候，忽然又听见一缕琴音由远而近，这时琴音又和昨夜不同，虽然不是那样悠远，但也含着不少穷途漂零，异乡落魄的哀思。这声音渐渐近了，似乎已到了栅门的左右,她放下笔走出了房门,倚着楼栏一望,果然见她家铁栅门外站着一个颀长的男子,一只手拿着他的琴,一只手他抚着前额,低头站在一颗槐树下沉思;浓密的树叶遮蔽了,看不清楚他的面容。她觉这个人来的奇怪,遂叫小兰下去打听一下,他在那里徘徊着做什么呢?

小兰跑下去,开了栅门。他惊惶地回过头来,看见栅门旁立着一个梳着双辫,穿碧绿衣裳的小姑娘。他挟着琴走向前,喏嚅着和她说:"姑娘!我是异乡漂游到此的一个进难的旅客,我很冒昧,我很惭愧的,请求姑娘赏我点饭吃!"

小兰虽是个小女孩,但她慈悲的心肠也和她女主人一样。她自己跑到厨房向厨子老李要了一盆米饭,特别又给他找了点干鱼、干饽饽一类的东西拿给他。

小兰在槐树下抬石子玩耍,等他吃完了,她才过来收回碗碟。他深深向小兰致谢,他说;"姑娘!我不知用什么言语来代表我的谢忱,我只会弹琴,我弹一曲琴给姑娘听吧。"

他脸上忽然泛浮着微笑!轻轻地又拨动了他的琴弦。小兰回头望望楼上的碧箫,她憨呆地倚着栅门,等他弹完后走到林中去了,才闭门回来告诉她的小姐。

碧箫在楼头望着他去远后才回到房里,她想这个人何至于流落到求乞呢!他不能去做个琴师吗?不能用他的劳力去求一饱吗?他那种谈吐态度真是一个有知识的人,何至于缘门求乞,而且昂藏七尺之躯也不应这样践踏,也许他另有苦衷不得不如此吗?她吩咐小兰告诉厨子,以后每天都留点饭菜给他。

从此每夜更深入静时,便听见琴声在树林中回萦;朝阳照临时,他便挟着琴来到她家门口,讨那顿特赐的饱食。吃饱后他照例在槐荫下弹一曲琴,他也不去别处。但过了两三天后,这左右的农家都互相传说着,海丰镇来了个弹琴的乞丐。

两个星期后,碧箫的病已全好了,父亲和她商量回北京去。

临行的前一天,将到黄昏时候,碧箫拿了画架想到海边画一幅海上落日图。她披了一件银灰色的斗篷,携了画架颜色向海边去。走不多远已望见那苍茫的烟海,风过处海水滔滔,白浪激天,真是海天寥阔,万里无云。他捡了一块较高的沙滩把架子支起来,调好了颜色,红霞中正捧着那一颗落日,抹画的那海天都成了灿烂的绯色,连她那苍白的面靥都照映成粉白媚红,异常美丽。她怀着惊喜悲怆的复杂心绪很迅速的临画着。只一刹那,那云彩便慢慢淡了,渐渐褪去了绯色又现出苍茫的碧海青天。一颗如烘的落日已沉没到海底去了,余留的一点彩霞也被白浪卷埋了,这寂寞的宇宙骤然现得十分黯淡。她掷了画笔呆呆地望着大海。她凄恋着一切，她追悼着一切，对着这浩茫的烟海，寄托她这无涯的清愁。

这时候她忽然听得背后有沉重的足步声，回过头看，原来是那个流浪的歌者，他挟着琴慢慢地向这里走来。这次她才看清楚他的面貌：他有三十上下年纪，虽然衣履褴褛，形容憔悴，但是还遮不住他那温雅丰度，英武精神。苍白瘦削的靥上虽流露着饥寒交迫的痛苦，那一双清澈锐利的目光，还是那样炯炯然逼人眉宇。她心里想："真风尘中的英雄。"

他走近了碧箫的画架，看见刚才她素腕描画的那一幅海上落日，他微微叹息了一声，便独自走到海岸的高处，在这暮色苍茫，海天模糊的黄昏时候，他又拨动着他那悲壮愤怨如泣如诉的琴弦。这凄凉呜咽的琴音，将他那沦落风尘，悲抑失意的情绪，已由他十指间传流到碧箫的心里。

晚风更紧了，海上卷激起如山的波浪，涛声和着忽断忽续的琴弦更觉万分悲凉！吹得碧箫鬓发散乱，衣袖轻飘，她忍不住的清泪已悄悄滴湿了她的衣襟，惨白的脸衬着银灰色的斗篷。远远看去浑疑是矗立海边的一座大理石的神像呢！是那么洁白，那么幽静，那么冷寂！

她觉得夜色已渐渐袭来，便收拾起画架，一步一步地缘着海岸走回来。半路上她逢见小兰提着玻璃八角灯来接。到了铁栅门口，她无意中回头一望，远远隐约有一个颀长的黑影移动着。

这一夜她的心情异常复杂，说不出的悲抑令她心臆如焚！她靠在理好的行装上期待着，期待那皎皎的月光来吻照她，但只令她感到幽忧的搏声。黑暗的恐怖，月儿已被云影吞蚀了去，那卷着松涛的海风一阵阵吹来，令她觉得寒栗惊悸！小兰在对面床上正鼾声如雷，这可怕的黑夜并未曾惊破她憨漫的好梦。

她期待着月色，更期待着琴声，但都令她失望了。这一夜狂风怒号了整夜，森林中传来许多裂柯折枝的巨响，宇宙似乎都在毁灭着。

翌晨十时左右，碧箫正帮着父亲装箱子，小兰走进来说："有小姐一封信，我放在你桌子上了。"

她把父亲箱子收拾好后，回到自己房里果然见书桌上放着一封信，她拿起来反复看了一遍，觉这信来的奇怪，并没有邮票也没有写她的名字，只仅仅写着一个姓。她拆开来那信纸也非常粗糙，不过字却写的秀挺饱满，上面是：

小姐：

　　我应该感谢上帝，他使我有机缘致书于你，藉此忏悔我的一切罪恶，在我崇敬的女神之足下。我不敢奢望这残痕永映在你洁白的心版上，我只愿在你的彩笔玉腕下为我落魄人描摹一幅生命最后的图画。

到现在我还疑惑我是已脱离了这恶浊的世界,另觅到一块美丽欢乐的绿洲呢!但是如今这个梦醒了,我想永随着这可爱的梦境而临去呢。原谅我,小姐,我这流浪欲狂的囚徒来惊扰你,但是我相信你是能可怜我的同情我的,所以我才敢冒昧陈词,将我这最后的热泪鲜血呈献给你!小姐,求你念他孤苦伶仃,举世无可告语,允许他把这以下种种,写出来请小姐闪动你美丽的双睛一读。

我的故乡是在洛阳城外的一个大镇,祖父在前清是极有威权的武官,我家在这镇上是赫赫有名的巨族,我便产生在这雕梁画栋,高楼大厦的富贵家庭中。十八岁时我离开了家去北京游学,那时祖父已死了,还剩有祖母父母弟妹们在洛阳原籍住着。

近数年内,兵匪遍地,战云漫天,无处不是枯骨成丘,血流漂櫓,我的故乡更是蹂躏的厉害,往往铁蹄所践,皆成墟墓。三年前我那欢乐的家庭不幸变成了残害生灵的屠场,我的双亲卧在血泊中饮弹而亡,妹妹被逼坠楼脑碎,弟弟拉去随军牧马,只剩下白发衰老的祖母逃到我的乳妈家中住着,不久也惊气而亡,一门老少只余了我异乡的游子,凭吊泣悼这一幕惨剧,当时我愤恨的复仇心真愿捣碎焚毁这整个的宇宙呢!

从此后我便成了天涯漂泊的孤独者,我虽竭力想探得我弱小弟弟的行踪,但迄今尚无消息,也许早已被战马的铁蹄践踏死了,在这样的环境下煎熬着、悲苦着,我更彻底地认识了这万恶的社会,这惨酷的人生,不是人类所应有。生命的幸福欢乐既都和我绝缘,但是人是为了战胜一切而生存的,我不得不振作起来另找我的生路,想在我们的力量下,改造建设一个自由的和平的为人民求福利的社会和国家。因之我毅然决然把这七尺残躯交付给我所信赖的事业,将为此奋勉直到我死的时期。

这几年中流浪于大江南北,或用笔或用枪打死了无数的敌人,热血在我心腔中汹涌着,忘了自己生命上的创痕。虽然日在惊险危急中生存,我总自诩我是一勇敢的战士。假使这样努力下去,那我们最后的成功指日可待。谁想世事往往如此,在这胜利可操的途程上,内部忽然分裂,几个月后嫉妒争夺,金钱淫欲,都渐渐腐化了我们勇武的健儿,敌方又用各种离间拉拢的手段来破坏我们的集团,从前一切值得人赞美钦佩的精神勇气,都变成人人诅咒的罪恶渊薮。我当时异常灰心,异常愤怒,便发表了一篇长文劝告这些在前敌在后方的同志,哪知因此便得罪了不少的朋友,不久我便被人排挤陷害,反成了众人攻击的箭垛，妄加我许多莫明其妙的罪名。我也明知道黑幕日深，前途黯淡，这日深一日的泥泽，也不是我一人的精力所能澄清，遂抱了无语的懊丧与失望离开了他们。我无目的去了上海，那里住着我一很好的女朋友朱剑霄，我想顺便看看她。并且愿藉此机会往外国再念几年书，重新来建设我信赖的事业，目下中国的时局确实太浑浊，新兴势力既为腐化所吞蚀，一时恐绝无重振的希望。

到了上海我并未寻见朱剑霄，到她寓处说她去广东了，我也毫不迟疑她怀有异心。那想到第三天我在旅馆里正弹着我新买的琴时，忽然去了许多军警把我逮捕到龙华，也未加审诉便把我下了监牢，这真是一个闷葫芦，后来有人告我是朱剑霄告发了我，说我来沪带着危险的使命，先请我在监狱中暂住几天，防我意外的暴动。

我倒是很感谢她！进了监狱后身体上虽略有痛苦，但我精神上非常舒适，初从一种忙乱嚣杂的环境里逃出，冷静寂寞的狱中反给我不少心灵上的反省和忏悔。我觉这世界为什么永远是这样污浊黑暗呢！因为人类的心太残忍冷酷了的原故吧！这几年牺牲了青年英雄多少头颅，多少热血，然而所建设的功绩依然渺如云烟。给人民争得的福利不知梦在哪里，而人民流离颠沛的痛苦，却是我们的努力所促成。我原是家破人亡的孤子，为了拯救别人，才奋勇去投效从军，哪知我这一番热心忠诚，反是促成家破人亡的罪魁，回忆我枪炮声中所目观的惨剧，又何尝不是我心头的惨剧呢！

我并不怨恨我走的道路错了，我也绝对不怀疑我的主义事业有何足以疵议，我只可惜我们同志们的毅力太薄弱了，抵不过恶势力的包围和腐化而亡。叹息这次失败的自然不仅是我，和我抱此澄清宇宙，再图发扬的一定还有人在，我想以后得到机会再舒伸我的未遂的壮志。因此我在狱中很安静的过了三个月。

一天夜里我忽然听见枪声连续地响，渐渐近了，我望见天空中缭绕的黑烟和火星。天将明时，我见许多囚犯都聚集在院中，狱卒也不知都哪里去了。后来我们便都破狱出来，那时已无人管看我们。枪林弹雨中我挟着我的琴躲在一个酒店内，等到黄昏时候我乘着混乱离开酒店，缘途求乞，一个星期后才来到海丰镇，我已精瘦力竭，不得不暂时在这里休息几天。

那一夜我悄悄逃到这森林中的破庙，当时可怜我除此琴外，别无长物，孤苦伶仃，饥寒交逼，蜷伏在这颓荒的墙角，激荡着如焚的怅惘！那时我真惶悔，早知道今日这样落魄异乡，我宁愿作个永久监禁的囚徒，平安舒适地在狱中住着，不强似这漂流无定，饥寒侵凌的乞丐生活？

翌晨，我穿过松林弹着琴来到你家门口，我在树影里远远看见你伫立楼头。那时我虽领受了你的厚赐，但是我心中却充满了莫名的惭愧和羞愤。

多谢你慈善的小姐，救活了街头的饿莩。这许多天你赐给我的，我想并不是那仅仅果腹的一餐，我觉在生命的海中，踏上了青春美丽的绿洲，而你便是那指导我接引我去的女神！

今晨我在你家门口探得你将离此的消息。我似乎惊醒了一个梦，才知道自己目前的境遇，和将来的企图，该如何处置？

黄昏时来到海边，望着雪浪汹涌的大海，猛然看见生命的神光在那里闪耀，似乎唤醒我这昏醉的灵魂！我望着一团一团的浪花涌来，又化作白沫溅散在四周，刹那间冲洗尽我这颗尘封血凝的碎心，化成了万千只自由翱翔的海鸥在水面上沉浮。海呵！海呵！你是我母亲温柔的怀抱罢！我愿永眠在这雪浪银涛之中求她的蜜吻。这纷扰的，破碎的世界有何留恋？在这枯骨战壕，血肉屠场找生命的幸福和欢乐吗？我早无望了。如今人海漂零，孑然只身，挣扎着去战斗罢，也不过是痛苦着自己的心神，去作些殃民祸国的勾当。我的主义事业也终于是空虚的幻想，愿他永远留在我的梦里。因之，我决意把这创伤的躯壳在此求死，不再向扰攘的人群中腼颜去求生。

这时却巧逢见你来海边绘画，本想冒昧过去面谢你的一切恩惠，那知道我走到面前望见你那惨白的皎颜时，又令我踌躇不前。你是那样幽淡高傲，令我凛凛然不敢侵犯，只好借琴弦来致此最后的虔诚，但万想不到你竟为我这哀酸迂回的心曲而落泪沾襟？

我不希求什么了，这宇宙间虽未曾赐给我一点安慰，但我已在这时邀得你的同情，这几滴珍贵的同情之珠泪，便可淹没埋葬我这黯淡凄凉的生命，在你那光明洁白的心海中了。

我由海边回来，觉着我须要给你一封信，叙述我的一切让你知道，但既无笔墨，又无灯烛，阴云弥漫怕今夜更无月色。这时候我猛然想到小衫上还有一个金质的领章，这是中学时代一个最爱我的老牧师赠给我的，十年了从未一刻离开我。我就拿了它到镇上换买了纸笔蜡烛，伏在灰尘的神案上给你写这封信。

夜是这样恐怖，狂风由颓垣中袭来，几次吹熄我这萤火摇曳似的烛光，令我沉没于可怕的黑暗。这也许便是我一生的象征吧！我闭目时看见含笑的母亲，她在张臂欢迎着我！

　　明晨还到你家门口领那最后的一餐。不过你用惊奇的心情披读我这封信时，我已挟着我最爱的琴投向碧海中去了！去了，带着人间一切的悲哀去了。再见吧小姐！原谅我的唐突，接受我的感谢，我用在天之灵替小姐祝福！

　　你不必知道我是谁？在你心里，只是一个流浪的歌者。

　　海丰镇上忽然起了一阵惊扰，这消息传布的很快，不久便到了小兰的耳中。"海边沙滩上漂浮着一个男子的尸体"。她急忙跑上楼来告诉她的小姐。

　　一推门，见碧箫伏在桌上，她跑过去扶起她的头，见她玉容惨淡，神情颓丧，苍白的脸上挂着两行清莹的珠泪。

匹马嘶风录

一

　　一切都决定了之后，黄昏时我又到葡萄园中静坐了一会，把许多往事都回忆了一番，将目前的情况也计划了一下，胸头除了梗酸外，也不觉怎样悲切。天边冉冉飘过的白云，我抬头望着她惨笑，愿残梦就这样醒来吧！

　　这小园是朝朝暮暮常来的地方，在这里也曾沉思过，也曾落泪过，然而今夜对之略无留恋之情，我心中汹涌的热血，将这些悲秋伤逝之感都涅没了。青天的云幕慢慢移去，露出了皎洁晶莹的上弦月，三五小星散落在四周，夜景清寂中，我今晚最后在这古城望月，明天这时也许已在漂泊的途程上了。

　　出了葡萄园闭上那木栅门，我又回头望了望，月儿一丝丝的银辉，射放在一棵棵的树林里，仿佛很甜蜜的吻着，满园的花草也都沉睡在月光中，低垂着慵懒的腰肢。我不知为什么，忽然这样痴迷如醉，像饮了浓醴一般。

　　远远听见犬吠声时，才独自回来。屋内零乱极了，满地都是书籍和衣服，我望着它们真不知如何整理？呆呆地对灯光想了半天，才着手去收拾。先把信件旧稿整理了一下，这都是创痕，我也不忍揭视，把它们都收集在字纸篓中，拿到阶前点着火烧了，风吹着纸灰飘飞了满院，在烟气缭绕中映出件件分明的往事。把信烧完后，将这些书装在箱里，封上了号数，存在采之处。身边只剩下一个小箱，装着衣服和应用东西，一块毡子放在外边。其余零星什物都堆在墙角，赏给这里的佣人们。

　　收拾完，已是夜里三点钟。

　　这次离开P城是秘密的，我谁也不让他们知道，免却许多纠缠。云生他要送我到C岛，顺路我去G城看看我的姑母。我们都是把生命付与事业的，所以云生对于我这次走又鼓励又留恋，但是我怎能不走，为了我们的工作。他和我一块儿去又不能，因为他在这里有很重要的职务，不能脱身。今天他同我在路上逢见亚芬后，他就问我："雪妹，假如你走后，我不幸在这里遇了险，你怎样呢！"我笑着说："不管你怎样，我也和亚芬对死了的天华一样。"他很黯然！我还笑着说："云哥，英雄点吧！我们事业成功后，一切的悲愁烦恼便都解决了。"

我忽然又想到碧茜，这次走前途茫茫，吉凶未卜，我和她总是多年相知，虽然这回做得怎样斩钉斩铁，也该告诉她一声。我坐在案傍，披笺濡毫，写这封信：

碧茜：

　　这时月儿也许正抚吻着你的睡靥，在你梦中我倚装写这个短笺向你告别。想多年相知的你，对我这次大自然也许是意中事而不觉惊奇。

　　五年来频遭不幸，巨创深痛中，舍泪挣扎走上了这最后的途程，这是我的思想在残酷的磔刑下迸散出的火花，这火花呵！虽能焚毁那万恶社会的荆棘，但不能有所建白时也能用以自焚呢！但是朋友我只有不顾一切地去了。

　　此后我残余的生命便交给事业了。以我抛弃了这花园派小姐的生活，去向枪林弹雨中寻找一个流浪飘泊的人生。前途的黑暗惨淡我也早已料及，不过我是欢迎一切的毁灭去的，我并不畏惧那可怕的将来。当我欣然而去的时候，朋友，你也不必为我那不堪想到的命运悲哀罢！

　　碧茜：纸短情长，后会有期，再见呵，愿你文笔日健！

何雪樵

更柝声又响了，一声声在深夜里，令我这要远行的人听见更觉凄凉！拧熄了灯，月光照的屋里和白昼一样，我倚在行装上，静静地坐着，斑驳的树影在窗上摇曳，心潮的浪花打激在我的脑海里，不禁想到自己畸零的身世。三年前父母在A城，被土匪驱逐到山洞里，在里面燃着青椒，外面封住口，活活地熏死！去年哥哥又被流弹打死在铁道旁，现在还未找到尸身，只剩了一个叔父，三四年无音信，也不知流落何处？我自恨为什么生在这乱世，从小就受着残酷的蹂躏和践踏，直到现在弄的人亡家散，天涯孤身，每一念及，令我愤恨流涕，痛不欲生。如今，我更去那远道漂泊，肩负那毁灭一切的使命去了，但是我不能挣扎时，想到自己的前尘不更觉这样挣扎是罪恶吗？

毕业后到F下城逢见云生，那时他正从海外回国，四处寻找同志，预备组织一个团体,我们经朋友的介绍便认识了。他沉静寡言秉性敏慧,文字交五载,他不仅是我的良友而且是我的严师,我遭了几次的不幸,都是他竭尽心力地帮助我,安慰他。我何尝不知他迂回宛转的心曲,但是我千疮百洞的残躯,又怎忍令云生为我牺牲他前途的快乐和幸福呢!

云山弥漫中,我爱天边的虹桥,然而虹桥永不能建在地上,愿云生就是我心中的虹桥罢!我怎能说爱他。

二

昨夜倚着行装不知何时睡去,醒来窗前已露鱼白色,晨鸡喔喔地叫了,破晓的角声,从远处悲沉地吹起。我翻身起来草草梳洗后,遂到前院去寻见赵竹君,我告诉她要去 G 城看姑母,也许要住几天须得请人代课的话。她一一都答应了,送我到门口上了车,太阳出来,红霞弥漫树梢时我已到了车站了。云生已和采之在等着我,此外还有许多同志来送行。七时车开,采之笑着说:"云生好好地护送雪樵一程,希望雪樵常常有信给我们。"我和云生立在车窗前边和送行的人们笑说:"再见。"一霎时便看不见这庄严苍老的古都,一片弥绿都是一望无际的春郊。云生坐在我的对面笑了!我问他笑什么?他说:"我笑你的行色呢!"我也笑了,然而这欢笑的幕后便是悲哀,想到眼前暂聚久别的情境,又不禁泫然!

一路上云生告诉我许多的风景和他往日的生活,沿途颇不寂寞,我一点没有想到这次旅行的苦楚,和将来置生命于危险的悲戚。

到了 G 城下了车,云生去看他的朋友,我去看姑母,惠和表妹见我来了,喜欢的她跳出跳进的给我预备午餐,收拾房屋。我不敢向姑母说别的话,我只说有点事去 C 岛。姑母要我多住几天,我因为云生不能久待,所以在第二天的早晨遂乘车向 C 岛去。

午后到了 C 岛,我们住在大东旅舍,云生心里似乎极不高兴,常独自长吁!我也明知道他心中的烦恼,但是我该怎样安慰他呢!我们终须要撒手分离的。在餐后这里的分部开会,在那里逢见从前的同学王学敬,她预备和我一块儿去 A 埠,这也好,省的路上寂寞。

开完会回到旅社已黄昏了,明晨云生就要回 P 城去,晚饭后他要我去海边玩。

C 岛的街市,清静的宛如一座公园,这时正是春天,路旁的松柏都发出青翠的苞芽,柳条嫩黄的鲜艳,风过处一阵阵芬芳的草香,沁人如醉。我和云生顺路进了外国坟茔的园门,那里边苍松翠柏,花红草碧,汉白玉的塑像,大理石的墓碑，十字架，都很幽静的峙立着，这都是些异国漂泊的孤魂，战士忠勇的英灵。我坐在石头上，云生伏在碑上，他的面色很苍白，背过脸去似乎在暗暗咽泪！我也默望松林中夕阳残照余辉沉思。这垒垒芳冢都是不相识者，我们哀悼谁呢，这只有上天知道。

出了坟茔的门向海边去，正是月圆时候，一轮皎洁的明月照得这宇宙像水晶世界，静悄悄地海边只听见低微的涛语，像夜莺哀啼，嫠妇呜咽一样的悲幽凄凉！我们缘着沙岸走，那黑影高耸，斜上去的土阜便是炮台旧址。这时海风滔滔，海雾扑扑，月光下冲激的浪花和烂银一般推涌着，一波过去，一波又来，真是苍天碧海，一望无际，我忽然觉着自己太渺小了，对着这苍茫的大海不禁微有所感。想我这孤苦伶仃，湖海漂零的弱女子，在这样地狱般的人间挣扎着，也许这里便是我二十年来最后奋斗的坟墓了，又何必到异乡建设什么事业去！云生见我这样驻了呆呆想，他低声问我："雪妹！你怎么了，冷吗？说着便把我的大衣递过来，我穿上后他给我扣好了扣，扶着我的肩说："不许你现在想心思，有心思明天我走了你再想吧！我们聚时无多，后会难知，在这样伟大雄壮的大海边，冷静凄悲的月夜下，我就借天上的星月当蜡烛，地上的青草当桌子，我们把带来的这瓶酒喝完。我拣这个地方来给你饯别，虽然简陋，但也还别致吧！良会难再，明天此时怕我和你已撒手分道在天涯海角了！唉！碧海青天无限路，更知何日重逢君……"他说到这里已哽咽不能成声。风声涛语中夹着云生这悲壮的别辞，猛然抖起我心头的旧恨新愁，禁不住的倚着云生悄悄地咽泪！月儿照着这一对将离的人影，似不忍见这黯然惜别的情况，她也姗姗地躲进了云幕，宇宙顿现了灰暗之象。

夜深了，他和我又向前走了几步，拣了一块干燥点的沙岸坐下，这时云散月霁，波平浪静，云生将酒瓶打开，我把姑母昨天给我的熏鸡撕着就这样邀明月对苍海的痛饮起来。

喝了几杯后，我似乎有点醉了，我对着这无际苍茫的大海，一清如洗的明月，和云生说："云哥！我此去好像断线的风筝，也不知停栖何处？大概是风晨月夕，枪林弹雨，黄沙碧血中匹马嘶风的驰骋着！如今，我把生命完全付给事业，我现在除了自己外，举目无亲，别无系恋，像我这样的命运和遭际，我个人的幸福快乐此生是无望了，我也不再希冀什么，只求我们的事业成功罢。云哥：你也是热血的青年，忠诚的同志，我们此后便这样努力好了。目前呢，都是不如意的世界，我们不去牺牲谁去牺牲呢？你不要太儿女情长，英雄气短。我们多年好友，彼此相知，我这样畸零孤苦的境遇，蒙你鼓励劝勉才有今日，不然我早随着父母的幽灵在地下了。你看！前面是四无边际的大海，后面是崇峦如笋的高山，星光灿烂，明月皎洁，这时候这宇宙是我们统治着，这般良辰美景,我们在此叙别,又悲壮,又绮丽,你还不喜欢吗?我们的生命虽然常在风波之中,但也不见得真个后会无期。云哥!我们饮尽此杯!"我喝完时便把那个盛着半盏葡萄酒的杯子投入大海,月光下碧海中打了一个螺旋的波纹,那杯子已滴溜溜沉下去了。他勉强苦笑着道:"何必呢!不过也好,就在今夜深埋在这海中罢,那杯子便算我们的坟墓。"

海风起了,海里鼓涌着的波浪渐渐冲到我们坐着的河岸上来,我和云生站起来,抬头望那一轮圆月又高又小,涛声正凄凄咽咽,似叙说我们心头的惆怅!我向云生说:"回去吧!人间没有不散的筵席,只是今天的别宴太好了,这令我永不能忘。"他没有说什么话,走了几步忽然又回去,把那个酒瓶也投入大海,海面上依然起了一个水泡。

三

今天刚起来打开窗户,茶房便进来了,他手里拿着一封信道:"吴先生已经走了,这封信他教我交给您。"我急忙打开来,上边写的是:

雪樵:

你也许要怪我不辞而别,不过请你原谅我!我不愿明天再看见你了,见了你时怕我更要比今夜还不英雄呢!我知道你现在已经睡了,但是这样明月,这样静夜,我无论如何这凄楚的心情不能宁贴,教我如何能睡。今夜海边的别宴,太悲壮了,也太哀艳了,可惜我不是诗人,不是画家,不能把那样美丽雄壮之景,缠绵婉转之情描写出。雪妹,我们离别这并不是初次,这漂浪无定的行踪,才是我们的本色,我何至于那样一说离别就怯懦呢!不过连我自己都莫明其妙,常怕你这次远道去后,我们就后会无期了。

学敬的哥哥敏丈在C城,我已写信去了,你到了那里他自然能招呼你,这次走有学敬伴你到A埠,一路上我也可放心了。有机会我这里能脱身时,我就去找你,愿你忘掉一切的过去,努力开辟那光明灿烂的将来。谁都是现社会桎梏下的呻吟者,我们忍着耐着,叹气唉声地去了一生呢,还是积极起来粉碎这些桎梏呢!我和你都是由巨创深痛中挣扎起来的人,因悲愤而失望,便走了消极不抵抗的路,被悲愤而激怒,来担当破坏悲哀原因的事业,就成了奋斗的人了。雪妹!你此去万里途程,力量无限,我遥远地为我敬爱的人祷祝着!

至于我,我当效忠于我的事业。我生命中是有两个世界的,一个世界是属于你的，愿把我的灵魂做你座下永禁的俘虏，另一个世界我不属于你，也不属于我自己，我只是历史使命中的一个走卒。我侪生活日在风波之中，不能安定，自然免不了两地悬念，因之我盼望你常有信来，我的行踪比你固定，你有了一定驻足处即寄信来告我。

雪妹！千言万语我不知从何处说起，也不知该如何结束。东方已现鱼肚色，晨曦也快照临了，我就此在你梦中告别吧！雪妹，"一点墨痕千点泪，看恋笺都渍殷红色，数虬箭，四更彻。"这正是替我现时写照呢！再见吧，我们此后只有梦中相会！

吴云生

我看完后喉头如梗，眼泪扑簌簌的流下来，把信纸都湿透了，这时我才感到自己孤身在旅途中的悲哀！想这几年假使不是云生这样爱护我安慰我，勉励我，怕我已不能挣扎到现在。如今我离开他了，此去前途茫茫，孤身长征，怎能咽下这一路深痛的别恨。但转念一想，我既走上了这条路，哪能为了儿女私情阻碍我的前途，我提起了理智的慧剑斩断了这缠绵惜别的情丝。

吃完早点，我给云生写了封信。正预备出门时学敬来了，她说船票已都买好，明天上午八时开船，她的事情都办清楚了，让我今天就到她家去，明天一块儿上船。

翌晨八时，我已和学敬上了船。船开后她有点晕船，我还能挣扎着，睡在床上看小说。黄昏时我到船头上看海中的落日，和玛瑙球一样，照的船栏和人间都一色绯红。我默倚着船栏看那船头涌起的浪花，落下便散作白沫，霎时白沫也归于无处寻觅。我旁边站着一个老人须发苍白，看去约有七十多岁了，我看他时他似乎觉着了，抬起头来和我笑了笑！问我去哪里，我告诉他去Ａ埠，后来我就和他攀谈起来，他姓王，和小孩一样处处喜欢发问，并且很高兴地告诉我他过去四十年经商的阅略。他的见解很年青，绝不像个老年人，而且他很爱国，他愿看到有一日中国的旗插在香港山巅上。这更是一般主张无抵抗主义——投降主义的学者们所望尘莫及了。

回到舱内，学敬睡着了，隔壁有人在唱，我心情也十分凄楚不能睡着，回想一切真如春梦，遗留在我心底的只是浅浅的痕迹，和水泡起灭一样的虚幻，什么人生的折磨，事业的浮沉，谁是成功，谁是失败，都如波浪、水泡一样，渺茫如梦。这时风起了，波浪涌击着舱窗，又扑的一声落下，飞溅起无数的银花，船更颠簸了，这宛如我的生命之海呢！

远远我似乎听见云哥唱歌的声音，声音近了，我看见云哥走近我的床来，我张手去迎他，忽然见他鲜血满身！我吓得叫了一声，惊醒后那里有云哥的影子,想想才知是梦。但是这梦太可怕了,我的心惊颤着!我跪在床上祷告!上帝!愿你保佑他,我唯一的生命之魂影!

我伏在床上哭了!这一只大船,黑夜里正在波涛中冲冲挣扎着前进!

四

到了 A 埠,见着敏文,是学敬的二哥,他领我到他家去住,许多旧友都来看我,他们见我能这样抛弃了旧日安乐的生活,投向这个环境中来,自然都异常欢迎!在他们这种热烈的空气中,我才懊悔来晚了。一切的烦恼桎梏都落在我的足下,我的勇气真能匹马单骑沙场杀敌!

在这里又逢见三年未见的琦如,他预备和我去 C 城。第三日我们遂离 A 埠。海道走了三天,琦如和我谈这几年漂泊的生活,人生的变化,在路上还不寂寞。到了 C 城,这里正是战区,军队已开走了,三四天内还要出发大队。我和琦如见了学敬的大哥敏慧,他说云生来信他已收到了,问我愿意在哪部做工作,我说要去前敌,他说去前敌就是宣传队和红十字会救护队,救护要有点医学研究的才能去呢!我道:"做看护还可以,我们因为五卅事件发生后,学校里曾组织过救护班,而且我们还到过医院实习过。缚缚绷布总能会呢!"他们都笑了!

第二天敏慧同我到医院找王怀馨,她是日本毕业的,回国后便在 C 城服务,在东京时和云生他们都认识。她颀长的身腰,凤眼柳眉,穿着军装,站在我面前真是英气凛然,令人起敬!她告我说,救护队分两种,一种是留在 C 城医院救济运回的伤兵,一种是随军临时救护,问我愿意哪一种。我说去从军。她道:"那更好了,这次出发一共去一百人,你就准备吧!队长是黄梦兰,她从前在 P 城念书,也许你们认识的,我令人请她来介绍一下。"一会工夫梦兰来了,似曾相识,她握着我手说:"欢迎我们的新同志。"我们都笑了!

在这里住了三天,一切都准备好了,我早已换上军装,她们都说是很漂亮呢!明天就出发,这时我们真热闹,领干粮,领雨衣,领手枪,领子弹,其余便是我们的药品袋和救护器具。

到夜里她们都睡了,我给云生写了封长信,告诉他昨天我就出发的消息,和我近来的生活,别的话都没敢写,我让他写信时寄 C 城王怀馨转我。到了这里不知为什么,心中一切的烦恼都消失了,只是热血沸腾着想到前线去,尝尝这沙场歼敌是什么滋味?

天还黑着我们就起来了,结束停当后我们先到集合场去,这时晨雾微起,四周的景物都有点模糊,房屋树林都隐约的藏在黎明的淡雾下。等到七点钟集合号响了，这时公共运动场上一排一排的集合了有三万多人，军乐悠扬中，我们出动了，街市上两旁都是欢迎我们的群众，当我们武装的救护队宣传队过去时，妇女们都高声地呐喊着，我们都挺着胸微笑了！火车开动时敏慧来看我，他又给了我一件工作，令我写点战场上的杂感给他编辑的《前锋周刊》。我和冯君毅坐在车窗边，他告我P城的消息很紧，云生久无信来，我真念他呢！

车道傍碧水长堤，稻田菜圃，一点都没有战云黯淡的情景，这样锦绣的山河，为什么一定要弄得乌烟瘴气，炮火弥漫呢！但是我们的军队是民众的慈航，为了歼灭和打倒民众之敌，我们不得不背起枪来。午餐便是随身带的干粮，不知为什么，我们大家吃起来，都觉着十分香甜。这一车的同志们，英武活泼，看起来最低限的程度也是高小毕业，又都是志愿从军，经过训练的，自然较比那些用一个招兵旗帜拉来的无知识的丘八，不啻天渊之别；这样的军队不打胜仗我真不信呢！

第二天傍晚到了F镇，景象非常之惨淡，据云匪军刚刚退去，我们的前线在这里的已有五千人。下了火车我们整齐队伍走到龙王庙，一路的男女老少都出来看我们，而且惊奇的都低低的互相传说；"还有女兵呢！"在他们无恐怖的面色上，我知道我们军队是和人民一体的。

到了龙王庙我们可以休息了，其余的军队是驻扎在附近的兵营里。我把身上的累赘东西放下后，就拉了梦兰到后边去看，走到殿上忽然看见神座下放着三四副棺材。梦兰走进去，她忽然叫起来，她告我说："有一个棺材板正蠕动呢！"我走近了看时，原来棺板未钉，外面还露着灰布的衣角。也许是听见我们说话的声音了，棺材内有微微喘息的声气，梦兰说："一定还没有死呢！我去叫人去打开看看。"我在殿上等着，少时她带了二个粗使的人来，让他们揭起棺板，里面原来迭放着两个死兵，上边的这一个脸伏在底下那个的肋间。把他提出来翻了个身，果然是个活人，面色虽苍白如纸，但还有呼吸！底下那个已死了，梦兰教他们重新把棺板钉好，一齐连那几副棺都抬出去找个空地掩埋了。把那个未死的伤兵抬到前面去。给他灌了点药，检查后，他的伤在腰部，子弹还未拿出呢！于是我们设法取出加以医治。

在我军攻击F镇时，敌军伤兵太多，因无人救护就都活着掩埋了。这有棺材装着的大概还是官长吧！

翌晨黎明我们骑着马到离F镇三十里的T庄去，这一带便是前几天的战场，树木枝柯，被炮打击的七零八落，田中禾苗都践踏成平地，邻近乡村的房屋，十室九空，被流弹穿了许多焦洞，残垣断桥间，新添了许多凸起的新土，这都是无定河边骨，深闺梦里人。五年前我的故乡，我的家园，何尝不是这样的蹂躏，在炮火声中把我多年卧病在床的祖母惊吓死！谁能料到呢！当年那样娇柔屡弱的小姐,如今也居然负枪荷弹,匹马嘶风驰驱于战场之上,来凭吊这残余的劫后呢!

在马上我又想起云生,假使他这时和我鸾铃并骑,双枪杀敌,这是多么勇武而痛快的事。如今别来将及一月了,还未见他一字寄来,我心惊颤极了,他在P城好像在虎狼齿缝间求生活,危险时时就在眼前!

正午时前线有消息来,说敌军败溃B山,T庄全在我军手里了。那时我正给一个伤兵敷药,听见后他抬起头来和我笑了笑,表示他牺牲的光荣。

五

今天下午我们便去T庄驻防,缘途情状惨极了,黄沙碧血,横尸遍野,田畔的道路上,满弃着灰色制服,破草鞋,水壶,饭盒,狼藉黯淡真不忍睹。到了那里他们已给我们找好地点,军队在野外扎着帐篷。宣传队男男女女正在街市上讲演呢?

黄昏时我约了文惠骑着马去街市上看看,走到一家门口,忽然看见一堆人正在院里围着哭呢,喜动的文惠下了马跑进去看,我也只好随她进去,他们见我们追来,都不哭了,但还在抽咽着!文惠问:"你们哭什么?我们的军队来嘈扰你们吗?"一个老婆婆过来,擦眼抹泪地说:"告诉你们也不要紧。唉!我们都是女人。我的两个女儿死了,不是好死的,是那可杀的土匪兵昨天弄死的。一个出嫁,怀着七个月身孕,一个还未出嫁呢,才十二岁,刚才埋殡了,这时大女婿来了,我们说起来伤心地哭呢!"我们听了自然除了愤恨这残暴的兽行外,只好安慰这老婆婆几句。她见我们这情形慈悲,又抽咽着说:"你们要早来一步,就救了她们了。这时已晚了。"这是什么世界,想当初我父母和哥哥的惨死,也都是这些土匪兵害的,恶魔们为了争地盘闹意见,雇上这般豺狼不如的动物四处去蹂躏残害老百姓,把个中国弄得阴森惨淡连地狱都不如。

辞别了那伤心流泪的老婆婆,我们到征收局去看冯君毅,到了办公处见他们几个人都垂头丧气默无一言的坐着,顽皮的文惠说:"打了胜仗还不高兴,愁眉苦眼地干吗?"君毅叹了口气说:"这比败十几个仗的损失都大呢,真是我们的厄运。"我莫明其妙地问"到底是什么事,这样吞吞吐吐?"君毅说:"敏意刚才由C城来一密电,说P城的同志都被捕去,三天之内将三十余人都绞死了!""云生和采之呢?"我很急地问。他不说话了,只是低着头垂泪!我已经知道这不幸的噩耗终于来了!云生大概已成了断头台畔的英雄,但是我还在日夜祷祝盼望他的信呢!我觉的眼前忽然有许多金星向四边迸散,顿时,全

石评梅

宇宙都黑了,我的血都奔涌向脑海,我已冥然地失了知觉!

睁开眼醒来时,文惠和君毅、梦兰都站在我面前,我的身子是躺在办公处的沙发上,我勉强坐起来,君毅说:"雪樵!你自己要保重,又在军旅中一切都不方便,着急坏了怎么好,这样热的天气。这种事是不得已的牺牲,我们自然不愿他们死,他们的死,就是我们组织细胞的死。不过到不得不死时,我们也不能因为他们死就伤心颓毁起自己来。你不要太悲痛吧!雪樵,我们努力现在,总有一天大报了仇,这才是他们先亡烈士希望于我们未死者的事业呢!你千万听我的话。"梦兰和文惠也都含着泪劝我。我硬着心肠挣扎起来,一点都不露什么悲恸,我的脑筋也完全停滞了思想,只觉身子很轻,心很空洞。这时把我一腔热血,万里雄心马上都冰冷了!刚由巨创深痛中挣扎起来,我也想从此开辟一个境地,重新建筑起我的生命,那知我刚跨上马走了几步就又陷入这无底的深洞!云哥!我只有沉没了,我只有沉没下去。

君毅们见我默默无言的坐着,知我心中凄酸已极!文惠她们和我回到宿处后,又劝了我一顿,我只低着头静听,连我自己都不知为什么这样恍惚,想到云生的死只是将信将疑。

晚餐时她们都去了大厅,我推说头痛睡在床上。等她们走了,我悄悄起来,背上我的枪,拿上我的日记,由走廊转到后院,马槽中牵了我那小白马,从后门出来。这时将近黄昏,景物非常模糊,夕阳懒懒地放射着最小的余辉,十分黯淡。我跨上马顺着大道跑去,凉风吹面,柳丝拂鬓,迎面一颗赤日烘托着晚霞暮蔼,由松林中慢慢地落下,我望着彩云四散,日落深山,更觉惆怅!这和我的希望一样,我如今孤身单骑,彷徨哀泣,荒林古道已是日暮穷途。

我也不知去哪里,只任马跑去,一直跑得苍茫的云幕中,露出了一弯明月,马才停在一个村店的门口。看着小白马已跑得浑身是汗,张着嘴嘶喘!我也觉着口渴,下了马走进村店去,月光下见席篷下的板凳上坐着一个老者,正在打盹呢。我走近去唤醒他,他睁眼看见我这样子,吓得他站直了不敢动。我道:"我是过路的,请你老给点水喝,并饮饮我的马。"他急忙说:"那可以,那可以,请军爷坐下等一等。"回身到里面去了,不一会出来一个十二三岁的小孩提着水壶,拔着鞋揉着眼,似乎刚醒来的样子。我也不管干净与否,拿起那黄瓷大碗喝了一碗。那老者手里执着个油灯出来,把灯放在石桌上回头又叫"三儿,你把马饮饮去!"三儿遂把马牵到水槽傍去。我由身上掏了一张票子给他,也不知是多少,我说:"谢谢你老,这是茶钱。"翻身上马又顺着大道下去。

这时才如梦醒来,想到自己的疯狂和无聊。但这一气跑我心中似乎痛快,把我说不出来的苦痛烦恼都跑散了!这时我假如能有暴风在右手,洪水在左手，我一定一手用暴风吹破天上的暗云，一手将洪水冲去地上的恶魔！那时才解消我心头抑压的愤怒！

夜已深了，天空中星繁月冷，夜风凄寒，这仿佛一月前海边的情景又到眼底，怎忍想呢。云哥已是绞台上的英魂了，这时飘飘荡荡魂在何处呢！沉思着我的马又停住了，抬头看，原来一条大河横在眼前，在月下闪闪发着银光，静悄悄的只有深林幽啸，河水呜咽。我下了马，把它拴在一棵白杨上，我站在它旁边呆呆地望着河水出神。

后来我仰头向天惨笑了一声！把我的手枪握在右手，对着我的脑门扳着机。冷铁触着我时，浑身忽然打了一个寒噤，理智命令我的手软下来了。"我不能这样死，至少我也要打死几个敌人我再死！这样消极者的自杀，是我的耻辱，假使我现在这样死了便该早死，何必又跑到这里来从军呢！我要挣扎起来干！给我惨死的云哥报仇！"我想如今最好乘这里探夜荒野，四无人烟，前是大河，后是森林，痛痛快快地哭哭云哥，此后我永不流泪了！我也再无泪可流。"露寒今夜无人问"，我只有自己挣扎了。拾起地下的手枪，解开我的马，我想归去罢！它似乎知道我的心思，走到我身边抬起头来望着我，我一腔悲酸涌上心头，不由的抱住它痛哭起来！

石评梅

忏 悔

　　许久了，我湮没了本性，抑压着悲哀，混在这虚伪敷衍，处处都是这箭簇，都是荆棘的人间。深深地又默窥见这许多惊心动魄，耳聋目眩的奇迹和那些笑意含刀，巧语杀人的伎俩。我颤栗地看着貌似君子的人类走过去，在高巍的大礼帽和安详的步武间，我由背后看见他服装内部，隐藏着的那颗阴险奸诈的心灵。有时无意听得许多教育家的伟论，真觉和蔼动人，冠冕堂皇，但一转身间在另一个环境里，也能聆得不少倾陷、陷害，残鄙过人的计策，是我们所钦佩仰慕的人们的内幕。我不知污浊的政界，也不知奸诈的商界，和许多罪恶所萃集的根深处，内容到底是些什么？只是这一小点地方，几个教室，几个学生，聚天下英才而教育之的学校里，也有令我无意间造成罪恶的机会。我深夜警觉后，每每栗然寒战，使我对于这遥远的黑暗的无限旅程更怀着不安和恐怖，不知该如何举措，如何忏悔啦！

　　我不愿诅咒到冷酷无情的人类，也不愿诽议到险诈万恶的社会，我只埋怨自己，自己是一个懦弱无能的庸才，不能随波逐流去适应这如花似锦的环境，建设那值得人们颂扬的事业和功绩。我愿悄悄地在这春雨之夜里，揩去我的眼泪，揩去我忍受了一切人世艰险的眼泪。

　　离母亲怀抱后，我在学校的荫育下优游度日。迨毕业后，第一次推开社会的铁门，便被许多不可形容描画的恶魔系缚住，从此我便隐没了。在广庭群众，裙屐宴席之间周旋笑语，高谈阔论的那不是我；在灰尘弥漫，车轨马迹之间仆仆之风霜，来往奔波的那不是我；振作起疲惫百战的残躯，复活了业经葬埋的心灵，委曲宛转，咽泪忍痛在这铁蹄绳索之下求生存的，又何尝是我呢？五年之后，创痕巨痛中，才融化了我"强"的天性，把填满胸臆的愤怒换上了轻浅的微笑，将危机四伏，网罟张布的人间看作了空虚的梦幻。

有时深夜梦醒，残月照临，凄凉（静）寂中也许能看见我自己的影子在那里闪映着。有时秋雨渐沥，一灯如豆，惨淡悲怆中也许能看见我自己的影子在那里欷歔着。孤雁横过星月交辉的天空，它哀哀的几声别语，或可惊醒我沉睡在尘世中的心魂；角鸥悲啼，风雨如晦的时候，这恐怖颤栗的颤动，或可能唤回我湮没已久的真神。总之，我已在十字街头，扰攘人群中失丢了自己是很久了。

其初，我不愿离开我自己，曾为了社会多少的不如意事哀哭过嗟叹过，灰心懒意的萎靡过，激昂慷慨的愤怒过，似乎演一幕自己以为真诚而别人视为滑稽的悲剧。但如今我不仅没有真挚的笑容，连心灵感激惭愧的泪泉都枯干了。我把自己封锁在几重山峰的云雾烟霞里，另在这荆棘（的）人间留一个负伤深重的残躯，载着那生活的机轴向无限的旅程走去，——不敢停息，不敢抵抗地走去。

写到这里我不愿再说什么了。

近来为了一件事情，令我不能安于那种遗失自己——似乎自骗的行为，才又重新将自己由尘土中发现出，结果又是一次败绩，狼狈归来，箭锋刺心，至今中夜难寐，隐隐作痛，怕这是最后的创痛了！不过，我愿带着这箭痕去见上帝，当我解开胸襟把这鲜血淋漓的创洞揭示给他看的时候，我很傲然地自认我是人间一员光荣归来的英雄。自从我看了亚米契斯的《爱的教育》之后，常常想到自己目下的环境，不知不觉之中我有许多地方都是在试验她们，试验自己。情育到底能不能开辟一个不是充满空虚的荷花池，而里面有清莹的小石，碧澈的小波，活泼美丽的游鱼？

第一次我看见她们——这幻想在我脑中成了一个亟待解决的问题，许多活泼纯洁、天真烂漫的苹果小脸，我在她们默默望着我行礼时，便悄悄把那付另制的面具褪去了。此后我处处都用真情去感动她们。

有一次，许多人背书都不能熟读，我默然望着窗外的铁栏沉思，情态中表示我是感到失望了。这时忽然一个颤抖的声音由墙陬发出：“先生，你生气了吗？我父亲的病还没有好，这几天更厉害了，母亲服侍着也快病了。昨夜我同哥哥替着母亲值夜；我没有把书念熟。先生！你原谅我这次，下次一定要熟读的。先生！你原谅我！”

一个十二岁的小女孩，她的头只比桌子高五寸。这时她满含着眼泪望着我，似乎要向我要怒宥她的答复。"先生？芬莱的父亲因为被衙门裁员失业了，他着急一家的衣食，因此病了。芬莱的话，请先生相信她，我可以作证。"中间第三排一个短发拂额的学生，站起来说。

"先生！素兰举手呢！"另一个学生告诉我。

"你说什么？"我问。

"先生！前天大舅母死了，表姊伤心哭晕过去几次，后来家人让我伴她到我家，她时时哭！我心里也想着我死去五年的母亲，不由得也陪她哭！因此书没有念熟，先生……"

素兰说着咽咽的又哭了！

我不能再说什么，我有什么理由责备她们？我只低了头静听她们清脆如水流似的背书声，这一天课堂空气不如往常那样活泼欣喜，似乎有一种愁云笼罩着她们，小心里不知想什么？我的心却是非常的感动，喉头一股一股酸气往上冲，我都忍耐的咽下去。

上帝！你为什么让她们也知道人间有这些不幸的事迹呢！？

春雨后的清晨，我由别校下课赶回去上第二时，已迟到了十分钟。每次她们都在铁栏外的草地上打球跳绳，远远见我来了，便站一直线，很滑稽地也很恭敬地行一个童子军的举手立正（礼），然后一大群人拥着我走进教室，给我把讲桌收拾清楚，然后把书展开，抬起她们苹果的小脸，灵活的黑眼睛东望西瞧的不能定一刻。等我说："讲书了。"她们才专神注意地望着我看着书。不过这一天我进了铁栏，没有看见一个人在草地上。走进教室，见她们都默然的在课堂内，有的伏着，有的在揩眼泪，有的站了一个小圆圈。我进去行了礼，她们仍然无精打采的样子。这真是哑谜，我禁不住问道：

"怎么了？和同学打架吗？有人欺侮你们吗？为什么不高兴，为什么哭？因为我迟到吗？"我说到后来一句，禁不住就笑了。"不是，先生，都不是。因为波娜的父亲在广东被人暗杀了！她今天下午晚车南下。现在她转来给先生和同学们辞行。你瞧！先生，她眼睛哭得像红桃一样了。"自治会的主席，一个很温雅的女孩子站起来说。"什么时候知道的！唉！又是一件罪恶，一支利箭穿射到你们的小心来了！险恶的人间，你们也感到可怕吗？"我很惊惶地向她们说。

"怕！怕！怕！"许多失色苍白的小脸，呈现着无限恐怖的表情，都一齐望着我说。

我下了讲堂，走到波娜面前，轻轻扶起她的头来，她用双手握住我，用含着泪的眼睛望着我说：

"先生！你指示我该怎样好，母亲伤心得已快病倒了。我今天下午就走。先生，我不敢再想到以后的一切，我的命运已走到险劣的道上了，我的希望和幸福都粉碎成……"她的泪珠如雨一般落下来。

"波娜！你不要哭了，这是该你自己承受上苦痛挣扎的时候到了。我常说你们现在是生活在幸福里，因为一切的人间苦恼纠葛，都由父母替你堵挡着，像一个盾牌,你们伏在下面过不知愁不认忧的快乐日子。如今父亲去了,这盾牌需委你自己执着了。不要灰心,也不要过分悲痛,你好好地侍奉招呼着母亲回去。有机会还是要继续求学,你不要忘记你曾经告诉过我的志愿。常常写信来,好好地用功,也许我们还有再见的机会……"

我说不下去了,转身上了讲台,展开书勉强镇静着抑压着心头的悲哀。

"我们不说这会事了,都抬起头来。波娜!你也不要哭了,展开书上这最后一课吧!你瞧,我们现在还是团聚一堂,刹那后就风吹云散了。你忍住点悲哀罢,能快活还是向这学校同学、先生同乐一下好了。等你上了船,张起帆向海天无际的途程上进行时,你再哭吧!听我的话,波娜!我们今天讲《瘗旅文》。"

我想调剂一下她们恋别的空气,自己先装作个毫不动情漠然无感的样子。

无论怎样,她们心头是打了个不解的结,神情异常黯淡。

下课铃摇了!这声音里似乎听见许多倾轧陷害,杀伤哭泣的调子。我抬起头望了望波娜,灰白的脸,马上联想到(她那)僵毙在地上,鲜血溅衣惨遭暗害的父亲。人间这幕悲剧又演到我的眼前,如此我只有走了。匆匆下了课,连头都不曾抬就走出了教室。隐约听见波娜和她们说话的声音,和许多猛受了打击的惊颤小心的泣声。

我望望天上无心的流云,和晴朗的日光;证明这不是梦,也不是夜呢!

第二天上课时,她们依然神情颓丧,我的目光避躲着波娜的空位子,傍近她的同学都侧着身体坐着,大概也是不愿意看见那个不幸的地盘。那日下午那个空位子我就叫素兰填补了。

自从那天起我们都不愿意谈到波娜,她们活泼的笑容也减少于,神态中略带几分恐怖顾虑的样子,沉默深思,她们渐渐地领略了。我怨恨这残毒万恶的人间呢!污染了这许多洁白的心灵!求上帝,允许谅恕我的忏悔吧!我愿给我以纯真如昔的她们,不再拿多少未曾经见的罪恶刺激残伤她们。

平常一件不经常的小事,有时会弄到不可收拾、救药的地位。罪恶都是在这样隐约微细中潜伏着,跃动着。

学校里发生了一宗纠葛不清的公案,这里边牵涉到素兰。我一直看着她宛转在几层罗网几堵石壁中挣扎,又看见她在冷笑热讽威吓勒逼中容忍。最后她绞思焦虑出许多近乎人情的罪恶来报恩,她毅然肩负了一切,将自己作了一个箭垛,承受着人们进攻射击而坦然无愧于心。多少委曲求全,牺牲自己来护别人的精神,这是最令我惭愧的,汗颜的。

我曾用卑鄙的态度欺凌她,我曾用失望的眼光轻视她;我曾用坚决的态度拒绝她;我曾用巧语诱惑她。如今我忏悔了,我不应随着多数残刻浅薄的人类，陷她在极苦痛中呻吟着将她的义气侠性认为罪恶，反以为这是自己的聪明。

当她听了我责备她的话时，她只笑了笑说："先生！我希望你相信我，我负了这件罪恶时，却能减少消失一个人的罪恶，我宁愿这样做，我愿先生了解我，我并不痛苦！"她面色变为灰白了。

"我爱我死（去）的母亲之魂，如我的生命。先生！我请母亲来鉴谅我，这不是罪恶，这是光荣。"她声音颤抖地说。

当我低头默想这件事的原因时，她已扶着桌子晕过去了！

四周都起了纷扰，吓的许多女孩望着她惨白的面靥哭了！我一只手替她揩着眼泪，一只手按着她搏跃的心默默祷告着，愿她死去的母亲之灵能原谅我的罪过，我悄悄说："让她醒来吧！让她醒来吧！"

从三点钟直到五点钟，她在晕迷中落泪，我也颤抖着心，想到人间的险艰，假如她真个是牺牲上自己代别人受过时，那么我们这些智慧充分，理智坚强的人，不是太对不住她了吗？可怜她幼无母亲的抚爱，并遭继母的仇视，因此她才得了神经衰弱之疾，有一点刺激便会昏厥不醒的。她在无可奈何中，寄居在舅母家，这种甘苦我想绝不是聪明的人所能逆料到的吧！每次读到有关慈母或孝养的书时，她总泪光模糊地望着我。我同情她，我也可怜她，因此我特别关心挂想这无人抚管的小孤女。但是这一次我是不原谅她，因为我自认她曾骗过我。

她晕厥归去的那一夜，我曾整夜转侧不能寐，想到她灰白的面庞，和黑紫的嘴唇，我就觉得似乎黑暗中有种细小的声音在责备我。我一直在悬心着怕她有意外，假如她常此失去健康，那我将怎样忏悔这巨大的罪戾呢？我想到母亲，她在炮火横飞的娘子关内，这时正在枕畔向我祝福吧！母亲！我真辜负了你濒行的教诲和嘱咐。

翌晨我去学校，打听了她的住处，我拟去看素兰，后来莲芬说我不去好，怕她见了我又伤心。打电话去问时，说她病已有转机了。

为了这件事，我痛心到万分，自己旧有的创痕也因此迸溃。

几周后，素兰来校上课了，她依然是那样沉默着，憔悴的脸上，还隐约显着两道泪痕，我不忍仔细注视她，只微微笑了笑，这也许表示忏悔，也许是表示欣慰！

事情就这样糊涂了结。作文时，我出了"别后"的题目，素兰写了一封信给她死去的母亲，是这样说：

"亲爱的母亲：

我已经觉着模糊中能意见你慈祥的面容儿,但如今又渐渐在清醒中消灭了!我是如何的怅惘呵!这件事我想你的阴灵该早知道了,不过母亲,我不能得若何人了解同情的苦衷,我该诉向母亲的,母亲!你知道吗?

　　在一月前你的侄儿翔持着一封信,托我顺便带给莲芬,不解事的我,便不加思索地带给她。母亲呵,我那知道这是封冒名的情书。学校先生叫了我去盘诘,但我因顾及翔的前途,不敢直说,终于说了个'不知道'蒙哄过去。

　　奇怪呵!每天在我书桌上笑盈盈督促我用功勤读的你的遗照,竟板起面孔来问着我。这时我的良心也似乎看见你的怒容叱责我:'你为什么欺骗先生,小孩子不应该说谎话。'

　　我是小孩,我那知道人事情形是如此复杂,我鼓起了勇气,到先生处以实情相告,如释重负般跑到家里,预料到你一定是笑盈盈的迎我了。那知事实与理想是常常相背的,你依然郁郁不乐地向着我。我现在说实话了,为什么你还不乐呢?,隐约中良心又指示:'你竟这样的糊涂,虽然说了实话,但翔将如何?翔的前途便因你这一句话完全布满了黑暗和惊涛。他固罪有应得,不过舅父对你那样好,你忍心看他的爱子被学校惩罚革除吗?'母亲?我那样真不知怎样才好,不实说,将蒙欺骗之罪对不起先生,实说了,翔将不利又对不起舅父。终于用我幼稚愚拙的脑筋,想了一个我认为最完善的办法。

　　第二天,我鼓起那剩余的勇气,毅然决然的再到先生处,去实行我昨夜的计划——代翔认过——然而不幸又被莲芬指破,她不忍看我受先生的埋怨,她不忍见先生失望我是如斯无聊的一个学生,她将我代翔受惩以报答我恩深义重的舅父一番心都告诉了先生,我真悔,无论如何不该告诉莲芬以致泄漏。母亲呀!请你特别原谅我,因为我意志不坚,想及代翔认过后的前途和名誉,不免有点畏缩,但你的影子,你的话,都深深缭绕于我的脑际,又使我不得不自认。终于想了这个拙法告诉莲芬,在我的愚笨心理以为有一个人知道我的曲衷,就是死也不冤枉了。

　　不幸翔家人都认为我诬赖翔,学校先生也疑惑我诬赖翔,都气势汹汹地向着我,我宛如被困于猛兽之林的一只羊。而且翔的姐姐到先生处声辩质问,先生又叫我去审问。母亲呵!我为了你,为了翔,为了恩深情重的舅家,我最后,承认冒名情书是我写的,以前的话是虚伪的。我只能说这一句,别的曲衷我不愿让表姐知道的,哪知先生说：

'这封信原来就是你写的，我万想不到你是这样一个学生，我白用苦心教了你。你一直在欺骗我，你说的话以后教我怎能相信？素兰，我白疼你了，你对不起我，也对不起亡去的母亲。'这话句句像针一样刺着我，我不能分辩，只默受隐忍着这不白之冤。不过先生又用慈悲的眼光望着我，她似乎在我坦然的态度上看出了我是代翔认过的情景真实了。但是，母亲，这几天的惊恐，颤栗，劳疲，绞思，到如今不能支持了，我的小心被这些片片粉碎了。我的神魂失主了，躯壳也倒地了……醒来，父亲抱着我，继母没有来，舅母和表姐和翔都含泪立在床畔，我欣慰中得到一种可骄傲的光荣。你的遗照上满布了笑容，而且你似乎抚慰我说：'兰儿！努力你的功课吧！这点小事不必介介于怀呵！如今她们都了解你了，翔的前途也无危险了，不过你告翔以后务要改过谨慎，星星之火足以燎原，连你也要记着！'

正在热望你复活的爱女
素兰"

我深夜在灯下读完这篇作文时，我难受地落下泪来！我在文后批了这几句话：

"我了解你，不过我怨恨人类，连自己。这次在我心版上深印了你的伟大精神，我算一件很悲哀、残忍、冷酷、庄严的罪恶忏悔着。愿你努力读书，还要珍爱你的身体；母亲在天之灵是盼望你将来的成就，成就的基础是学问和身体。"

林楠的日记

七月卅日

今天小蓉又咳嗽了，母亲说这是夜里受了凉，意思怪我太疏忽了。小蓉近来也是可恶，总是不停地哭。父母这些时正想念着琳，听见她哭自然心中更觉不痛快。我向母亲寻药，她面色沉得很厉害，伸手接那黄色小瓶时明明觉的我手是抖索着。吃完药，张妈抱着她睡了，我去侍候父母用晚餐。

琳他像浮萍一样漂泊着，寒呢，又似乎被种种阻力隔绝了。我们都希望能看见他，自从国民党的帜标飘扬在古城雉堞时，盼望着他的归来是觉得更逼切了。

一天一天过去了，信息消沉。琳是误认他乡作故乡呢？还是别种原因系绊着他——这只有天知道。

每日聚餐时，都是默然寡欢，举箸不能下咽，喉头似乎有东西梗塞。母亲有时滔滔不绝地数说着，父亲不语，我停了箸听。一种死寂的空虚，忽然填满了不宁的颤动，似乎风起了，海面怎样也不能平静。

晚餐后，我在房里给小莲洗耳朵，听见母亲叫我的声音，来到上屋，父亲拿着一封信，母亲笑着说："琳快回来了！"

十五日写的信，说在上海耽搁几天，计算起来一两天内就到家了。这真是惊喜的消息，仿佛黑云四布的阴天，忽然云霁雾散，现出碧清如洗的天空。心里眼前都觉的光明而澄清，从前是漆黑的夜，如今是朝旭如烘的晨光；琳无异是一颗亮晶晶的星。

阴霾和忧愁都在这刹那中消失了。谁的精神都觉振作了许多，连佣人们做事都似乎勤快了，霎时间，打扫房屋，预备床褥，忙乱个不了。张妈说："蓉小姐第一次见爸爸，换一件漂亮衣服穿罢！"我笑了！在她玫瑰般腮上轻轻吻了一下，她也拍着小手笑了。

我心总是跳动着，三年来腐蚀苦痛的心，今天更感到凄酸！我真有点怕见他。从箱中拿出那件浅碧色的云罗衫、在镜中望见自己时，觉憔悴多了，不知在琳眼中是不是旧时容颜？禁不住泣然流涕！后来想忍下去吧。今天的眼泪该在琳的怀内流了，让他热烈的吻来烘我的悲痕罢！

抬头见瓶花含笑，灿烂的灯光也分外明亮，好像有意逗我一样，我走到那里它跟到那里。去罢，灯光！琳回来后你再照我们俩影双双。

十一点钟了，母亲还不睡，我劝她先睡下，大概今夜不会回来了。小兰也不睡，我骗她："爸爸在你做梦的时候才回来呢！"她果真赶快睡了，但不过一会，她又伸着小头问："爸爸回来了吗？"

在院中葡萄架下，预备冰激淋汽水和水果。厨房还未封火，满院都是白昼般的灯光。等得不耐烦了，我悄悄踱到大门外。夜静了，巷中冷清死寂，四无人声，银河畔双星正在好梦初浓，月如钩，淡淡的光辉照着这静悄悄的大地，这好像一个梦境。远远有汽车警笛声，我屏息静听，是否来了呢！但渐渐远了，只有冷静的夜幕包围着衣单霜露重。

两点钟了。大概是不回来了，让佣人都去睡觉。母亲隔着窗子说"他一定不来了，你睡吧！"我心想母亲也是一样和我醒着，就是睡了，心也永久醒着。

八月二日

琳昨夜归来了。提笔写这几个字时，我心如绞。

和他同来的是璟弟和他的爱人岫琴。岫琴是黛的同乡，又是同学，她们很熟，所以他们未回来前，我早由黛那里听到关于璟弟和她的事。这一双爱侣在这家庭中像一对刚飞来的新燕子，谁都是充满了新奇和欣慰来欢迎他们，他们无异是爱神羽翼下藏着的幸福儿女。

岫琴是个刚健英武的女子，处处都现露出她反抗的精神。她在俄国住了一年多，还略带点新俄罗斯的气魄。在我们这种家庭中，她真是一手执着警钟，一手执着火把的改造者。我哪能比她，多少镣铐加在身上；多少创疤结在心头，然而我只是早生了六年，时代就将我遗弃了。母亲对她默然摇着头。我呢！很愿知道她那个世界中的光明，透射出我这暗惨的环境

琳！我还是喊他琳。不过他的灵魂已和我分裂了。

命运告诉我，那前面是个深黑的洞，我应该忍痛含泪一步一步走过去，前途太渺茫了，不知那里是终程。荫森的林中我只听见琳的声音，渐渐远了，我只听见幽谷中的怪鸮悲鸣。梦醒了，我是一个人在道傍涕哭！

自从昨夜到如今，琳不曾和我谈过十句话。我走到那里，他躲到那里，冰

霜一般的脸，难以亲近，目光充满了凶狠的无情。昨夜回来后一定催促着佣人给他外间支张床，我给他拿出从前的紫绸被，一回手扔在地下。连张妈都莫明其妙：他和谁生气。

我一夜都不曾安眠，悄悄站在他床头，听见他鼾声如雷。等我进来了，静听仿佛有转侧的声音，并夹着低微的叹息。他心底一定有深长的隐痛，但是这隐痛是为了什么呢？无论如何想不出他讨厌我躲避我的原因。我第三次走到他床前时，低低喊着"琳"！他像在天涯地角那样远，空气激荡着我抖颤的声音，无人答应。

我颓然倒在床侧。琳归来的一夜是这样过去。

八月三日

晨曦照着窗纱时，我心里正布满了阴霾，梳洗后，走到他床前，他闭着眼，但是已经醒了。我想悄悄过去唤醒他说几句话，无奈，怕那冷冰如铁的面孔。我已听见自己热情的呼吸了，忍不住眼中满了泪水，又怕招他生气，我急忙走开。

轻轻推开了母亲的门，母亲隔着帐问：谁？我答应了，那时我喉头凄酸如梗。母亲又问："为什么这样早就起来，让他多睡一下，你起来一定要吵醒他。"我不知道该说什么，默然站在帐门前。母亲也觉异样，她穿好了衣裳揭起帐，望了我一眼说："林楠，为什么这样？"我给他折着绒毡，张妈进来打脸水。

今天来了不少客。大姐和黛都来了，琳对她们也很冷淡。大姐客气坐了一会就走了。黛简直莫明其妙，呆呆地望望我又望望他。

吃完饭，琳就去睡觉。连父亲都没有机会和他谈话，母亲显然有点生气了，抱怨不该请他回来。璟弟和岫琴似乎更为难的样子：一方面对我，一方面对琳，大有难于应付的情况。

母亲偶然揭开璟的皮箱，看见许多像夹，那里面都是他们的像。除了璟和岫的外，就是琳和钱颐青小姐共摄的，多半是西湖的风景。我向琳笑了笑！母亲简直说："啊！原来是她！"璟和岫都彼此望着，现出很惊惶的样子。

钱颐青小姐是我们的同乡。她在北大读书，去年为了奉系逮捕学生，她也有点嫌疑，遂逃到南京去。那时琳正在某军的军需处当处长，就让她在那里帮点忙，琳住处很宽广，岫琴，小萍，钱小姐都在那里。机会造成了璟和岫，自然也造成了琳和钱，那种浪漫的环境中自然容易发生这浪漫的爱情。去年琳在杭州养病，给我的信上曾提到钱小姐病中看护他的好意。我也觉异乡作客，尤其是病中，难得钱小姐这样热心，我也深深地感激她。但是我相信钱小姐是知道我的，琳呢！更不会以对我的情谊去对别人。那时我并不会疑惑他们有超乎友谊的恋爱。

但是如今事实告诉我是这样呢！

上帝呵！我没有伟大的力量，灭熄我心底的悲愤之火。但是琳有个力量逼迫他，离开我，遗弃我，令我的生命沉落。这种局面一布置，我自然是一个最痛苦最可怜的妇人，不过他们果真能毫不顾忌地去爱吗？我怕一样是人间被命运捉弄的可怜者呢！

八月五日

昨夜我问琳："你有什么困难问题，不妨和我谈谈，我给你想法子去解决，整天这样愁闷，也不是一回事呵！你是多么有决断的人，为什么不拿出点勇气来呢！"

问了几次，他只冷冷道："我并没有怎样，你不要多心。"再问他时，已面壁装睡，似乎怨恨多生了两只耳朵。

这时我真气愤，恨不得搥他几拳，咬他几口才痛快。

夜半他起来在暖壶里倒水喝，我拖了鞋在冰箱里拿出汽水给他，开了两瓶都喝完了，似乎是灭熄他心头燃烧着的情焰。

我扶着桌子问他："琳！我到底什么事情得罪了你，还是那样事情做得对不住你，都请你明白地说出来。我在家里的生活你是该知道，一切都是为了你，侍候着爹妈，抚养着小孩，我不敢有一点怨言。你为什么反和我生这样大的气呢！无论如何，想不出令你对我恩断情绝的原因。什么难解决的事呢！告诉我，我替你想方法，只要你感到愉快幸福，我宁愿帮忙你成功。整天唉声叹气能济事吗？

父母盼望你回来，真是食不甘味，寝不安枕。而你对家庭是这样冷淡，厌绝。你看母亲这几天的面色多么难看，今天在父亲屋里哭呢！走了三年，好容易回来，你是这样态度对我，真不曾想到。"

他站起来打了个哈欠道："我自然对不起你，不过父母也对不起我呢！不必谈这些了，你去睡吧！"一直走到他床前，一翻身用绒毯盖上头又睡去了。

我呆呆地站在桌子旁，望着绿绸罩下凄凉的灯光哭了！他明明听见也不来理我。琳，我情似水，怎奈君心如铁，从前那样温柔深爱的琳，近在咫尺远若天涯。

八月七日

  今晨我刚睡着,他就来外间翻箱倒笼的闹了一阵。
  黛来了,她手里拿着一大包东西,坐在床上,给我搬摆了一床。什么小洋狗,日记本,照像机,皮鞋,手绢,丝袜,衣料等等。她像小孩一样问我:"嫂嫂!三哥给了你什么?这是他刚才送我的,凡我喜欢的东西都在里头,三哥真会给女人置东西,又别致,又合意。"
  我勉强笑了笑!接着她就说:"嫂嫂,我和你好,我偷偷告诉你,但是你可千万不要向三哥提起,不然他要恨我呢!"
  "什么话,值得这样秘密。"
  "岫琴昨天去我那里,我说你病了,她就叹起气来!我问她到底三哥为什么和嫂嫂闹别扭呢?她笑说我哪里知道。我仔细打听才知道三哥的行踪。他和钱颐青要好已经有一年多了,程度很深,到底他为什么爱她,那是神秘的爱,谁也不解。也是机会造成的,他病的时候都是钱来服侍,煎汤熬药。你想一个孤男,伴着个多情有意的怨女,哪能够不爱呢!在南边那种浪漫的环境中。因为她离开了南京,三哥也不办公事请上假去杭州看她去,杭州的西湖上,特别租了一座楼房。他说在杭州养病,什么病伴?她的病!三哥对她的事,向璟他们也不常提到,想法子解决罢,他也无从下手。正式和她结婚,怕钱小姐还不愿意呢!也许有目的,醉翁之意不在酒。三哥是老实人。假如要是不老实,他也不舍如此傻,回了家对嫂嫂这样,你也不要难受,将来他和钱怕不能常久聚着,据闻钱想回广西去,隔离后,爱情慢慢就淡了,楠嫂!那时三哥还是你的。这次你不要留在家里了,你还是跟着三哥去,外国人的夫妇,从来不能离开的,一离开就保不了险。只有中国,男人在外面做买卖混事十多年不回家,女人在家里睁眼泪合眼泪地熬着。所以文学的表现,总是什么闺怨,寄外,寒砧明月,阳关归梦,说不尽那些春愁秋恨,悲欢离合。"
  她说得我笑了,黛的小嘴真能说,无怪乎琳昨天对母亲说,黛妹有点像王熙凤呢!
  吃了点百合粉,我想挣扎起来。明天是父亲的生日。一切事都要我去张罗,要不然母亲又该抱怨了,琳虽然可以不理我不爱我,但是我对他的家庭从不离开,一天总要负相当责任。岫琴笑我旧道德观念深,我也无法,我完全在这环境中势有所不能反抗,因为我已是时代的牺牲者了。岫琴有一天正式和璟结了婚,她的地位和我就不一样。谁都觉她是可以当客人一样坐着瞧,坐着吃,坐着说笑是应该,我的环境地位就不能了,我是娶来的媳妇,不是请来的爱人。

八月九日

　　什么事有了隔膜，就有了痛苦。谁都不肯披肝沥胆地说出来，本来想哭，还要咽下泪去换上笑容。本是讨厌你这个人，而表面还要做作多少亲热的样子，这虚伪敷衍简直是中国人的美格，充满了社会，充满了家庭，充满了个人。我真恨，然而我不能不这样做，哪个环境允许你把赤条条的本性供献出来呢？

　　我的家庭，老的有心事有痛苦，小的有心事有痛苦，除了那三个天真未凿的小孩外，连来的客人都有心事有痛苦。

　　昨天父亲过生日，表面上多么热闹，来了不少的客。黛更是高兴了，跑出跑进，那里也有她的声音，那里也有她的影子。琳说她是赶戏台的，那一个舞台下也有她的角色点缀着。我真爱她，大概谁也爱，人又能干，长得又清秀，性情更是温柔和蔼，看什么地方她应付的恰如其分，一点也不讨厌。她在学校教书赚来的钱，一个人用不清，无据无束，更无牵挂，不受任何人的欺凌，也不看任何人的脸色。她真幸福！假使我有她那点程度，也不拿琳当生命。似乎成了他的玩具，爱时就可享福，恨时就要受罪，弃了你只可在道旁哭泣！也不敢像娜拉一样发脾气关上门就走了。

　　午餐时，岫琴和黛都喝醉了。琳也有几分。

　　岫琴大概心中有事，喝了几杯，没有浇愁反而引起愁来了，睡在的璟床上，打着滚痛哭！她真是解放的女子，一切都不在乎，不介意。母亲在背后骂她野姑娘，一点礼貌都不懂，不怕人笑话。父亲过生日她哭，也该有个忌讳。其实他们哪管这些，在外面惯了，想喝酒就吃个烂醉如泥，不论笑震天哭翻地也是自由，谁敢管。我看璟和岫将来最好组织小家庭，如果在这大家庭中，哪能生活呢！处处都是新旧不相融的冲突。母亲总是说："你们真是幸运，像我们从前做媳妇，什么都是自己做，白天站一天给公婆装烟倒茶，晚上还要给小叔小姑们做鞋袜。谁像你们，整天玩，公园电影场跑个不嫌烦呢。"她老人家不说相差了多少岁数，只说她少年时的受苦受罪。她羡慕我们，而我们还觉得不满意这种生活呢！

　　昨夜三点钟才睡，我本来精神就不好，又累了一天，洗完脸我就晕在椅子上起不来，琳看着我他都不过来问我怎样了。

　　我勉强扶着墙走进里间，倒在床上悄悄地流泪！不禁想到我自己的身世。想想这世界上除了琳谁是我的亲人。父母早死了，兄弟姊妹没有一个。孤零零来到他魏家,受了无数的虐苦,但是觉世界上只要琳爱我,我在他家里忍受点痛苦也不算什么。十五年这样过去,我没有埋怨过自己的命运。如今,维系我幸福的链子断了,我将向黑暗的深洞沉落下去。

哭得疲倦了,我回头看看小蓉可爱的睡靥,我的泪都流在她脸上,她脸上有过母亲伤心的泪痕,除了她,只有天知道我的悲痛。夜半,我起来去看琳,他头向里睡着。我无意中去摸了一下他的头,忽然觉着手上沾了水,呵!我知道了,琳也在偷偷哭呢!心中更觉难过,我伏在他身上问他,"琳!你为什么?"他默然。连着问了他三次,他一揭被单,翻起身来气冲冲的说:"我明天搬到旅馆去,晚上都扰我睡不着。我还不知你为什么呢?"

我不是怕他,但是我为了息事宁人,我忍下去了。

八月十一日

黛今天来了。刚从璟弟房里走到我屋,她看见我这愁眉苦眼的样子,不禁叹了口气说:"你们的家庭怎么好喜欢的太喜欢,忧愁的太忧愁。我也真不知该怎么处?走到东屋你们演悲剧,走到西屋,他们演喜剧。你还是和琳哥说清楚点,他到底怎样态度呢!仅这样也不是一回事啊!时代已经变了,而且你也是师范毕业的学生,受过相当的中等教育,犯不上真个屈伏在如此家庭中过这样的痛苦的日子。楠嫂,我完全同情你,怜恤你,并且可以援助你。老是哭,气的病,也不能解决这问题呵!"

"我和他说什么呢!他只是一个不理你,我也知道我们中间是完全分割了,什么维系,在爱情方面是勉强不来的。他自然也是很痛苦,爱的人不能结合,不爱的人偏常在眼前,而且是挥之不去,驱之又来的讨厌他。在如今,他正式和我离婚未尝不可,不过怕父母不愿意,我一半固然是他的妻子,而我一半还是父亲母亲的媳妇,他们是正在需要着我,如果我去了,后来的人谁能这样长年在家里陪伴着他们。母亲先前不满意我,觉得我没有她们当媳妇时的勤苦,但是要拿我比上岫琴,那就我完全是个旧家庭中的妇人,而她呢正是改革这类家庭的反抗者。她只能作璟的爱人,她不能当媳妇。我走罢,未必离开魏家真就讨饭吃,就是出去当佣工,也可以维持我自己的衣食,不过我有点留恋,莲、兰、蓉三个孩子,我怎忍心让她们尝受失掉母亲的痛苦。小莲已经懂事了,不要看她是聋子,她看见我哭时,她也哭!有时夜间她听见我哭,自己跳下床,跑到我身畔来抱着我。'妈妈不要哭,妈妈不要哭!'小兰昨天告妈说:'奶奶!爸爸和妈妈淘气,急得妈妈哭!你为什么不说爸爸呢?'她们小灵魂内已经知道我是可怜的妈妈了,假使我真走了,那她们的命运更是不堪设想了，因之，我宁愿为了她们，使我置身在这苦痛中生活。"

我正和黛谈着，琳让云香来请她。

一会汽车喇叭响了，是他们去看电影。

黛来到这里也是左右做人难，然而她真能干，那一面都处的非常圆满，毫无破绽。

我想黛劝我解决的话，也许是琳故意托她来探我的口气，预备由我和他提出离婚，假使果然如斯，那琳的心也太狠毒了。他既和我决绝，然而表面并不现出什么来，对着人有时还要有意和你开玩笑。妈已经有点不满意了，说琳不回来是盼他回来，回来了又故意找闲气令他不喜欢，她不怪儿子，反而怪我。

我连哭都不能哭，哭了他们骂我"逼他走"，琳自己也再三说家庭苦痛一刻都不能忍，谁曾替我设身处地想一下。

昨天岫琴说："这家庭真教人气闷，爽性公开出来也痛快，谁都不肯揭掉假面具，不彻底的敷衍。过几天我想回家看母亲去了，我住在我嫂嫂那里也是气闷，整天拿着我的婚姻问题寻开心。来到这里又是这样别扭，真是你，楠嫂沉得住气，要是我早跑了。璟常向我夸他的家庭好，和气，爹妈的脾气都不怪，来到这里一瞧，满不是那么回事呵。老实说：楠嫂，我真有点悔了。琳哥和你也是相爱的夫妻，如今为了个钱颐青弄得这样结果，璟将来还不是这一套，哼！男人的心靠不住。"

她不知为什么反向我发牢骚，我没有说什么，只笑了笑！

八月十五日

这几日我心情异常恶劣，日记也不愿写了。

我想到走，想到死，想到就这样活下去。

晚　宴

有天晚晌，一个广东朋友请我在长安春吃饭。

他穿着青绿的短服，气度轩昂，英俊豪爽，比较在法国时的神态又两样了。他也算是北伐成功后新贵之一呢！

来客都是广东人。只有苏小姐和我是例外。

说到广东朋友时，我可以附带说明一下，特别对广东人的好感。我常觉广东的民性之活泼好动，勇敢有为，敏慧刚健，忠诚坦白，是值得我们赞美的。凡中国那种腐败颓废的病态，他们都没有。而许多发扬国华，策励前进的精神。凡全球都感到惊畏的。这无怪乎是革命的根据地，而首领大半是令人钦佩的广东人了。

寒暄后，文蕙拉了我手走到屋角。她悄悄指着一个穿翻领西装的青年说："这就是天下为婆的胡先生！我笑着紧握了她手道："你真滑稽。"

想起来这是两月前的事了。我从山城回来后，文蕙姊妹们，请我到北海划船，那里黄昏日落时候，晚景真美，西方浅蓝深青的云堆中，掩映夹杂着绯红的彩霞，一颗赤日慢慢西沉下去。东方呢！一片白云，白云中又袭着几道青痕，在一个凄清冷静的氛围中，月儿皎洁的银光射到碧清的海面。晚风徐徐吹过，双桨摇到莲花深处去了。

这种清凉的境地，洗涤着这尘灰封锁的灵魂。在她们的倩影中，笑语里，都深深感到恍非人间了。菡萏香里我们停了桨畅谈起来！偶然提到文蕙的一个同学，又引起革命时努力工作的女同志。谈着她们的事迹，有的真令我们敬钦，有的令我们惊异，有的也令我们失望而懊丧！

文蕙忽然告诉我，有一位朋友和她谈到妇女问题说："你们怕什么呢？这年头儿是天下为婆。"我笑起来了，问她这怎么解释呢？她说这位主张天下为婆的学者大概如此立论。

一国最紧要的是政治。而政治舞台上的政治伟人，运用政治手腕时的背景，有时却是操纵在女子手中。凡是大政治家，大革命家的鼓舞奋发，惨淡经营，又多半是天生丽质的爱人，或者是多才多艺的内助，辅其成功。不过仅是少数出类拔萃的女子，大多数还是服务于家庭中，男子负荷着全责去赡养。

因此，男子们，都尽量的去寻觅职业，预备维持妻妾的饱暖；同时虚荣心的鼓励，又幻想着生活的美满和富裕。这样努力的结果，往往酿成许多的贪官污吏。据说这是女子间接应得的罪案。

例如已打倒的旧军阀张宗昌，其妻妾衣饰杂费共需数十万。风闻如今革命伟人之妻妾，亦有衣饰费达十余万者。（这惊人的糜费我自然确信其为谣言无疑了。）——男子一方面生产，女子一方面消费。这"天下为婆"似乎愤怨，似乎鄙笑的言论，遂在滑稽刻薄的胡先生口中实现了。我们听见当然觉得有点侮辱女性，不无忿怒。但是静心想想，这话虽然俏皮，不过实际情形是如斯，又何能辩白呢！

试问现在女子有相当职业，经济独立，不使人供养的有几多？像有些知识阶级的贵妇人，依然沉溺于金迷纸醉，富裕挥霍的生活中，并不想以自己的劳力求换取面包，以自己的才能去服务社会。

不过我自己也很感到呢！文蕙她们也正是失业者。整日想在能力范围内寻觅点工作，以自生活，并供养她五十余岁的病母。但是无论如何在北平就找不到工作，各机关没有女子可问津的道路。除非是和机关当局沾亲带故的体己人外，谁不是徘徊途中呢！意志薄弱点的女人，禁不住这磨炼挫折，受不了这风霜饥寒，慢慢就由奋斗彷徨途中，而回到养尊处优的家庭中去了。

这夜偶然又逢到胡先生。想起他的话来，我真想找个机会和他谈谈，不过事与愿违，他未终席就因有要事匆匆地去了。

惆 怅

先在上帝面前,忏悔这如焚的惆怅!

朋友!我就这样称呼你吧!当我第一次在酒楼上逢见你时,我便埋怨命运的欺弄我了。我虽不认识你是谁?我也不要知道你是谁?但我们偶然的遇合,使我在你清澈聪慧的眼里,发现了我久隐胸头的幻影,在你炯炯目光中重新看见了那个捣碎我一切的故人。自从那天你由我身畔经过,自从你一度惊异地注视我之后,我平静冷寂的心波为你汹涌了。朋友!愿你慈悲点远离开我,愿你允许我不再见你,为了你的丰韵,你的眼辉,处处都能憾的我动魄惊心!

这样凄零如焚的心境里,我在这酒店内成了个奇异的来客,这也许就是你怀疑我追究我的缘故吧?为了躲避过去梦影之纠缠,我想不再看见你,但是每次独自踽踽林中归来后,望着故人的遗像,又愿马上看见你,如观黄泉下久矣沉寂消游的音容。因此我才强咽着泪,来到这酒店内狂饮,来到这跳舞厅上蹁跹。明知道这是更深更深的痛苦,不过我不能自禁地沉没了。

你也感到惊奇吗?每天屋角的桌子上,我执着玛瑙杯狂饮,饮醉后我又踱到舞场上去歌舞。一直到灯暗人散,歌暗舞乱,才抱着惆怅和疲倦归来。这自然不是安放心灵的静境,但我为了你,天天来到这里饮一瓶上等的白兰地,希望醉极了能毒死我呢!不过依然是清醒过来了。近来,你似乎感到我的行为奇特吧!你伴着别人跳舞时,目光时时在望着我,想仔细探索我是什么人?怀着什么样心情来到这里痛饮狂舞?唉!这终于是个谜,除了我这一套朴素衣裙苍白容颜外,怕你不能再多知道一点我的心情和行踪吧?

记得那一夜,我独自在游廊上望月沉思,你悄悄立在我身后,当我回到沙发上时,你低着头叹息了一声就走过去了。真值得我注意,这一声哀惨的叹息深入了我的心灵,在如此嘈杂喧嚷,金迷纸醉的地方,无意中会遇见心的创伤的同情。这时音乐正奏着最后的哀调,呜呜咽咽像夜莺悲啼,孤猿长啸,我振了振舞衣,想推门进去参加那欢乐的表演,但哀婉的音乐令我不能自持,后来泪已扑簌簌落满衣襟,我感到极度的痛苦,就是这样热闹的环境中愈衬出我心境的荒凉冷寂。这种回肠荡气的心情,你是注意到了,我走进了大厅时,偷眼看见你在呆呆地望着我,脸上的颜色也十分惨淡。难道说你也是天涯沦落的伤心人吗?不过你的天真烂熳,憨娇活泼的精神,谁信你是人间苦痛中挣扎着的人呢?朋友!我自然祝福你不是那样。更愿你不必注意到我,我只是一个散酒悲哀,布施痛苦的人,在这世界上我无力再承受任何人的同情和怜恤了。我虽希望改善我的环境,忘掉一切,舍弃一切,埋葬一切,但是新的环境里有时也会回到旧的梦里。依然不能摆脱,件件分明的往事,照样映演着揉碎我的心灵。我已明白了,这是一直和我灵魂殉葬入墓的礼物!

写到这里我心烦乱极了,我去倒在床上休息一会再往下写吧!

这封信未写完我就病了。

朋友!这时我重提起笔来的心情已完全和上边不同了。是忏悔,也是觉悟,我心灵的驽马奔放到前段深潭的山崖时,也该收住了,再前去只有不堪形容的沉落,陷埋了我自己,同时也连累你,我哪能这样傻呢!

那天我太醉了,不知不觉晕倒在酒楼上,醒来后睁开眼我睡在软榻上,猛抬头便看你温柔含情的目光,你低低和我说:"小姐!觉着好点吗?你先喝点解酒的汤。"

我不能拒绝你的好意,我在你手里喝了两口桔子汤,心头清醒了许多,忽然感到不安,便挣扎着坐起来想要走。你忧郁而诚恳地说:

"你能否允许我驾车送你回去么?请你告诉我住在哪里?"我拂然地拒绝了你。心中虽然是说不尽的感谢,但我的理智诏示我应该远避你的殷勤,所以我便勉强起身,默无一语地下楼来。店主人招呼我上车时,我还看见你远远站在楼台上望我。唉!朋友!我悔不该来这地方,又留下一个凄惨的回忆,而且给你如此深沉的怀疑和痛苦,我知道忏悔了愿,你忘记我们的遇合并且原谅我难言的哀怀吧!

从前为了你来到这里,如今又为了你离开。我已决定不再住下去了,三天内即航海到南岸一带度漂流的生涯,那里的朋友曾特请去同他们合伙演电影,我自己也很有兴趣,如今又有一个希望在诱惑我做一个悲剧的明星呢!这个事业也许能发挥我满腔凄酸,并给你一个再见我的机会。

今天又到酒店去看你,我独隐帏幕后,灯光辉煌,人影散乱中,看见你穿一件翡翠色的衣服,坐在音乐台畔的沙发上吸着雪茄沉思,朋友!我那时

心中痛苦万分,很想揭开幕去向你告别,但是我不能。只有咽着泪默望你说了声:

"朋友!再见。一切命运的安排,原谅我这是偶然。"

石评梅

卸妆之夜

蔄如偶然当了一个中学校的校长，校长是如何庄严伟大的事业，但是在蔄如只是偶然兴来的一幕扮演。上装后一切都失却自由，其实际情形无异是作了收罗万矢的箭垛。

如今箭垛的命运真是满了，她很觉值得感谢上苍。双手将这顶辉煌的翠冠，递给愿意接受的朋友后，自己不禁偷偷地笑了！这来也匆匆，去也匆匆的命运。

在纷扰的社会里，嘈杂的会场上，奸狡万变的面孔，口是心非的微笑中，她悄悄推倒前面那块收罗万矢的箭垛，摘下那顶庄严伟大的峨冠，飘然回到她幽静的书斋去了。走进了深深院落，望见紫藤的绿荫掩着她的碧纱窗。那一排新种的杨柳也长高了，影子很婀娜的似在舞动，树荫下挂着她最爱的鹦哥，听见步履声，它抬起头来飞在横木上叫着："快开门，快开门！"

她举眸回盼了一下。湘帘沉沉中听见姨母唤她的声音。这时帘揭开了，双鬓如雪的姨母扶杖出来迎接蔄如。一股晚香玉的芬馥，由屋中赅来，她猛然清醒！如午夜梦回一样。

晚餐后，她回到自己的屋里，卸下那一套"恰如其分"的装束，换上了一件沾满泪痕酒渍的旧衣，坐在写字台前沙发上，深深地吐了一口气。觉得灵魂自由了，如天空的流云，如海上的飞鸟。瓶中有鲜艳的菡萏，清芳扑鼻，玻璃杯里斟着浓酽的绿茶，洁人心脾。磨好了墨，蘸饱了笔，雪亮的灯光下，她沉思对一叠稿纸支颐。

该从何处下笔呢！这半载惊惶纷乱，污浊冷酷的环境，狡诈奸险，可气可笑的事迹，都如电影一般在她脑中演映着。

辗转在荆棘中，灵魂身体都是一样创痛。虽然是已经受了她不曾受过的，但认识的深刻，见闻的广博，却也得到她不曾知道的。人生既是活动的变迁，力和智的奋斗，那她今夜归来的情况，真有点儿像勇士由战壕沙场的梦中惊醒，抚摸着自己的创痕，而回忆那炮火弥漫，人仰马翻，赤血白骨，灰烬残堞，喟叹着身历的奇险恐怖一样。

丁零零门铃响了，张妈拿来了几封信。

她拆开来，都是学校里来的。

一封是焕之写来的。满纸都是愤慨语，一方面诅咒别人，一方面恭维着自己，左不是那一类乎黄钟毁弃，瓦釜雷鸣的笔调。她读后笑了笑！心想何必发这无意义的牢骚。她完全不懂时势和社会的内容，假使社会或个人的环境，没有一点儿循环的变化，这世界就完全死寂了，许多好看热闹的戏也就闭幕了，那种人生有什么意味呢！

又一封信，笔迹写得很恶劣，内容大概说堂内同学素常对蕙如很有感情，不应对她忽然又翻脸攻击，更不应以一种卑鄙钻营的手段获得胜利。气了个愤慎胸臆，骂了个痛快淋漓，那种怒发冲冠，拔剑相睨的情形，真仿佛如在目前。

但是蕙如看到信尾的签字呢，令她惊异了！原来这个王亚琼，就是在学校中反对蕙如最激烈的分子，喊打倒，贴标语，当主席，谒当局的都是她。

这真是奇迹呵！

蕙如拿那封信对着灯光发呆，看见纸上那些怎样钦佩，怎样爱慕，怎样同情，怎样愤慨的话，每一字每一句都像毒刺插入她的灵魂。她真不解：为什么那样天真活泼，伶俐可爱的女孩们，她洁白纯净的心田，如何也蒙蔽着社会中惯用的一套可憎恨的虚伪狡诈罪呢！明知道，爱和憎或是关乎切身的利害，这都是人人顾虑的私情，谁敢说是恶德呢！不过一方面喊"打倒"方面送秋波的伎俩，总不是我辈热血真诚的青年所应为的吧！她忏悔了，教育是失败了呢，还是力量小呢？

起始怀疑了，这样的冲突。赞美你的固然是好听，其本心不见得是真钦佩你。咒骂你的自然感到气愤，但是也不必认为真对你怎样厌恶。她想到这里，心境豁然开朗，漠然微笑中，把这两封信团了个珠掷在纸筐里。

夜深了，秋风吹过时，可以听见树叶落地的声音。这凄清秋意，轻轻掀动了宁静的心撒，她又感到人间的崎岖冷酷，和身世的畸零孤苦，过去一样春梦烟痕，回想起来，已是秋风起后另有一番风景了。

她愿恢复了旧日天马行空的气魄，提起了久不温存的笔尖，捉摸那飘然来去的灵感。原本是游戏人间来的，因之约不懊悔这一次偶然的扮演。胸中燃烧着热烈欲爆的灵焰，盼这久抑的文思如虹霓一样，专在黯淡深奥处画出她美丽伟大的云彩，于是乎她迅速地提起了笔。

石评梅

冰场上

  连自己都惊奇自己的兴致,在这种心情下的我,会和一般幸福骄子,青春少女们,来到冰场上游戏。但是自从踏进了这个环境后,我便不自主的被诱惑而沉醉了。幸好,这里没有如人间那样的残狠,在不介意不留意时,偷偷混在这般幸福骄子,青春少女群中,同受艳阳的照临,惠风的吹拂,而不怕获什么罪戾!因之我闲暇时离开一切可厌恶的,到这里,求刹那的沉醉和慰藉。
  在美丽欢欣的冰场上,回环四顾是那如云烟般披罩着的森林,岩峰碧栏红楼。黄昏时候落日绯霞映照在冰凝的场中,雪亮的刀上时,每使我怆然泫然,不忍再抬头望着这风光依稀似去年的眼底景物。我天天奔波在这长安道上,不知追求什么?如今空虚的心幕上,还留着已成烟梦的遗影,几乎处处都有这令我怆然泣然的陈迹现露在我的眼底。这冰场也一样有多少不堪回首的往事,驻足凝目时心头常觉隐隐梗酸,有时热泪会滴在冻冷的冰上,融化成一个小小的蚀洞。
  自然有人诅咒我这类乎沦落的行径,颓唐的心情吧!似乎这年头莫有什么机会或兴趣,来和那些少爷小姐们玩这类的开心运动?诚然,我很惭愧,除了每日应作的事务和自修外,我并不曾效劳什么社会运动,团体工作。不过我也很自安,没有机会去做一件与人类求福利的事,但也未曾做过殃民害众的罪恶。
  看起来中国目前似乎都是太积极了,"希望"故意把人都变成了猛兽,随时随地都可以使烈火燃烧起来!鲜血喷洒出来!尸体堆集起来!枪炮烟火中,一切幸福和安宁都被恶魔的旗帜卷去了。这几乎退化到原始的世界,我时时都在恐怖着!暴动残杀,疯狂般的领袖,都是令我们钦佩敬爱的英雄吧!只是他们的旗帜永远那么鲜明正大,而他们的功绩确永远是这样暗淡悲惨呢!不知为什么？

假如后人的幸福欢乐真能建筑在现今牺牲者的枯骨血迹之上，那也是一件值得赞颂的事，不过恐怕这也终于是个幻影，只是在人们心中低低唤你前进的一个声音。

在疲倦的工作后沉思时，我总哀我自己并哀我祖国。屡次失望之后，我对于自己从前热诚敬慕的英雄，和一切曾令我动念的事业都恐怖鄙视起来了。因此在极度伤心悲痛中才逃到冰场上去求刹那的晕醉。

我虽想追求快乐，但快乐却是永不能来安慰我。我的朋友在炮火枪林底，我的故乡在战气弥漫里，我的父母在忧惧焦虑中，我就是漠不关心逃到冰场上来自骗地去追寻快乐，怕快乐也终于是遗弃而不顾我。不过晕醉，暂时的晕醉却能令我的心情麻木一时。

我告诉你们：冰下有无数美丽娟洁的花纹，那细小的雪屑被风吹着如落下的球，我足下的银刀划在冰场的裂痕，如我心膜里的残迹。轻飘飘游龙惊鸿般的姿态，笑吟吟微露醉意的霰颜，如燕子穿梭，蝶翅翩跹似的步履，风旋雪舞，云卷电掣，这都是冰场上青年少女们的艺术。朋友！怎的不令我沉迷于此而暂忘掉一切人间的痛苦呢！是这般美妙的活泼的天真的烂漫的乐园。

不过这依然是梦。

这些幸福骄子，青春少女们也有一日要失去她们的愉乐而换成惆怅！目前的现实变作回忆的梦影。露沙笑我把冷寂的冰场当作密友是痴念，她说：

"你觉得冰冷的心情最好是安放在冰天雪地之中。不过你要知道的冰冷最是靠不住的东西，它若逢见热烈的火气，立刻就消失了原来洁白的冷严的质地，变成柔和的水，氤氲的气了。结果反不如一直是个氤氲的气倒免得着迹！"

她这话自然包含了多方面的意思，不过表面上看来，她已警告我将来是一场欢喜，空留惆怅了。什么事不是这样呢！如今冷寂坚冻的冰，本就是往日柔和如意的水，此时欢喜就是他年悲叹，人生假使就是这样时，怎禁得住我们这过分聪敏的忧虑呢！

朋友！不要想以后怎样，只骗如今这样过去吧！

石评梅

毒　蛇

　　谁也不相信我能这样扮演。在兴高采烈时，我的心忽然颤抖起来，觉着这样游戏人间的态度，一定是冷酷漠然的心鄙视讪讽的。想到这里遍体感觉着凄凉如水，刚才那种热烈的兴趣都被寒风吹去了。回忆三个月来，我沉醉在晶莹的冰场上，有时真能忘掉这世界和自己。目前一切都充满了快乐和幸福。那灯光人影，眼波笑涡，处处含蓄着神妙的美和爱，这真是值得赞美的一幕扮演呢！

　　如今完了，一切的梦随着冰消融了。

　　最后一次来别冰场时，我是咽着泪的。这无情无知的柱竿席棚都令我万分留恋。这时凄绝的心情，伴着悲婉的乐声，我的腿忽然麻木酸痛，无沦怎样也振作不起往日的豪兴了。正在沉思时，有人告诉我说："琪如来了，你还不去接她，正在找你呢！"我半喜半怨的说："在家里坐不住，心想还是和冰场叙叙别好。你若不欢迎，我这就走。"她笑着提了冰鞋进了更衣室。

　　琪如是我新近在冰场上认识的朋友，她那种活泼天真，玲珑美丽的精神，真是能令千万人沉醉。当第一次她走进冰场时，我就很注意她，她穿了一件杏黄色的绳衣，法兰绒的米色方格裙子，一套很鲜艳的衣服因为配合得调和，更觉十分的称体。不仅我呵，记得当时许多都曾经停步凝注着这黄衣女郎呢。这个印象一直到现在还能报清楚地忆念到。

　　星期二有音乐的一天，我和潜从东毕门背着冰鞋走向冰场，途中她才告诉我黄衣女郎是谁。知道后，陡然增加了我无限的哀愁。原来这位女郎便是三年前逼凌心投海，子青离婚的那个很厉害的女人，想不到她又来到这里了。我和潜很有意地相向一笑！

　　在更衣室换鞋时，音乐慷慨激昂，幽抑宛转的声音，令我的手抖颤得连鞋带都系不紧了。潴也如此，她回头向我说："我心跳呢！这音乐为什么这样动人？"

我转脸正要答她的话，琪如揭帘进来，穿着一件淡碧色的外衣，四周白兔皮，襟头上插着一朵白玫瑰，清雅中的鲜丽，更服她浓淡总相宜了。我轻轻推了潴一下，她望我笑了笑，我们彼此都会意。第二次音乐奏起时，我和潴已翩翩然踏上冰场上，不知怎样我总是望着更衣室的门帘。不多一会，琪如出来了，像一只白鸽子，浑身都是雪白，更衬得她那苹果般的面庞淡红可爱。这时人正多，那入场的地方又是来往人必经的小路，她一进冰场便被人绊了一跤，走了没有几步又摔了一跤，我在距离她很近的柱子前，无意义的走过去很自然地扶她起来。她低了头，腮上微微涌起两朵红云，一只手拍着她的衣裙，一只手紧握着我手说："谢谢你！"

我没有说什么，微笑的溜走了，远远我看见潴在那圈绳内的柱子旁笑我呢！这时候，连我自己也莫明其妙，忽然由厌恨转为爱慕了，她真是具有伟大的魔术呢！也许她就是故事里所说的那些魔女吧！

音乐第三次奏起，很自然的大家都一对一对缘着外圈走，潴和一个女看护去溜了，我独自在中间练我新习的步伐，忽然有一种轻碎的语声由背后转来，回头看原来又是她，她说："能允许我和你溜一圈吗？"

她不好意思地把双手递过来，我笑着道："我不很会，小心把你拉摔了！"

这一夜是很令我忆念着的。当我伴她经过那灿烂光亮如昼的电灯下时，我仔细看着她这一套缟素衣裳，和那一只温柔的玉腕时，猛然想到沉没海底的凌心，和流落天涯的子青，说不出那时我心中的惨痛！栗然使我心惊，我觉她仿佛是一条五彩斑烂的毒蛇，柔软如丝带似的缠绕着我！我走到柱子前托言腿酸就悄悄溜开了，回首时还看见她那含有毒意的流波微笑！

潴已看出来了，她在那天归路上，正式地劝告我不要多接近她，这种善于玩弄人颠倒人的魔女，还是不必向她表示什么好感，也不必接受她的好感。我自然也很明白，而且子青前几天还来信说他这一生的失败，都是她的罪恶。她拿上别人的生命，前程，供她的玩弄挥霍，我是不能再去蹈这险途了。

不过她仍具有绝大的魔力，此后我遇见她时，真令我近又不是，避又不是，恨又不忍，爱又不能了。就是冷落漠然的潴也有时会迷恋着她。我推想到冰场上也许不少人有这同感吧！

如今我们不称呼她的名字了，直接唤她魔女。闲暇时围炉无事，常常提到她，常常研究她到底是种什么人？什么样的心情？我总是原谅她，替她分辩，我有时恨她们常说女子的不好。一切罪恶来了，都是让给女子负担，这是无理的。不过良心唤醒我时，我又替凌心子青表同情了。对于她这花锦团圆，美满快乐的环境，不由要怨恨她的无情狠心了，她只是一条任意喜悦随心吮吸人的毒蛇，盘绕在这辉煌的灯光下，晶莹的冰场上，昂首伸舌地狞笑着；她那能想到为她摒弃生命幸福的凌心和子青呢！

毒蛇的杀人，你不能责她无情，琪如也可作如斯观。

今天去苏州胡同归来经过冰场的铁门，真是不堪回首呵！往日此中的灯光倩影，如今只剩模糊梦痕，我心中惆怅之余，偶然还能想起魔女的微笑和她的一切。这也是一个不能驱逐的印象。

我从那天别后还未再见她，我希望此后永远不要再见她。

噩梦中的扮演

我流浪在人世间，曾度过几个沉醉的时代，有时我沉醉于恋爱，恋爱死亡之后，我又沉醉于酸泪的回忆，回忆疲倦后，我又沉醉于毒酒，毒酒清醒之后，我又走进了金迷沉醉五光十色的滑稽舞台。近来我整天偷工夫到这里歌舞欢呼，终宵达旦而倦态。

我用粉红的绸纱，遮住我遍体的创痕，用脂粉涂盖住我苍白面庞，我旋转在狂热的浪漫的舞台上，被各种含有毒汁生有荆棘的花朵包围着。我是尽兴地歌，尽量地舞！毫无忌惮，各种赞颂我毁谤我的恶魔在台下做各种鬼脸。他们看着我，我也看着他们。

如今，我任一切远方怀念我的朋友暗地里挥泪，我任故乡的老母亲替我终身伤感。但，我是不再向这人间流半滴泪了，我只玩弄着万物，也让万物玩弄着我这样过去，浑浑噩噩无所知觉的过去。我还说什么呢？我整天混迹在人海中，扰扰攘攘都是些假面具，喧哗嚣杂都是些留声机，说什么，说向谁去？想到这里时，我就披上那件忘忧的舞衣到剧场去了，爽性我自己就来一个虚伪的角色，妃色的氛围中遮掩了我这黑色的尸身，把一切灵感回忆都殡埋于此。这是我的一种新发现，使我暂时晕绝的麻醉剂。上帝！我该向你再祈求什么呢？除此而外？

灯光暗淡，人影散乱时，我独自从魔鬼狂呼声中逃到清冷的街头，那一带寒林，那一弯残月，那巍然插上云霄的剧场，像一个伟大的狮王，蹲着张开那血盆的巨口预备噬人。这刹那间我清醒了！我身体渐渐冷得发抖，我不知那里面暖溶溶是梦，这外面还冷清清是梦？这时我瞪着眼嚼着唇在寒林下飞奔回来，立在那面衣镜前，看见一个披发苍白寒缩战颤的女郎时，我不能认识了。那红绒毯上，灯光照耀着的美丽的高贵的庄严的神采，不知何处去了。

我对镜凝视后，便颓然倒在地上。这时耳畔隐隐有低呼我名字的声音，我便在这种幻想的声音中睡去。半夜里我会抱着桌子腿唤着母亲醒来，有时我梦见我的灵魂之影来了，过去会碰在板壁上哽咽着醒来！总之，我是有点不能安定的心灵了。翌晨，我依然又披上舞衣，涂上脂粉，作出种种媚人娇态，发出种种醉人的清音，来扮演种种的活剧，这时我把自己已遗失了，只是一副辗转因人的尸体。

我本是几个朋友拯救起来的一个自甘沦落的女子，那时我从极度伤心中挣扎起来也含有不少的希望。希望我成一个悲剧的主人翁，希望成一个浪漫的诗人，希望成一个小说家，更希望成一个革命先驱，或政治首领。东西南北漂游归来，梦都做过了，都不能满足我，都不能令我离开苦痛，最后才决定做戏子，扮演滑稽剧给滑稽的人们看着寻开心。

有几次我正在清歌妙舞逸兴遄飞时，忽然台下露出几个熟悉的面孔，他们虽不识我本来面目，不过我看见他们却引起我满腔悲愁，结果我没有等闭幕便晕倒在琴台旁了！以后我的含忍力强了，看见他们也毫不动心，半年后我简直也不识他们了。我恐怖过去的梦影来扰我，我希望我的环境中都是些不相识的，新来的观众！

上帝！愿你有一天能告诉我的母亲和系念我的朋友们说："我已找到我的墓在我愿意殡埋的那个地方了。"

偶然来临的贵妇人

我正午梦醒来，睁眼见窗外芭蕉后站着一个人，我问谁？女仆递给我一张名片，接过来看时，上面写着：胡张蔚然。呵！是她！

我赶快穿上鞋下了床，弄展了皱摺的床毡，又掠梳了一下纷乱的散发，这时候竹篱花径传来了清脆的皮鞋声音，隐约帘外见绯红衫子的身影分花拂柳而来。我迎出去，只见她珠翠环绕，雍容端丽，无论如何也不敢认这位娇贵的妇人，就是前八年名振一时的女界伟人。

寒暄时，她抬起流媚的双睛打量了我，又打量了我的房子，蓦然间感觉到自己的微小和寒酸，在她那种不自禁流露的做贵神韵中。

我十分局促嗫嚅着说："蔚然姊！我们在学校分离后就未再见。听同学们说你在南方很做了许多实地的工作，这次来更可以指导我们了。"她抿嘴微笑着道："我早不做什么工作了。一半灰心，一半懒惰，自从我和衡如结婚后，大概也是环境的原故吧！无论如何振作不起往日的精神，什么当主席，请愿，发传单，示威，这套拿手戏，想起来还觉好笑呢！一个人最终的目的，谁不是梦想着实现个如意的世界，使自己能浸润在幸福美满中生活着。现在衡如有力量使我过这种不劳而获的生活，我又何必再出去呼号奔波。有的是银钱，多少享乐的愿望，都可以达到，在社会上既有名誉，又有地位，物质的享受，我没有什么 不满意。精神方面，衡如自同他妻离散后，对我的感情是非常忠诚专一，假使他有什么变化，我也不愁没有情人来安慰我，我高兴热闹时到上海向那金迷纸醉的洋场求穷奢极欲的好梦，喜欢幽静时找一两个闲散的朋友到西湖或牯岭去，那里都有自己的别墅，在天然美丽的风景中，休息我的劳顿和疲倦。如果国内的情形使我厌顿时，也许轻装简服悄悄地就溜到外国。我想手里只要有钱，宇宙万物都任我摆布。我现在才知道了，藻如！你晓得如今一般不得志的人，整天仰着头打倒这个铲除那个，但是到了那种地位，无论从前怎么样血气刚强，人格高尚的人，照样还是走着前边人开辟的道路，行为举动和自己当年所要打倒铲除者分毫无差，也许还别有花样呢！衡如和他现在这一般朋友，那一个不是几十万几百万的家产，四五个美貌如花的爱人。从前他们革命时那种穷困无聊的样子你也见过，世界就这样一套把戏，不论挂什么招牌，结果还是生活的问题，并且还是多数人饿死少数人吃肥的问题。"

我真没有想到她忽然发现了这样的人生哲学，又像吹法螺，又像发牢骚，这么一来我真不知她今天来的目的是什么了。

接着她又说："藻如，别后你还是那样消沉吗？在南边时听人说你死了，隔些时又说你嫁了，无论什么谣传都是这生生死死吧！到这里打听，才知道你还是保持着旧日那孤傲静默的生涯。你真有耐心，这多年用粉笔灰撑着半饱的肚子，要是我早想别的办法了。不过这样沉默的生活也有好处，不声不响的。你就是掀天摇地翻山倒海的弄一套，结果也是这样。你瞧我，一定笑不长进，不过我想只有这样是我的需要。"她哈哈的笑了，这清脆的笑声，颤溢在这狭霉的小书斋。

我不知该说什么话好，只痴笑着陪她。仔细揣摸她这惊人的伟论，及在她那粉白黛绿，珠翠续纷的美型中，找寻往日那种英俊的丰采是隐匿不见了。

她又向我问讯了几个旧朋友的近况，最后她说了目的：是衡如的儿子想考学校，托我帮点忙让他取录。明晚她家里开个跳舞会。请的客人都是新贵，再三请我去，我向她婉谢了。我没有力量和她应酬，我愿在这小书斋当孤做的主人，不愿去向那广庭华筵，灯光辉煌下做寒伧的来客。

送她上了汽车，灰尘中依稀似回眸一笑。

回来捡起茶杯，整理了一下书桌：坐在藤椅上觉屋中氤氲着一种清芬的余香，这气息中我恍惚又看见她娇贵的高做的倩影。

冯铿

冯铿

遇 合

（二月廿三日）

  我到校里来已快满五个星期了。
  今天是我再次开始记日记的第一天哩！在这沉寂的境地里捱着的我，记日记这件事情真是再好没有的了。在我童年以至过去的两年里，我是天天都不断地记着记着的；可是自去年陷溺于刻骨的悲哀里以后，寸心纷扰不宁，就把它间断着了——直至现在。我相信人类处于紊乱的情绪中时，是不能够把自己的心情、事迹，理性地描写，述记下来的；必待事过境迁，往后无聊、枯寂的时候，才会慢慢地把过去那烙印着的印象，一幕幕从心头移到纸上去的。所以我今天想把日记续记下去了，一方可以消除些长日似年的光阴，一方也可追忆过去那死也不能忘掉的我和他的种种爱的痕迹。
  正是去年这样春光绮丽的岭南气候哩！桃花谢后的二月初头，学校开课那天，可爱的苍白瘦脸的他的第一次印象，便深映入我的眼中心上了！呵呵！我怨造物，怨时间，怨机会，……连那学校和它的一切环境都怨恨起来呢！不是为了他们的作弄、偶合，那末，生长峨嵋山下的他，怎会和我相逢于南国的春光里呢？又不是为了他对我有爱而又不得不离绝的苦衷，那我们此刻不是欢愉的一对情侣吗？此刻我怕还是童心未泯，青春宛在的一女人哩！呵！我的心头真隐痛起来了！我悲哀过去，灰心现在，讨厌将来，……不是都为了去年与他那段悲凉凄咽的离合吗？……不是为了我和他是同校的教职员，不是为了我们的情投趣合，不是为了他的献身革命和有着同为事业牺牲，因而飘流四散的他的昔日爱人，那末，我们又哪会合演了这样的一幕悲剧呢？……
  就在去年这个时候的春晚上，我由窗里偶而看着他那捧了一册文艺书籍，在校园里的柳树下呆站着的那一瞬间，……
  呀，就寝的钟声怎么敲得这样早呢？我只好停笔了！

（二月廿五日）

　　昨夜是辗转了一个整宵！唉！我的神经衰弱怕跟着这无聊赖的光阴一同长进吧！

　　我怨恨自己的多事啦！好好地记日记就记罢了，何必把过去的伤痕表露出来呢？要在止水似的心湖上荡起波澜做什么呢？真是矛盾啦，既然努力想把过去的忘掉、洗净，却反而想把它遗留痕迹于人间，无乃太滑稽了吧？昨天为要撕掉上面的或不再记下去了的问题踌躇着，终于间断了一天没有记下而就不得解决！唉，于此可见我近来心之脆弱了！由它去吧，想写什么便写什么，懒得写的时候就给它间断吧！

　　唉！让我来写些现在这讨厌无聊的学生生活吧！于此我又不得不附带的写了所以要由教书生涯再次过着学生生活的缘故啦。自去年除夕那晚上和他在×市朋友芳君家里握别，看他在寒风刺骨的昏黄的街灯下把背影逐渐消逝了去之后，第二天便不能够看见他的苍白的瘦脸了！……唉！经了芳君的多方劝慰，和代我解决了暂时的经济问题，硬压着我这全国中心的上海来进进大学，再读读些书，我只好决意跑到这里来了。其实他走后的×市顿变成触目不堪的伤心地，我真再也没有勇气在那儿呼吸着了！虽然它是我度过了六七年来学校生活的第二个故乡。他走后的隔天便是旧历的新年，我一直躺在芳君家里流着眼泪，到轮船复工的初五晚上，便离去我们的伤心纪念地×市了。临行时我连近在数里的故乡也不想去一去。白发满头的老母也不忍别一别了！唉唉！……

　　不知不觉又勾起过去的伤痕了，天呀，你要怎样来主宰我这无着落的心呢！

　　在此除每天紧抱着英华辞典，面着枯燥无味的课本之外，其他的生涯就全葬送在孤独的无聊里了。不要说同学们是连半句话也说不上的，就使她们唱完"毛毛雨"，擦完脂粉之余而想和我攀谈时，我报答她们的却只有一脸沉寂的闷气，和机械的几个点！不消说现在她们和我之间是隔着高厚的一道垣壁了，我要努力让自己成为一个沉默无聊的孤零者哩！

　　自己一个在抽着嫩芽的篱笆下慢慢踱着，听着自己轻匀、沙沙的足音时，真领略了不少生平所未有的幽寂的情调呵！

　　窗外那片麦田已展开成无尽的绿波了。这时故乡正是绿满郊原，春风沉醉的仲春晚上了，但这里的柳条却还未到翠拂行人首哩。唉，故乡呀！母老家贫的故乡呀！……更有我那苍白瘦脸的他呀！你这时飘泊到哪儿去呢？在春浓的南国风光里呢，抑是在春雪霏微的北方呢？……但愿你能够把我这可怜的女

冯铿

子忘掉了，努力你的事业，幸福地再和你那消息隔绝的昔日爱人重圆好梦！那我这被遗忘的孤独者，是愿意寂寞地过我的一生的！……唉！唉！

我几乎忘记写下今天较为可纪念的一回印象了。当我早上挟着课本，拥挤于上下课所必经的楼梯上时，照例眼前那几副肉感丰富的女同学们的裹在花花绿绿的旗袍子摇摆着的臀部之中，却什了一个黑裙深绿色上衣的看来不像肥白的浙江女人的身子来。她和我同跑进上法文课的讲室里，这给我那无聊赖的心情以可注意之点了。她有着一个不施脂粉的微赭的长脸孔，和一对灵光射人的藏在微处的眉峰下的眼睛。照她那脸勇毅沉着的表情看来，她不是毫无社会人生经验的娇嫩的少女了，年纪约有廿多岁吧？我想再细细地注视她时，那教授已开始讲解动词的时间性了。以后整天都没碰见她。

（二月廿七日）

上海真成了激刺性浓厚的一流国际上的都会呀！昨天傍晚我一直散步到电车站上去，茫然地跳上了电车，又茫然地在外滩那里跳了下来，匝着寒威犹存的晚风，这都会的整个的缩影是开展在我眼前哩。黄浦江上麇集着的船舶，和由那各色不同的烟囱里发出来的尖锐刺人的惨叫声；马路旁停着的那些擦得光可鉴人的成一行列的汽车；巍然壮丽的外国银行等的建筑物，在黄昏里拖着他庞大的阴影于地面，阴影上有珠光宝气，显露于汽车窗里的飞驰来去的外国贵妇人，绅士，我们的时髦漂亮的少男少女，跑着的成群的由工厂里出来的疲乏的工人，彳亍徘徊的无聊的流浪者……那些，都在它的阴影中纷扰着；不知不觉地让那消沉下去的热情，又在心头激荡着了，我应该干我所该干的事情，跟着他，跟着他尽我应尽的天责，让光阴这样无聊赖地白白消逝去了还有什么意义呢？……但是，但是在这样的境地里的我真不能维持那激昂的情绪哩，在夜灯粲然的凄冷的归途上，我的心又仍旧给落寞的情怀占领去了。

唉，世间还有什么会比处女的第一次无着落的爱所感到的悲哀？……
近来每每感到精神不济，头痛心跳，唉，不说也罢了！

原来那天我注意着的她叫王渊如，和广东人李同房子的。我今天把文选拿还李去，才知她是新进来的同学。她把那深沉的眼光向我掠了一下后又挺直腰杆看她的书。李说她整天除吃饭散步外都是这个样子地坐在案前。

"她倒和我有些相像呢……"我这样想。

昨夜忽然梦见他，梦见和他在校园里的草地上坐着，他忽而像过去那样紧握着我的手儿仍是低头沉思！……呵，在世上有谁能告诉我他的行踪呢？……

（三月初一日）

　　我和王认识了，我们认识的经过是这样的：
　　今天的气候暖和极了。晚饭后我跟着那天末逐渐苍茫下去的红霞，慢慢在一碧无涯的麦田中踱着，让整个的心融化在骀荡的春风里了。循着麦田塍转了一个湾，踱到一家古旧村屋前面。门前几株毵毵下垂的柳条下面，两个红衣的小姑娘正嬉笑地拍着皮球，跳来跳去地就像一对小蝴蝶。我呆望着她们，追忆起去年和那些小学生们一起游玩的情景来。"呵！我的童心消失到哪里去呢？过去那天真活泼的少女青春期，现在在这样阴沉的脸上怕连一些痕迹也找不出吧！……"我正沉醉在伤感的情怀中时，忽然背后有足音传来了。回头一看，那正是王呢。她两手放在背后的跑近我的面前，把她那沉潜的眼光向我目礼了一下。我像受她的催眠般竟向她点起头了，她也在冷然的脸上绽出一丝笑意来报答我。
　　"你也喜欢到这儿来散步吗？"出我不意地，她把恳挚的声音向我发问了。听她的口音像很熟，倒像从前听惯了般。
　　"您贵乡是哪儿呢？"我不觉冒昧地问她。
　　"呵！是成都……"她默然地答。
　　"成都！……"我的心房激荡起来呢，原来是他的同乡！"呵，风景幽丽的一个故乡啦！"我勉强找出这句话来弥缝我对成都感到兴奋的表情。
　　"是的！……不过我离开故乡已很久了。你的呢，是南方人吧？"她把那对眼睛朝远处望去，不经意地说。
　　"我是岭南人，我的故乡是广东×市的近村。……"
　　"广东！呵，那儿的风光也是很好的，听说那儿的革命空气还很浓厚呢！……"
　　她忽而把眼光收转回来射着我："你从广东独自跑到这儿来读书么？……"
　　她定感到我冷僻的态度吧？定在同情我的孤独吧？……
　　沈默了一会，她向我说声再会，把慈和了的眼光向我望了几望，像叫我不要再孤零地站在那里般，向前跑去了。我只把眼睛跟着她那深绿色的上衣在暮霭苍茫中消逝了去。

冯　铿

（三月初五日）

忽然潇潇地下起雨来！

晚上凭栏远望，眼前那片碧草绿树都给迷濛的细雨罩住了；凉冷的雨珠扑到脸上手上，整个的心沉酣在他人所不能领略的情绪中！呵，我对自己都惊异着早日那奔放的热情到哪里去了呢？……

自认识王后，不晓得怎样的他又在我脑里萦绕着了！我一方感到死般的沉寂无聊，他方又觉方寸凌乱，纷扰不宁！"唉！你可爱的苍白瘦脸的他呀！你此时是在天涯，在地角？……"

整天不是凭栏对着如烟芳草，便是在麦田中踯躅徘徊，只有茫然地迷惘，迷惘！

可怜的母亲犹在希望我的学业和前途哩！读了她的来信真使我不能不流起泪来呢！

唉！雨呀！淅沥不断的雨呀……！故乡门前那个小塘一定涨满绿萍吧？小侄呀！你定赤着脚捉青蛙去吧？但是没有姑姑为你作伴了！……

我又忆起去年那狂雨声中，和他在灯下默默相对的情景了！……唉，我还是停了笔罢！让悲楚来充塞我的心罢！……

（三月初八日）

今晚上我和王又在雨后初晴的郊野上碰到了，我们竟交谈了一个长久的时间哩。

一听了乡音和他相似的王的声音，我便兴奋起来了！我本不想和她交谈下去的，但不知不觉地竟被她谈话的吸引力吸了去！关于学术、政治、社会……她都有很精确的见解和思想。看来正是我们的同志呢！她向我发挥她的社会见解就像他一般慷慨、透切，使我不住地追忆着心之创痛！

"你们四川人的革命性都很浓烈啦！"

"那可不见得！不过……"她再把那锐利的眼光射向我脸上来。

"这里的同学们是半句话也谈不上的，唉！……"

"可不是么？看你这样年轻的姑娘真不可太于冷寂了！怕是你太喜欢文艺的缘故吧！你闷的时候仍来找我谈谈好啦！"她像对弱妹般慈和地对我说。

为什么像她这样富有思想的人，也愿意跑到这儿来受这灰色的，被时代遗忘了的教育呢？……有机会时真要问问她。她读的是英文系经济科，我们有几样功课是相同的。

窗下那几株绣球花，给缠绵的春雨打得零落满地哩！从前我对那些以自己飘零的身世喻着落花的人们总觉得是俗不可耐；但此刻我才感出此中的无限凄凉呢！呀！落花呀，委身于流水污泥的落花呀！

（三月十二日）

春雨声中，病卧床上已经三天了！唉！白天仍是昏茫茫地给淅沥的雨声填满了这空虚的心，夜里呢，蛙声盈枕地只有睁开眼在细数滴答的钟声！呵呵！白发满头的母亲呢？苍白瘦脸的爱而不得的他呢？远了远了，伴着我的只有帐中这个孤影了！

除医生外，这病床是没有第二个来揭开帐儿，向我存问一声的！我盼望王来看看我，但她怕不知我的病倒吧？

"灵芬！我的身心是交给伟大的事业！不怕我是同样的爱着我灵魂中的你，爱着我那隔绝的敬爱的同志的爱人黄冰华！……但我不得不离开你了！我要完成我的使命，我要盼望你得到幸福的伴侣！灵芬！……请你恕我吧！请你让我离开你罢！……"

他的这些临别诀言，在病中心情脆弱的我追忆起来，是怎么令人悲凉怆痛的呢？……

（四月初五日）

唉！没和这日记相见已快满四个星期了，让春光悄悄地从病中溜去地，又是梅子黄时节了！

近两天来差不多可以说是告痊了。但一病之余，剩下的只有这怯弱的身子了！自己看看镜里那褪了色的苍白的两颊，呆滞的深陷的眼睛，……和裹在裕衣里的消瘦了的躯体，袖筒下那失了弹性的纤细的手腕，……自己真忍不住惊叹起来呢！假使这时回到故乡去，第一个认我不出的，定是我那老眼婆婆的母亲了……呵呵！青春已跟着落花谢去了——毫无留恋地谢去了！虽然此刻我只整整地度着二十次的春光！

自病后第五天，搬到和王的卧室相对的病室来后，和她成了知心的朋友了！她差不多每天都没有上课去，昏迷里偶而睁开眼睛时，老是看见她坐在我床前的靠椅上，默默地看她的书陪着我的。她劝我慰我，服侍我，无微不至；朋友，姊妹，母亲……的各种情谊，她对我真可说是兼而有之了！谁个能相信

冯铿

她那冷寂的脸上，心头却蕴藏着无限的热情呢……没有她，这异乡卧病的孤零的我，真不知此刻是死是生呢？……我要怎样用我这支笔来记下对她那刻骨的铭感和敬爱呢？……

关于我的身世和过去的一切，我都坦白地告诉她了。啊，我记着她那睁大眼睛的诧愕的表情，当我把他由口中介绍给她的时候！她说她有一个弟弟，就在两年前为革命而逃亡到广东去的，不知他就是他么？她问了关于他的年龄、相貌、性情………我只模糊地答她，我那时止不住流下眼泪了，她便沉默下去！真对她不住呵，我至今还没有把他的真姓名告她！我要让那苍白瘦脸的他始终占据我心房秘密的一角——除掉芳君一个——，我怎能告诉她呢？……

假使他证实真是她的弟弟时，那我将更其苦闷了！我把她的弟弟弄得此刻怕也和我同样的悲闷了着哩！唉唉。

她的一切我也明白了。她是个坚毅热烈的身经变故的女革命家呢！她也在那时抛离了故乡流浪着的。她那不避险恶，忍苦耐劳和铁般的热情，真使我钦佩极了！惭愧极了！她真配做他的姊姊哩。但她和他的姓氏不同，且从前并没听他说过有这样的一个姊姊，我可真太富于幻想啦！

（四月初七日）

今早只得搬回卧室来了，那幽静的病室我真不忍离开它哩！

看了同居者们那些满涂脂粉的脸，满铺花生皮的房间，……我的心头真作呕不堪！唉，丑悲极了，这些专供少爷、绅士们淫乐的女学生！……

钟声响了，她们都忙着整衣对镜地跑出去后，这沉寂的空间才把我平静的心情恢复起来。

凭窗望去，眼前的景物真把我的灵魂震撼起来了！阴沉欲雨的天空下，远处那抹郁的树林，熟透了的金黄的麦田绕着月季花盛开的柳条下的篱笆……呵呵，是初夏啦，故乡那血红甜蜜的杨梅，衬在翠绿的芭蕉叶上，挑到深巷中叫卖去了！……记得去年这个时候，从来不曾吃过杨梅的他，竟吃得把白衣衫都滴着点点的红汁哩！……

（四月初十日）

今天又接到家里的来信了。每次读了那行简歪斜的小侄的天真的语句，母亲的亲自附注的千万叮咛！……要使我不痛哭真是不能够的了！……

晚上和王由细雨霏微的泥径上踱回校时，门房把一片字条子给她，说是刚才找她不着的男客人留下的。她刚接过手来便惊呼了一声，接着那沉潜的脸上忽挂着暴露的笑痕来！但她即刻把剧烈的情感逐渐恢复了。说一个存亡不卜的好友居然可以会晤了！她匆匆地和我告辞，冒着渐次大起来的夜雨跑去了。

想来这男客人定是她的爱人吧？祝她从此幸福，祝她和他这时是甜蜜的会晤！

（四月十二日）

王自那晚出去后，至今还不见回来哩！和她的爱人谈得不可开交了吧？

这两天自己总孤零零地跑到校门外等她，呆望着跑过的车马行人地等着她！一病之后，我真把她当成我亲爱的姊姊呢。没有她，我又恢复月前那掉在冰窖里的生活了！

在这样的心情、环境里，是很适合于写些颓废、伤感的诗歌的，但不知怎地近来连嗜好若狂的文艺热也灰懒着了！提起笔来，又是让它纡徐地放下去！……

啊，王呀，冰如姊姊呀！你定躲在爱人温暖的怀里，而把凄冷的我忘掉啦！……

（四月十三日）

呀！天呀！我这时仍在颤动着的手尖真没有握笔的力量呢！我的失了理性的心房也震荡得剧烈不堪呢！呀。……

我们这不幸的三个真是小说里的遭逢呵，我清醒一点的时候，我真不相信我的身心正陷在这样离奇、变幻的境地里啦！天呀！

我真不知以后——就在明天——我们这三个——我和他和王，不，和他的早日爱人黄冰华——又将演着怎样的 Romances 呢！唉！我此刻所以要勉强记下这些来的，是因为我的日记到这里可说是成一段落了。以后的我能再有勇气和心情来继续记它下去与否，真非我此刻所能预料了！

唉唉！我今天的遭逢真太使我感到无限的神秘和离奇了！事情是这样的：早上我刚跑到校门前又想站着等她的时候，近面并肩而来的是我那苍白瘦脸的他和王了！我朝前去惊喊了一声，接着我病后不耐激刺的衰弱的神经便昏眩下去了！以后是如何的躺在冰华的床上，如何的给他紧紧地握着手儿，皆非我所知道了，一直到恢复意识的时候。

谁能想到和我日夕相处的王就是他昔日的爱人冰华呢？谁更能想到诀别远

去的他，又会和我和她相逢于这黄浦江畔呢？……

自别我后，他是在省度过了残春的，几天前跑到上海来流浪的时候，碰见了故友，因而得到她的消息，更因而和此生以为不可再见的我重逢了！我们去年那段痕迹，不消说她是知道了。她再三劝慰我，让他和我对谈，自己反而跑到外面去！那真使我不知所措呢！

唉！"爱不是独占的，……"但我们三个能永久维系这样的关系下去么？……不能，不能……能，……能，……我真不知以后的生命史上，又要掀起怎样的波澜呢？

我这段不完整的日记就让它在此告终了！以后——我真不敢再设想这"以后"两个字呢！……天呀！

友人C君

友人C君终于在秋风海上正黄昏的异乡里和我们把晤着了,这看来真有些近于奇迹!

就在那天晚上,我和朴刚好踏着路旁落叶,从工作所跑回我们的亭子间里,坐下去悠悠地吐着几口气的时候,耳际忽地跳跃来几句喊着"朴兄,朴兄!"底纯熟的乡音,接着后门也被轻轻地敲打着!

"哟呀!……"我们都诧愕着!"这儿还有谁个故乡的朋友会找我们来呢?……"

我连忙从窗口俯瞰下去,来客的瘦白的脸庞恰好望上来和我打个照面!

"哟,是C君,C君呀!……"

我还没有把头部掉转回来,朴已经泻水一般在楼梯上滚下去了。

大家都颤动着指头紧紧握了一回手。我看C君,他的唇微微地在颤动着,枯涩的眼里现在好像浮上一撇的光芒。

"真想不到的,C君!你竟来了!你……"

"你此刻刚上岸的吧?真想不到!一个人独自跑来的吧!?"

"唉唉!……此刻刚到的……唉呀!……"C君的样子兴奋极了,但依然是叹着气的调子!他并不把眼光来答复我们的脸孔,忽然紧紧地打叠起两道眉峰,有些惶惑地溜视着一切。

"唉唉!这就是你们的房子吗?分租的?"他在小桌旁坐下了,还没有抬上他的眼睛,而且声音是很局促的。

他开始好像很不相信这样狭小湫污的亭子间,便是我们两个的睡觉吃饭……之所,后来,他把眼睛很急速地向我们闪视了几下,点着头。

我自然性急地追问他为什么突如其来的原故。

冯铿

"唉唉，这非一两语所可尽，慢慢再谈吧！总之，唉！……"他叹气了！

终于朴穿上外衣同他一道出去了。C君只是兴奋着，局促着，好似我们这亭子间正从四方八面向他缩拢了来，他坐不下去，站起来说要朴跟他一道到旅馆去安置一间房间，检点行李，以后让他躺着休息一下。下楼的时候，我竟担心着他那不安定的腿儿会踏了个空！

我坐下来把打汽炉生了火烧饭吃。眼看那水蒸汽渐渐腾突出来的白烟，竟悠悠地想着过去我们在故乡和他一道游乐谈笑的种种印象来。

正是去年潦暑退尽的时候，我和朴在南中国的故乡底一所村落里做学校教师。学校和我们寓所的距离大约有三四里路的光景，两人就像鸟儿般早出晚归，天天跑过那村里的小官道。河沿，田塍，和一个小火车站。差不多是到了中秋节的前几天吧，那天近晚我们正一前一后地静听着各人沙着地的步声，迎着天末和山尖间的落霞，由校里打从火车过后的车站前面跑过的时候，背后忽然添上了第三者的渐近渐急促的步声，快到身旁了，我们都下意识地掉转头去望望，却出不意地碰到了别有经年的C君！

C君是这村里一位过去算是第一个大地主而现在已经衰落下来的南洋富商的子孙，是朴幼年时代在一个小市镇里念书的同学。此后C君过的完全是公子哥儿般的生活，在家园里幽居着读读古书，种花饲鸟。他写得一手很稳贴的魏碑，而且，几年以前在我们那小市镇的一家报纸上还每天都有他的旧诗词发表，所以，虽然只有晤过一次面的我对于他也有点难忘的印象。

当下C君在他薄瘦的脸上透着惊喜的光彩，彼此互问了一些近状之后他便邀我俩到他家里去坐谈。

他的家庭是一个四五十人口的大家庭，那种繁荣过后的零落气氛也特别表现得厉害，大厅上的雕梁画栋不用说早已封蔽了层叠的蛛网、尘垢，就是那些黑压压沉甸甸的几桌古玩之类也失去它陈设点缀的任务，而变成晾晒衣服的架子或旁的实用的东西。

C君再引我们到他的小书房里去。这儿虽然陈列得古雅幽朴，可是也充分地暴露着主人翁的颓废浪漫的情调。而使我感到注意的却是在周遭那古色古香的藏书里面，却杂混着许多新出版的文艺书籍，伪造月刊和张某的恋爱小说集都一册不缺的被插置着。就在这小小的书室里，C君度过了他的青春，也许还度着他往后无涯的岁月吧？这使我不得不把惊叹的眼光来细细地观赏着。

那晚上就在C君家里饱吃了一餐。酒后，木讷无言的C君却慷慨激昂地纵谈起来。开始是对一般社会现象的不满和漫骂，批评；他的双眸虽然在红色的脸孔上炯炯地闪着光辉，可是悠长的叹息也渐渐缓和了他的情绪，到后来谈到他自家的生活方面来时，他的那对醉眼是比早间更其黯淡了！他说，他虽还

107

没踏进社会的核心去，但只是这样的站在旁观看看已仍够使他吃惊和烦恶了；所以数年以来的他只抱了跟社会越离开越好。人家把他忘却了，他也忘却了人家，远远地躲藏起来。可是，他再说，到现在 事实已告诉他这是不可能了，失败了。佃户已不愿意白白地给他交租，米谷收回的不及从前一半；族长乡绅们也看穿了他是再也不能发展的子弟，房屋园池骗上了手还逢人就数说他的不是；一班的朋友青年却骂他是落伍者，偶而在路上碰见时只有投射他以轻蔑的眼色……而且，母亲和妻子不是整天卧病便是时时吵闹，委实，这生活非变更一下不能了，何况自己内心也起了巨大的波澜！然而要怎样的把生活变更呢？要怎样来投进这凶恶、混乱的社会呢？不消说自己是个十二分的弱者，自己现在就陷在这苦闷当中！

"唉唉！这些事情我真不该多说，说来是败坏你们的心绪的，我们今天是意外的重逢。唉唉！还是多喝两口酒罢，这酒倒还不差！……

这个小世界终于起了震动了，时代的洪涛终究冲激起来。我们谁个能不给卷进波浪里去呢？

午夜的秋月是皎亮极了，辞别的时候，C君特地走进家里去把家藏的一根铁手杖找出来拿在手里，送我们过了一道小桥才独自回去。

以后C君成了我俩在这村落里的唯一友侣了。一遇假日，那南国村落里缀满红叶的小丘，碧草如茵的郊原，总少不了我们和C君的足迹；尤其是秋夜的小河上闪烁着晶莹的秋月，朴和C君总是轮番地自己划着小船，泛乎中流，呼啸谈笑着的。冬天到了，晒着和煦的阳光，三个人躺在草地上悠悠地聚谈，看看稍带苍老的青山，照照清流里的倒影；或者就在夜里圆坐室内，喝喝C君的家藏宿酿，听听窗外尖叫着的北风，直至夜深才分手的时候也有过的。说起来，这种幽花般的生活原是舒适的，但我们怎能把那艰苦中获得来的意念让它消沉下去呢？我们已决定远别故乡，干我们所应当干的事业了。至于C君，近来谈话间叹气的成分已减少许多了。有的时候他简直像小孩子，无邪的张开着口儿在探听一切的理论。可是他的根性支配了他，环境若不把他从那小世界里紧紧地排挤出来，无沦如何他是不能够用自己的力量跳跃出来的。

寒假到时，我们结束了这样的生活暂时回到C市去。临行那天，C君挽着他一位四岁大的孩子来火车站上送行。他是晓得我们快要到上海来的，只不住地叹着气，说自己真没勇气来摆脱一切，不然他一定突破了这牢狱一样的故乡，飞出去的。

火车开行了，孩子睁着一双大眼睛对火车表示无限的诧愕，他是从来还未曾看过火车的，虽然车站离家只不过三几里路程。接着他便哭着硬要攀上车里来跟我们一道，弄得紧皱起双眉的C君只有不断地叹息，给在怀中滚哭着的孩

冯　铿

子弄得窘急万分。

我们到这儿来后虽曾给他几次信，可是只得到懒于写信的 C 君底一次简短无聊的复音。今天，他竟老远地从数千里外的故乡跑到这儿来了，终于别离了他恋恋不舍的妻儿和那个小世界独自飘泊到这儿来了，这还不是值得我们诧愕的一回事么？

旧梦追忆完了，我的炉上的饭菜也已经熟透了。

隔天早晨，扑到工作所里去了，他是不能再请假的。我偷空把几天来积下来的衣服洗一洗，出门的时候已经快敲九点钟了。我想：C 君定在旅馆里延颈地待我领他找房子去吧。

匆匆地找到那旅馆，踏进房里去时一看 C 君还在床上揉擦疲倦的眼皮。

"呵，你睡得好吧，昨天晚上？现在看看就快要日午了！"我坐在椅子上看他慢慢地单把牙齿就刷了半个钟头。

"忙什么？唉唉，等吃了早点一同去吧！"

只有一宵，C 君又恢复了悠然的态度了。

"过了上半天旅馆要多算你一天房金的，我们还是把行李托账房之后快点找房子去吧！"

"这倒不要紧，横竖脑子里还是昏昏沉沉地，在这里多住一天也便当的。"

我一想，C 君究竟和我们不同的，此次出来钱大约还带有一点吧。但以后却不晓得要怎样生活下去呢？想到这里，我忽然看见壁角的一只网篮里面，C 君把它装满了古今书籍从故乡带出来！

"你想把它们带出来干么呢？拍卖么？"

"拍卖是舍不得的！唉唉，就是这些东西讨厌煞人，丢在家里和带在客地都是麻烦的！唉唉，还有那只大皮箧呢，也装了书的；不过无聊的时候看看倒是需要的。"他还指着床底下的一只旧皮箧说。

C 君总算把脸孔洗好，把衣服穿上了，才慢吞吞地喝一杯牛奶。

"房子的事情午后才去找好吧，此刻，想请你先领我到几个大公司去看看吧，因为……"C 君披上他的秋哔叽长衣。

"你想买东西么？也可以的。"我想，C 君为什么想起要瞻仰物质文明呢？

大公司刚好大减价着，里面汹涌着各种人的混流；我和 C 君也滚进这混流里面，无目的地给滚来滚去滚得神经衰弱的我有点眼眩起来！

"你究竟想买些什么呢？……"

我把眼光跟着 C 君看身上时，才发见他有些滑稽得可笑的表情和动作了。他背着两手拉长颈子的向每一行列的货色走拢了去，低下头又匆促又想经心地观赏了一下便走向旁的；时而把惶惑的眼光投射着左右的买客们接着又转过头

109

来对我望望，好像要说些什么但却又噤住了。他有时皱皱眉，有时轻轻地点点首，但可没有把气叹出来！

"你想买些什么吗？……"我再问他。

"我呵，……看看罢；这里的东西真不少！每种都给瞧瞧罢，有可以买的便买些。……"我看见他说话时两唇在微微地颤动。

我们跟着人流滚上公司的第一层楼。这儿陈设的比楼下更为华美——是妇女们醉心眩眼的服料场。映着灯光而闪烁着缀了珠珞的，从上面低垂下来的什么外国纱，简直透明轻软得没有东西可以把它形容，其余的锦绣罗绮也艳丽的很。这儿不是男性所憧憬的境地，但C君却睁了比刚才更其惊叹的眼光站得远远地——视望着，顾客稀少的地方，还偷偷地伸出指头，忸怩似的摸娑着每种不同的东西。

"明君！你，你看这……家里人说要我给她剪一两件衣料寄回去，你看这一种怎么样呢？……"忽然，C君回过头来不好意思地对我轻轻说着。他在替那爱慕着上海的繁华的妻领略着这些罪恶的诱惑吧？

"很好罢！我想。"我是不懂得的。

"这一种呢？……呵呵！价钱都是太贵了，看不出的！唉呀！"C君的一口长气终在这儿叹出来了！他摇着头向我苦笑。结果他买了每码不到一元的旗袍料两件。买后他还不死心，一直把差不多每种东西都远视近视地饱看后才跑上二层楼去。

二层楼在开着皮鞋和首饰等的展览会。在这儿C君看中了一只镌有英文字母的金戒指和一对高跟女鞋。接着他踌躇起来说不晓得要单买哪一样好。后来他发现了皮鞋的价值要十多块钱，他开始是皱了眉恨恨地对它们漫骂了几声，终于两件东西部没有买到的跑开来。

我又跟他跑上了三层楼，四层楼。顾客稀少的地方店员们尽管张开眼睛在向衣衫不漂亮，只有观赏而没有购买的来客们加以监视，好像我们就快要犯了罪的样子！我把C君催了好几次了，但他甚至连搁食物的漆器，大小便用的东西都不放弃地看了一遍。

我们走到最末一层来了。C君一眼看见了小孩子用的小汽车、摇篮、小木马……便孩子似地欢呼起来！他说他五岁的孩子因为瞧了邻家做了政客的叔叔，由香港买来给他儿子的小摩托车便哭着要了好几次，但村里和C市都没得卖。现在，他说，这辆红色的就比那个漂亮多了，应该买给孩子了。他甚至连要怎样寄回家去的方法都给我商量起来。

"还有这只睡车也买给我去年出世的S儿，如何？哈哈！"C君似乎感到自己兴奋的态度有点难为情了，便很装做地笑着。

冯　铿

"当然好的！"我也陪他笑着。

"可是，呃！……"他似乎从美梦里惊醒转来，连忙俯下身子去看东西上的价目表。

"哎哟！这辆小汽车就要三十多块钱一辆！"这瞬间他脸上的阴影好像一重云翳般袭上来了，他暴露出来的苦闷使我心里跳了一下！

"他妈的！……"粗恶的咒骂毫不经意地从他颤动着的唇边溜将出来，接着他的表情由苦闷变成紧张了！"用炸弹来把这些炸成粉碎！只有他们能够享用吗？……"他喃喃地自语着，我却不觉暗暗地笑了！

我们终于坐了升降机下来。在楼下C君的情绪好像缓和了许多，又买了一打毛巾和两张小孩玩用的有声画片。

这时已是午后两点钟了，我的肚子饥饿得很。而C君呢，他像完全忘记了午餐这一回事般，恨恨地，同时又是恋恋地和我走出这大公司的铁门。

C君独自在一个亭子间里住了满满的十天了。我们因为白天都忙，晚上哩，总是偷空到他那里去的。见面的时候他不是唉声叹气地吐着这大都市的一些牢骚，便是关心似的给我们数说二房东太太以及娘姨的怎样可恨，讨厌。而对于自己到这儿来后的生活，底目标，除了叹着长气之外他是避开不谈的。我骇异，在故乡已经起了向新生活追求的波动的C君，为什么到外边一受到更浓烈的激刺，却反而消沉下去呢？现在，除了转变过去对一切势力屈服着，投进它们的营垒以外，故乡他还能回去吗？

他只是茫茫然地躲在亭子间里吃他每天两次的包饭，到后来，他路也不愿意空跑了，就连对我们的晤谈也不大愿意的样子！

一个星期天的下午，我们跑到那里去把他紧闭着的房门敲打着，等了好半天C君才从门缝臣伸出睡眼矇眬的脸孔来！

"对不起，你到这时候才起的身吗？"看了他那全无表情的脸孔和大而长的呵欠，我不觉笑了：

"昨晚上三点多钟才睡的……"

"为什么弄的这样晏呢？睡不着么？"

"睡倒是一合眼就睡着的。夜里看看一些书，烧点东西吃，也不晓得怎样，不知不觉就到了三点钟了。大概每天都是这样的。"

"大概孤独的人总喜欢深夜，而愿意把纷扰的白天消减在睡梦中的。"朴笑着说。

今天我们一同到郊外跑跑好么？你整天躲在屋子里是不好的。"

"这有什么好不好呢？出门如果没有汽车，还是不出的好吧，讨厌极了！……"

"究竟，C君呀！你想怎样生活下去呢？你要凭自己的力量勇气来找寻自己的出路，这样一天捱过一天是危险的吧？……"朴忽然很坚决地这样说出来。

"唉唉！……这有什么法子呢？虽然现在已经是事到临头，但是，我有着的只是一个不健全的身体和灵魂，喊我如何冲向前去呢？社会于我真没有办法了，我只好……唉唉！真是没有办法呵！……现在衣袋里还有余钱，我们喝喝酒去罢，这个秋天！……"他有点兴奋起来的样子，赶着洗脸和穿起衣服来。

又过了几个星期，C君的旅囊告罄，而他所唯一希望着的在南洋的叔叔会每月寄给他些用款的希望也决难实现了。他把剩下来的几块钱买了船票才跑来和我们告别。事前，他是没有下决心的。我们也偷空送他到码头上去，船开行的时候，他那枯涩的两只眼眶里忽然流下两滴清泪来！

"我自己明白自己的薄弱，懦怯！真理不是我可以追求的东西，我以后将不能过着人的生活了！唉唉，这有什么法子呢？……只望你们，你们比我好的多了，社会是需要你们的，你们努力罢！……

我们看着他那凄惶的影子渐渐远去，我们对他绝望了！

以后一直没有得到C君的消息！

冯铿

无着落的心

她喘着气,听着自己心房"卜卜"跳动地把两只跑了三几里路酸得麻木了的腿儿一步步很费力地把整个困弱得就要躺下去的身体再由二层楼搬运到三层楼上去的时候,她那张大着的口和鼻子里忽然饱吸了一阵马桶所特有的很浓烈的臭味去。接着,那展开在眼前的长栏上,陈列着一个个的盖子半开着的红木马桶。差不多每个房间门口都放着一个。

她呼吸急促地没奈何把两条腿增加了速率,跑过了几个马桶后,向差不多临于中央的16号房子里进去了。

推开了房门一看,里面空虚得一点声息也没有。照例,同宿的那三个同学是都出街去了。她走到自己的床位上便连忙把上半身横躺下去,手里拿着的一包东西也散掉床上。

茫然地让呼吸逐渐平息下去之后,把身子转侧了一下,不觉这样自语着:"真累死了,又像去年病后般衰弱呢……"

勉强站起来,她把困得两脚热痛的破皮鞋除下,换上了残旧而把来当拖鞋用的陈嘉庚鞋,就势把身子运到桌子旁边的椅子上去。

一阵三月杪的春风,刚由栏前掠向窗子里吹来,她眼望着那微起波纹的帐子,茫然地四顾,落漠的情绪突地袭上心头,她冷峭地感到伤感的意味了。

"唉!"她再感到那可爱的苍白瘦脸的他已不在自己眼前了,眼前有的是萧索凄清的空间。

栏前再送来了一阵轻风,风过处,寂静得如同墟墓一般的空间,她只听着自己那贫血的心房的有节奏地跳动!突然,心头几阵酸溜溜的莫名的眼泪又浮荡在她眼眶里了!

"不,不伤感的!"她铁似的心里这样坚决着,站起身来跑出去了。

循那长栏一直走去,她想到那同乡人的同学房里谈谈去。她们是两姊妹,大的和爱人看马戏去了,她在路上唔到的小的一定在房里吧。

她匆匆地跑到那里,看见房门紧紧地闭着,窗子也关着。她好奇地伏下耳朵,在门子的锁孔里静听时,里面是一些衣服磨擦的声息。她想,小的一定是洗身浴呢。但她那自己带来的浴盆却依然安放在门口。"是睡中觉的啦!小的哪一天不午睡!"她不想惊扰她了。"自己连睡午觉的福气都没呢!这样寂静的……,怎么白天总不能入梦呢?越静躺在床上越是心头虚跳得呼吸急促地急闷着,……唉!……"她呆站在同乡的门前,不想回去又不愿进去的茫然着。

她把懒散的眼光投射在楼栏尽处下面的一片郊野了。郊野上青得可以染指的麦苗正微微地翻着碧波,还点缀着那黄的油菜花儿。她生长岭南所不曾看过的柳絮,也飘飘荡荡地在她眼前飞来,沾着她的胸前。是'菜花黄柳絮飞'的时候了,她忽然忆起不知什么作者的两句新诗来。

渐渐地把眼光远望了去,到后来把它着落在苍茫无际的天末上。她陷在深沉的迷醉里了。但又渐渐地恢复了意识,伤感地觉到那个可爱的苍白瘦脸的他是不在身旁了……,她再把意识完全恢复了,转身在房门上敲了几下。"哪一个?"小的在里面像突然给惊醒转来般喊着。她恨自己真太多事了,找着那说不下去的小的做什么呢?自己为消除无聊却搅扰了她的春梦。她刚想转身回去的时候,小的已把房门开着了,露着一个红红的脸孔和迷醉的眼睛出来。"对不住,你刚睡着吗?……"她从门隙里看到一只穿着暗红色洋裤和黑皮鞋的男人的脚,连忙退缩了几步,"真对不住,不要扰你的好梦了,下次再来谈吧。""我以为是哪一个呢,……不进来谈谈吗?……"小的慌张着吐出这样的话,但她已赶快地跑开了。

"呵,没怪她不出街呢,一男一女的在里面谈情,……他们真会享乐……。"她不觉替他俩的谈情描想出种种方式来,而眼前是一个个的红木马桶。

到了自己的门口了,她不想进去又循着长栏走到那会咏几首吴标村诗的C的房了。C是四川人,她无聊的时候常常跑来叫C谈峨嵋山的风景的。

她扑了一个空,C的房门锁着了,她无精打采地再走回去。看着每个房门都挂着各式不同的西洋锁和放着一个同样的红木马桶,她想:她们都出去了呢,没怪娘姨把每天洗净一次的马桶摆成这一行列,马桶的臭味尽在蒸发着。她不得不走回房里来。

房里仍是布满着伤感的情调。她呆坐了一会,把床上早间带回来的那包东西珍重地打开来。

冯 铿

她未打开之先,就预感着里面是好吃的糖果了,是她临别时他暗暗地由抽屉中拿出来送给她的。果然,里面装着一只红透了的苹果、几块巧古力糖、一盒十支装的双喜牌香烟、四只鸡卵,还有……还有两支可以拿在手里吃的连着小圆木杆的红色和橙色的杆头糖……。她把这些一件件都孩子似地玩赏着,每件都细细地嗅着,拿起来又放下去的摸娑着陈列在桌子上,最后她两只手握着那两枝糖,沉陷在回忆中了。

元宵节那一天,她和他在故乡勉强凑集了些最后的少数的银子,飘泊到这黄浦滩上来。想把生活转变一下的她来G大学读些书;他想在上海靠文字为生的过着著作生涯的只不上两三天,他便病倒了。几天之后他好了,她又连接地病倒在两人租来暂时维持居住的亭子间里了。

他和她这两副被现社会制造出来的衰弱的身体,由岭南跑到这北国来,单薄的棉衣抵不住刀似的寒风后,便感冒了风寒了。她一连卧在行军床的被窝里过了几天,热渐渐退去了,但口里又淡又苦的难过着。客中不比在家,要一点酸梅陈皮之类的东西吃是没有的。她不住地对着那奔走于煮饭泡开水的他说着思家的话来。"眉,有好东西给你吃呢,不怕口淡了罢?"一天他由外面买了菜回来,手里还晃着那连一支小圆木杆的橙色的糖给她看。

她接过来,孩子似地含着它,向他笑着说好吃。"我们×市不见有这样好看的糖果呢!你在哪里买来的?……"她由口里把它拿出来,握在手里玩赏着。

"我的孩子!看你这样大人了,还贪吃呢……这里要什么更漂亮好吃的东西都有着,等你好了的时候,我再买些来给你……"他吻着她的笑脸,把握在她手里的糖果塞到她的口里。"你也尝尝罢,甜里还有橙子的酸味呢。"她再由口里拿出来,送到他的唇上。"不,我不想吃,你自己多吃点罢。我看看你这样喜欢地吃着真可爱极了……眉,你瞧这里还有一支呢。"她看他从那包着两只鸡卵的纸袋里再抽出一枝红色的同样的糖果来。

"呵!你买了两支吗?……好,这一支你一定要吃……"她更加欢笑起来。

"不,还是留给你等一刻吃的好。吃完了那一支就吃这一支好吗?眉,快点吃吧,不要尽握在手里看着……"他再在她病弱的脸上吻着她,也忘记自己是在寒雨霏微的客中卧病着,也把平日积在心头的过去和未来的种种悲哀烦恼在一时忘记了!……

有什么法子呢?带来的少数的钱交了学费和超乎预算的什费之后,便罄无所有了。投稿碰了不少的壁后,他的靠创作过活的迷梦也醒转过来了。为了要得每月少数的工资来维持两人间暂时的生活,他不得不忍心送她到举目无侣的学校宿舍来，自己却撑着病弱的身躯，在忙着整天做讨厌的工作，还幸而是碰到了天大的机会呢。不然，俩的生活途上又不知要如何流离转徙呢！……

那可爱的苍白的瘦脸没在自己眼前、身旁了，……包围着自己的是怆凉的寂寥的氛围气。她两手尽量握着那两支糖果，蒙湿的眼睛尽呆注着，她心头更酸溜溜地又是伤感起来了……

"呃？……不要想这些！"她略微兴奋地跳将起来，把手里的糖果放下了，却从纸盒里抽出一支香烟来。

燃上了它，她慢慢地让烟一缕缕从口和鼻喷出来后，忽地感觉身子有点冷，然胸口闷塞着，脑子也有点昏眩地。这是她每逢隔了些时没有吸烟而第一次吸下去所有的现象，但她仍很满足地再吃力的吸了一口，眼光随着游移飘散的烟丝飘去，终于着落在案上那架影片上去。

架上嵌着他和她的两个分开的上半身相，上面题着"青春"两个楷书。俩的圆满的脸上都表现着青春期所特有的幸福的微笑——像毫也没有梦想到此时此刻的伤感的微笑。这是俩在九年前中学生时代所拍的照了。她注视着它，眼光再移射到它旁边的两只鸡卵上去。手里的香烟已燃去两三分长的灰烬了，但她并没顾到，——他屡次买给我的东西都含有意思的啦！我在校里每天吃着最低级的包饭他是知道的，他买叉烧肉给我、鸡卵给我……，不是想给我吸收点滋养品吗？唉！真是每食不见肉味呢……。但是这与病弱的身体可有什么补益呢？即使健康了起来，也抵不住社会的压榨啦！……倒是他啦，可怜的他为我要每月不劳而获的白开销了他的工值的几分之几！看他桌子上的那瓶 Palatal 尽是剩余着小半瓶不让它空，他还怕以为我不知他的苦心呢。唉！这个圆脸和现在他的苍白的疲脸……！她不能抑住伤感地爆发了，眼里忽然滚下一滴眼泪来，恰掉在包着糖的花纸上面。

心头不住酸溜溜地，泪珠竟接二连三地滚下。脑根有些胀痛，也感到夹着香烟的两指之间快要燃尽的灼热了。她有些清醒地又重重的下了一个决心，把香烟的足够半寸长的灰烬敲去了，这样的自语着："不，不要尽伤感了！真懦怯呢，自己的心情都不能克服吗？……"她伸直了一下身子，猛吸了几口烟，站起来把残烟抛向窗外去。眼送着它那红红的一点火星向下面降落去之后，又茫然地坐下来。

她年来薄弱的伤感情调，跟着她的衰弱的神经，成平行线地展开着了！从前铁般的热感渐渐销熔成沉着的愁闷和烦恼了！她想：这般弱的心情完全是生理所赐与的啦！

她再把桌上带来的东西都一件件收贮在那只旧饼干箱里，坚决地从桌子上抽出一册课本和英汉字典来，掀开了它想读下去，但忽而她又转了念头

冯　铿

了，——呃！我真不该再埋头于这些讨厌的可憎恨的课本上了。自己既然觉悟到这些书本都是替压迫自己者增高和巩固他们的地位和思想而产生出来的知识，自己何苦还想多迷恋它这两三个月呢？……她自入学以来，环境把她对所谓高等教育的贪欲完全醒觉过来了。她在校里所得来的刺激除掉对那专以造就贵族阶级为目的的学校，那班灌输着害自己的学识的教员们，和那些每早上捧着厚厚的洋装课本，坐在富有弹性的自用黄包车上、一面预备功课，一面让身子舒适地给喘着气的车夫拖到学校来上课的同学们的憎恨和厌恶之外，只有在上落课时拥挤于群众之中，看男同学的漂亮的西服和光滑的头发；女同学的一堆堆给裹在艳丽单薄的旗袍子里所突出来的肉感丰富高耸着的臀部的摆动所感动的滑稽材料了。她痛悔这一次失败的计划，她对中国现有的教育根本灰心，她更苦闷着自己不劳而获的白白消费了那苍白的瘦脸的他的劳苦得来的工值的几分之几！

——应该赶早工作去了，让他可以多得点剩余的工值来稍微满足生活上的必需啦！自己真该死极了，怎么不早点舍弃这毫不足恋的什么大学生生活呢？干！干！明天不要上课了，就和他说明这决心去吧。自己这样神经心脏都衰弱的人，读不上一个钟头的书本就会头疼欲裂的，就使要求真正的学问还能够吗？真正的学问还是让给那先天丰足、未到社会去的学生们研究去吧！像这样一面紧抱着抽痛的头部用功，一面心里又给眼前和下学期的种种生活问题困住的人，还在迷恋着这样可憎恨的学识，那真再滑稽也没有了！……干！明天离开这里了，找工作去了……。她毫不踌躇地把面前的课本和辞典狠狠地关起了，丢到那堆高叠着的书本上去。

——干！……明天，决定在明天……！她兴奋地站起来了，自己感觉心房又是"卜卜"地跳动着。

——可是，要找什么工作呢？……有什么工作可给我做去呢？……她绕着圈子走着的两只脚突然停住地呆了起来，颓然地坐到椅上去。

她又忆起早间和他谈论着的对话了。

她下学期是再没有（他是不愿）整百块的银子可以交给那肥如白猪的学校会计员了，而这人地生疏失业和无聊的青年们充塞着的S埠，也当然不能给她找到稍微相当的职业。所以每当她和他有罕逢的晤聚的时候，俩的以后生活问题便成了谈论的中心点了。

"做劳工吗？就使小资产的读书人性质能完全除去，而顶重要的'气力'问题却不能应付呢……"

"对于创作卖稿这条路径完全不通了吧？……"

"就使你有多大的毅力来强忍着给三次五次退回稿子来时的失望和所受的

侮辱，你也没有那样余剩的邮票费和精力呢！……文学界的黑暗正像其他各界的有加无减，这一条是绝了心罢，还提它……！"

"那末回故乡去找小学教教，仍旧过着那从前忍不下去的生活罢！……"

"故乡留着两个教书位置给我们吗？上学期呢？唉，……你想就明白了！"

"再在故乡找些什么机关类的职员做做罢，……不过……"

"那比教书更难了。眉呀，我们还用飘泊到这里来吗？我们这样不会适合现社会，不会交结权贵的……"

"一切都是现社会的畸形制度害得我们走投无路啦！好，克呀！就使能够在高压下呻吟着，以延残喘，又有什么意义呢？我们不如不要希求一切的职业了，起来干着根本的社会改造事业吧……"

"总是孩子气的眉呵！我们何曾不想这样做呢？但是 请问你要怎样入手做去呢？第一步，就只第一步：两个饿着肚子的男女……我们是不能不暂时低头以适应自己的生存的。……而最要紧的就是要紧抓住自己的真正的社会思想，跟着时代进行，不要使它给外界的侵掠所销熔了；同时努力地对同阶级的同志们宣传，将来同志一多了，我们就可以不孤另（零）的干下去了……"

"但这理论也是适应于理想上的，……好，克呀，不要谈这个终无解决的问题吧。我特地带了针和线来，你的破袜子拿出来给我罢……"。她看那苍白的瘦脸上浮着了兴奋的红晕。

"真不要谈了，每回都……这个学期还有两个足月的时间好在校里寄托着呢，你安心地多读两个月的书吧！……后的租屋问题、职业问题，……不要管它罢……。"他苦笑地安慰着她。

"……"

"……"

——呵，呵！难道天地之大，我真找不到一件可以做得的工作吗？……两个月，只有两个月，端午节一过了，学校也不客气的关了大门，十八块钱的宿费权利便宣告断绝了。那时，请问那时要到什么地方寄居去呢？亭子间，最低限度的亭子间也要五六块钱一月啦，自己没法子赚钱，难道叫他连饭都不用吃的单给我一个人白消费去么……

——呵，自己这个时候还住着高耸着的洋房子的宿舍，读着每本足值一个月的房租的洋装书吗？太滑稽了！太滑稽了！……

"小姐，嗳唷！自家一个怎不看影戏去呢？……"多嘴的娘姨把红木马桶挪进来后，还为她揩着两星期一次的地板。

她没有答应地跑到栏外去让她揩着。

——自己现在还过着小资产的要人服侍的生活呢，真不该了。说不定两个

冯铿

月后自己也变成娘姨，给人家揩地板啦，在这里人地生疏的谁知道？……其实，她们娘姨每月所入的工值并不会比在故乡当小学教员的我们减小呢，生活尽可以维持了，而工作怕还要写意点吧……。虽然要受雇主的气，但不比着要替校长校董们做走狗拍他们的马屁的苦况更减轻吗！……好！让我来帮她揩着罢，先学学看吧……。她倚在栏上眼光尽量跟着弯了身子的娘姨的一左一右的手势而转动，好几次想叫她站起来给自己揩去，但终于克服不来自己这小资产所残留的自尊，她暂时给落寞的春晚的轻风所陶醉了，让眼前所有的情调征服了纷扰着的。

"干净了，小姐……"。娘姨把两只通红的手腕提着一大桶污水出去了。她跑进房里来后，脑里又给适才未解决的问题所盘固着，早间伤感的情调一变而为烦燥的了。

那苍白的瘦脸的他，既不在身旁可以给她发议论、发牢骚，互相对这问题重复地讨论着，她只有让心房跳动地呆坐在纷扰里！

——呵，还是创作罢，创作罢！……眼光偶尔射向案上那本×书局出版的在现文坛上几夫（乎）没有人注意到的半月刊上去，她又兴奋的心里闪上创作的念头了。她曾经得了朋友某君的介绍，发表了一篇小说在这半月刊上，拿到了几块钱的稿费。但只有那一次编辑先生算是敷衍了×君的情面。以后，任她再寄上了几次自问比第一次还要好许多的作品去的时候，他不但不给她发表，还理也不理的等她索了三五次才把报纸包了堆积着的一大卷原稿退回来给她。她那几次挂号寄上的邮票费的损失足足占了第一次所得到的稿费的五六分之一了（那时她还在岭南未到Ｓ埠来的），还受了许多期待与失望的苦恼！现在她到这里来了，可以直接把原稿再送到书局去了，厚着脸皮再作最后的尝试吧。倘若编辑先生怜而不致拒绝它那每千字一元的稿费，总有几块钱可以维持一个月的房租吧……

——我们只要达到目的，不怕侮辱了。呵，呵！来Ｓ埠的目的不还是想领略各种故乡所没有的激刺么？那血汗给肥白的外国女人吸吮了的工友们，那巍岸壮大的资本建筑物所投在车马纷嚣的马路上的阴影，那舞女的腿，那飘泊无聊的各种各样的人，……这些，这些不是很好的材料吗？创作呵！……创作呵！让这些激刺和情感表露出来吧！……她兴奋起来了，心房又"别别"地剧烈地跳动着。……她感到创作热了！忙从抽屉里抽出月余不见面的原稿纸来。

——抽上一支烟吧。她兴奋地燃上了火柴，狂吸了几口又幽幽地想着过去和他同居的时候，在那只旧方桌上各据一方，各人努力地埋头写作，偶尔眼光互相接触到而微笑的幸福了。现在呢，那可爱的苍白的瘦脸已不在眼前身旁了，而那时所努力写作着的作品也一卷卷地堆在破藤箧里，拥挤得她的棉袄都没有位置呢！……

她眼跟着游移飘渺的烟丝，兴奋的心情有点平息下去了，失望和茫然渐渐从平铺在眼前的原稿纸上幻将开来。她只坐着让烟丝从鼻孔中纡徐地喷出。

——真不要这样子茫无头绪了。写，写下去！写好了不能发表就留给自己和他欣赏吧！创作，……为艺术而艺术吧，……横竖书既不愿再读，工又一时没有找到手……，满足了自己的创作欲才打算生活问题吧……。她再兴奋起来了，把钢笔饱蘸上了墨水。

——脑里所有的题材太繁多了，……那个独轮小车夫的给汽车轧断了腿；……那女工的姘夫；……江先生的家庭；……同宿舍G的时髦女学生生活；……表现革命热情的；……描写小资产阶级的心理的；……这个时代要觉醒人们的，是描写被压榨者惨酷的生活呢？……那个车夫的血泊中的断了的腿，……她真是兴奋起来了，自己感到心房像要跳开躯壳般腾跃着。

——呵呵！不然不然！还是表现伟大的革命精神吧！朋友A的为革命牺牲真是可歌可泣的一段材料呢。唉！……她陷在难决的纷扰中了，究竟是采取哪一个材料好呢？从前和他对面创作的时候便可以抬起头来叫他代为取决的，但现在苍白的瘦脸没有在眼前了。

——不要给那些所纷扰着了，就把自己现在这样的心情环境描写一下不好么。自己给压迫着的生活和小资产遗存着的行为心理尽可以做材料了……好！就决定这样写下去罢……！她又狂吸了几口烟

——呃？这样写下去又是自己无聊的诉苦状罢了！有什么意思什么内容呢……？他不是说以后不要像一般作家般以自己无聊的生活实际把来赚人家的同情吗？……呃……她把原稿纸上已经写上的"她"字涂去了，脑里又给那些无系统的材料纷扰着。

寂静得如同墟墓的长栏上，突然地远远传来了"达达"的高跟鞋的声音，她的注意力给它吸住了。房门响处一阵脂粉香浓烈地扑上她的稍微张开的口鼻，三几只裹在薄如蝉翼的透明的丝袜里的大腿浮动在她眼前了。"哎哟，真想睏啦，眼睛酸得来……"两个同居的一踏进来便高声喊着，接着是一阵嘻嘻哈哈地笑谈："Mr 李，Mr 刘……Miss 朱……You had sweet Kisses……惠罗公司……旗袍料子高跟鞋……"她俩正叽哩咕噜地淡笑着，鞋声响处，邻室同学又应和着交谈起来了。

——糟了糟了！……不能创作下去了。……她知道她们是由电影院回来的，非等到吃完晚饭后不再出去的了，即时整个的房间里不音开了几个留声机唱片，叽哩咕噜地喧哗谈笑起来了。

冯　铿

　　——把时间错过了。唉！不能写下去了，……不知做什么事好呢。在她俩高唱着"毛毛雨"的欢笑声中皱着眉苦闷的她，呆呆地对着面前的原稿纸出神。

　　她只感着自己了别别地跳跃着的心房，伤感的暗影又偷偷地袭上她的心来了。她再幽幽地跑到房外去的时候，眼看长栏上暖和的落日恰射着那些红木马桶在发出微弱的反光！

最后的出路

一

午夜的都市的马路上，大商店的煤气灯和街灯照得亮如白昼，行人和车辆都逐渐稀少了，拉着胡弦卖唱的歌女们也撑着倦眼从酒楼茶室里走了出来，她们的凄冷的弦声，在归途上还很迂慢无力地拖长着。

这时马路上突然断续地来了不少的人力车，成一行列，车铃声叮昇不绝。接着，还有很多慢慢跑来的行人，他们都是从W校散出来的观众，沿着P马路回家去的。今晚上W校的男女生表演的真动人，惹得观众们归途上还恋恋不舍地尽在追忆着。

虽然是路旁的街树都有些枯零的八月杪天气，但位置在南中国的A市，有时还会觉得点儿闷热的。在这列人力车中的一辆车上，艳装的若莲把小口张大着吸了几口子夜所特有的幽凉的空气，又把倦眼向前后的行人望了一望。白亮的灯光把她那过度兴奋的脑根重新激荡了起来，她已沉醉地憧憬在纷乱的幻影里……

身子忽然往下一沉，把她吓得清醒了过来，车子已经停在自己的门口了。

燃着小灯的幼婢把两扇门开了，她牵着弟弟踏入去。家里又静寂又黑暗的就像一座墟墓。

"奶奶呢？睡了么？"

"她担心着姑娘你呢！怕还睡不着吧！"

她幽魂般轻轻踏上楼来！把房里的电灯扭亮了。

"莲儿！呵，来了就好！娘担心得很呀！快叫绛桃把炖着的莲于粥给你吃，吃了快点睡觉去吧！……会辛苦吗？戏做得好看吗？"……大奶奶在床上叮嘱她。这是第一次的久别，她和女儿从来就不曾离别过三个钟头以上的。

"啊！一点都不觉得辛苦，戏是好看的。"

端起粥来，若莲只吃了两口就放下了。她像有点饿，但是又不想吃，等弟弟吃完了出去，就把房门关上了。她和衣倒在床上呆望着电灯，走马般的憧憬又在脑里腾跃着，她把早间的经过一幕幕回忆了起来。

——"这位是郑若莲姑娘，我的学生。这位是许慕鸥，我的甥女。……哈哈！"吴先生和一个比她大一点的女学生说了后，又替她介绍。

剪了发，蓬蓬的短发在镜前飞舞，男性化的没有一点粉痕香气的圆脸上，配着气概爽人的长眉大眼；身上是不加修饰的纯朴的学生制服……这便是A市的嗜好文学而负有高蹈派的女学生的雅号的许慕鸥女士了。

"久仰，久仰"，一种崇高的精神把若莲压住了！虽然相对站着，但自己像渺小得够不上她脚下的一粒细砂。自己艳丽的服装和闪烁的饰物就像给涂上了污泥般污浊黯晦……她仅仅说出这"久仰"两字之后，便不知所措地低着头儿。

因为快要开幕了，许女士向她点了头就匆匆地跑去了。

——自己真像她鞋底的泥砂呵！自己不知要怎样称呼她，更不知要如何向她道出倾慕之忱？……

第一出的白话剧叫《奋斗》，剧情是一个旧式的女子努力奋斗，求求自由自立，摆脱了社会的制裁和男性的歧视。因为A市——虽然文化和物质文明都稍稍发达的A市还有许多许多不觉悟的躲在家里的小姐们和少奶奶们，所以W中学的女生表演这剧的用意是在箴规她们，是在提倡女权。

当许女士扮了剧中的女主人翁，激昂慷慨地发挥着提倡女权，解放女子的言论时，座中最受感动，句句入耳的怕只有她一人了。略有聪明的若莲在这时觉悟到自身的一切了——在这时种下了改换一生命运的种子了。

接着是男生表演的一出爱情剧"为了爱"。缠绵的表情和热烈的拥抱，把若莲的兴奋着的心头激荡得厉害地跳着，同时也有点醉迷迷地，在早熟的青春期的她，有些领略"爱情"这两个字了。

婉曼的琴声，悠扬的歌声，也使她沉醉。

——那些白衣黑裙，半跳半跑，言动伶俐的女学生多么自由活泼；那些肌肉发达，英气勃勃的男学生多么勇伟可爱；自己所晤到的族兄弟叔侄们都是萎萎靡靡的，真不像样……他们——男女生们不客气地谈笑着，尤其……

"呀！"她想到这里，心头跳动得像给什么东西闷住般，不自觉地呼了一口气。

今晚上的若莲，神经太受激刺了！她卸了装再躺下去时，无论怎样宁静都睡不着了！

二

在南中国最南的 K 省,有一个通商口岸 A 市,从 A 市到 C 城有一条铁路。从这铁路向东远望,一带连绵不绝的青山和它——铁路——形成平行线般起伏着,山麓是点缀了疏疏落落的几十个小村。

附近 H 车站的这些村落中,要算郑富翁——五六十年前冒险跑到南洋去发了大财回来的郑和爷,是 S 村的大富户了。他自六十多岁回来祖国,过他不满十年的舒适生活之后,便撒手归西了。留下的是很多很多的金钱和一切穷人们所没有的东西给他的七个儿子和死了丈夫而年青的长媳妇。

"虽然你们还有的在南洋未回来见我,但最可恨的是你们的长兄先我而死呀!大嫂,她青年守寡,很凄冷的。你们要多照顾她!就把我私己的现金份中拨二万块给她,给她看着开心吧!唉⋯⋯"和爷看了看站满床前的儿媳,在作最后的叮嘱。

这时最伤心不过的,是年纪只有廿七八岁,嫁过来做填房还不满三周年便死了丈夫,只有个遗腹的生下来才有岁余的女儿和没有翁姑的大奶奶了!她像哭她的丈夫般悲痛着。

妯娌伯叔们都把冷眼瞧着她,有的还说"大奶奶真要哭够些,阿爹就只疼你一个!⋯⋯二万块钱难道比有了三妻四妾的丈夫还不及吗?⋯⋯"其实全无感情还有悍妾,每年多病,每天躲在鸦片烟炕上的丈夫是没有什么好处的,不过没有丈夫的苦况,又非妄想所可料到的!

"大嫂,目前爹爹的丧事要用很多的钱,这三几千块钱先给你收着,等往后生意上多赚了钱时,就如数拨还你的。"比她大了十几岁的叔叔冷冷地把五千块钱的存折交给她后就跑出去了,也不等她的回答。

两行清泪在她的眼中滴到抱在怀里的女儿头上去,她想:阿翁私己存下的二十多万块钱现金,完全是他们兄弟的囊中物了,还要挖苦我这笔笔的存金!昨天父亲的遗言便在今天违悖了!以后,以后⋯⋯怎么靠他们过日子呢?自己丈夫份下的生意赚来的钱,镜花水月般只好看着不能拿到!孤儿寡妇是任人鱼肉了!⋯⋯

牙牙学语的女儿,睁着巨大的黑眼珠看她的母亲,'娘!娘!'不断地叫着。

"啊啊!莲儿!你长大了才晓得你娘的苦况哩!⋯⋯不知你往后的命运又是怎样?像你娘⋯⋯!"清泪又继续地滴在若莲的稀薄的头发上!

"你假如是个男儿,我便有吐气的一日了!唉!⋯⋯"她伤心时就这样的

冯铿

向着无知的女儿告诉。

她丈夫的先妻还买了个儿子，名叫国忠。她给娶过来做继母时，他已经十三岁了。染了富家子的恶习的国忠，自父亲死后就像脱了枝的败叶，再也不愿入学了。终日是弄舟、饲鸟，渐趋下流，近来他竟连鸦片烟也抽上了。麻雀牌也打得老练了，有时还跟了些年少的族叔们到A市的酒楼买醉去！

自然，年轻而成天躲在房里的继母是没有权威可干涉他的。有时他人到房里来叫声短促的"娘"时，是因为他在叔叔处拿来的钱不够用，而来向她勒索的。

"不给我也随你的便！不过郑姓的钱，半个也不能给入到他人袋里的！告诉你，你们母女是半文没份的！我大了时，家产不都是我手里的东西吗？"在继母箱子里拿不出钱来的国忠，总恨恨地向着满含清泪的她示威！

眼看着姐娌们的钻首饰和时髦的华服，而自己每月只有少数的说是生意上的利息的金钱，在出身是小家女的她，却也不舍得给这个强横无赖，不是亲生的儿子挥霍。

原来她是离S村数十里远的T城人；她的婚姻是她那当了一生的店员而不曾有过很多量的灿灿的黄金的父亲所主宰的。

"丈夫年纪大了这么多，而且还有了两三个妾侍和儿子；这样的填房是不容易做的。你就把女儿许给他吗？"父亲回来报告她的婚事已经订定了时，痛惜女儿的母亲哭着要取消婚约！

"我们辛苦了一世都看不见这样黄澄澄的金子，让女儿去享享福还不好么？……他们朱门富户，不是为了女儿的人物漂亮，要和我们攀亲么？"贪怯的父亲受了妻子的怨谤虽然不好过，但回头望那装在玻匣里的耀眼的定婚礼物，心花又在怒放，代女儿幻想着许多未来的幸福！

"我们母女，不，就只莲儿是郑家的亲骨肉，却不能得到丝毫的资产吗？要你这不知姓什么的外人才有份吗？……"她只有对着国忠的背影垂泪。实际上是真的如此的，这S村一带的风俗制度是骇异不过的，没有儿子的遗产是要给买来的暝蛉子所有，自己的女儿虽然是亲生的也不敢希冀瓜分其万分之一！

"恨只恨你怎不会变成男儿！……"若莲的"娘！娘！"的娇小的声音，有时也掩不了她母亲那受重创的心儿……

三

一九二三年的春天，若莲迎着她十六岁的少女成熟期了。生长在寒村的深闺里，每年只在村中演社戏的时候出来一次便给人们加上了美人的称号的她，生理和心理都跟着青春期发育起来。黑而大的些微嫌着突出的眼珠，浓而长的睫毛，耸直的鼻子，细小的口，还配着婀娜的身材。她自己有时也对镜自负，尤其是听了人家赞美她的时候。只是因为受了多病的父亲的遗传，肌肤就有点嫌太过黄瘦了。可是弱不胜衣的小姐态度，正是我们国人心眼中的美人儿呢。

不消说，她过去十五载的童年是在母亲的娇养中生长着的。凄冷的环境和自胎儿就受了母性的忧郁的遗传的她，先天后天都贻她以多愁善病的性质！

十岁那年，因为一病数日的缘故，把若莲看成自己生命般的大奶奶便不肯给她再入塾读书了。但是聪明的若莲现在却会写一手端正的字，也喜欢把小说里看不懂的字句抄出来，叫弟弟国贤去问学校里的教员。

说到她的弟弟呢，是在她五岁那年，大奶奶从一个落难的丐妇处买来做儿子的，买来和国忠平均遗产的。现在他已经也有十岁的年纪了，在村里的国民学校读书，读了三个年头还上二年级。

近十几年来，这滨海的小小的A市真变得天翻地覆了！开辟了几条马路，建筑了几座巍峨宏丽的洋房，跟着大商店、大公司也风起云涌，日盛一日。物质的文明，由几只汽船渐渐从海路运载来了。

影响所及，这些物质发达的传说，是由那条铁路运载到C城——经傍山临水的S村来。

曾经去过在南中国人眼中认为仙都的南洋群岛的叔婶们，他们虽然站不住在这个寒村的，一回到祖国来时都跑到略具文明都市的规模的A城住去。

他们几兄弟都在南洋经营商业，其实是在那里享福罢了。留着在家里守几座庞大的空房子的，就是死了丈夫没人提想的大奶奶和一儿一女。

国忠自娶了妻子之后更不把母亲放在眼里了。他仗着经理商业的美名——他们在有些做着南洋生意的分行在A市，终是在A市狂嫖豪赌，听说已经纳了个妓女做姨太了，却放着悍泼的妻子终日和婆婆闹意气！年纪已经算老了的大奶奶，便很想迁居来A市，一方可以监督监督行里的财产，他方亦想脱离这十余年来黑暗的牢狱！幸而今年三叔们因要和他的儿子国贞完姻，从南洋回来，大奶奶便跟他来A市居住了。

来了A市的隔年，大概是受了点潮流的激荡和女儿的多番请求吧，大奶奶终于聘请了一个四十多岁的吴女士，来家里教若莲读书和刺绣。

"我的甥女——我姊姊的女儿在W中学校里念书，她们明晚要演白话剧和歌舞来庆祝学校的五周年纪念。大奶奶！你们可曾看过新剧？明晚和若莲一同看看去吧！我来这里邀你们同去。"吴先生拿了三张入场券出来。

"我们总是不敢到大门口去的，真羞——敢到学校里去吗？多谢了！"因惯了深闺的大奶奶来 A 市虽近一年，还半步不曾到外面逛去。

"怕什么？看看开眼界是好的。真有趣！女学生演的新剧。我的甥女是里面的主角哩！"

"娘！和吴先生同去还怕么？……"听完了女学生做戏，把若莲的好奇心鼓动了。

"那末，你和弟弟跟吴先生去吧，我却不想看。"

"先生！你的甥女叫什么名字？读什么书呢？"若莲顶喜欢的和羡慕的，就是市上那些举动活泼，风度新鲜的女学生。她想，能和她们做朋友就算好了。

"她么？她叫许慕鸥，是个很聪明的女学生。不是我夸口，A 市的女生就只有她的才学最好。她和男生们一同读书，他们的第一名都给她夺去。她爱好文学，报纸上 时时都有她的文字。"

"令甥女儿多岁了？还和男生一同读书么？"大奶奶露着惊异的眼光！

"近几年来，A 市各中学都开女班了。男学校招收女生哩！这叫做男女同学。"吴先生向她解释。

"也有人送女儿去那里读书么？"

"怎么没有？现在的新女子还怕男人么？"吴先生虽上了年纪，但浅薄的妇女解放论她却非常赞同。

"娘！你看人家的女儿多么自由？我怎么连纯粹的女学校都不给我读书去呢？"

"呵哟！你哪比得上人家，快不要这样说了，在家里读不还是一样么？"大奶奶有时就嫌吴先生好把这样的话说给女儿听，把女儿听坏了！聘请吴先生来家里教书已给三叔们说了许多闲话了，给女儿入学校去还了得吗？自己的本意也是不赞同的。

四

秋尽冬来了，北风一天比一天刮得厉害了！一到晚上，虽然闹热的马路还是路灯灿烂，车马游龙，但除了暖裘大氅，深躲在汽车里或高楼大厦里的富者之外，一种萧条的凛冽却充满人间了！

若莲近来渐渐感到寂居楼上，对着喃喃念佛的母亲的家庭，有不少的苦闷了！

每晚上拥被对着灯光，听听外面在寒风里凄颤的卖什食的叫卖声和悠然不绝的车铃声，时时莫名的郁闷便笼萦在她心上。那晚上剧场中的一切印象，便是她无聊赖时的追忆材料了！

近来许女士到她家里两次了，她把许多什志类的书籍借给她，也和她谈讲许多她所未曾听过的言论。

时髦活泼的女学生的梦，她时时在做着，解放自己，谋自己自由的幻想也常常演着。她开始怀疑旧社会旧家庭的一切制度。

看着女儿忧郁的情形，和她的屡次带哭的请求，大奶奶的心也稍稍转移了，而最打动她的，还是当她泣诉自己的凄凉的命运时，吴先生的有力的譬解：

"大奶奶！可知我们这班全无知识的旧女子真可怜呢！自己终身的幸福都给父母一手包办，一手破坏了！现在呢！这些女学生们就不同了，自己选择配偶，不满意时还会离婚呢！"说起来吴先生夫妇也算是怨偶的！她丈夫是个卑污无情的商人，现在已经死掉了。

"我自己的都不用说了！先生，我只担心莲儿将来的命运！……"眼看女儿一天大似一天，她也为女儿的婚姻问题一天烦闷一天！

"给她入学吧，等她自己恋爱个有才有貌的佳偶不好么？……"

这样的谈话不止一次了！从前怕女儿听坏了的吴先生的言论，现在大奶奶自己也很喜欢听了。不过她心里总怀疑着：'这样的新潮流是违背了古圣先生之道的！'她想，女儿由她去吧，时代不同了。譬如是自己年少时，就断没勇气这样做了。

她和她的弟弟——给有钱的姊夫抬举在 A 市的 × 商店做副经理的弟弟商量之后，才决定给女儿入学。幸而三叔已回南洋了，可以瞒过他。可是那只知赚钱而看了少数的女学生的片面不规则行动的弟弟，却劝他的姊姊无论如何也不能给若莲入男女同学的 W 校，最好还是入纯粹是女生的学校。

会诵古文会吟唐诗的若莲，却毫不晓得一点普通科学。她托吴先生请求许女士在寒假内，教她一些算学和英文，预备明年入学的基础。

平素不大喜欢交结朋友的许女士，在短促的寒假里，竟和若莲半像师生半像朋友的，不知不觉就有点爱好了。

春天到了，红的绿的花草正点缀在宇宙间时，若莲迎着她十八岁的青春了！二月初旬的南国春天，正是繁花如锦的全盛期，她近来常常感到一种无力的沉醉，有时却又感到一些无名的烦闷！

她的学生生活，跟着灿烂的春光一齐开展了！

经了许女士的介绍，她进了 C 教会创办的女子中学初中一年级。入学的时候，报了'芷青'的名字——许女士给她起的名字；同学们都'郑芷青，郑芷青'地很好听的把她叫着。

冯 铿

她入学的那一天，就得了同学们'美人儿'的称号！

"这次投考的新生中，只有高中部二年级的插班生×××堪和她匹敌呀！真可爱！这个学期教授这两级的先生们真艳福不浅呵！……"几个教员在教务主任——最好搔首弄姿的宋师玉房里高谈阔论地批评学生时，齐称赞她的美丽！

年纪只有廿余岁——教员中算他顶年轻的宋先生，遇到其他的女学生时虽然勉强装做得威仪凛凛，但在芷青的面前，微笑总是浮现在他脸上的！

C教会在A市创办的这所女中学，有它过去三十余年的历史了。女学未发达时的A市只有它这一所，那时算是它的全盛期了。近十余年来，老是守着旧道德的校风大不受女学生的欢迎，差不多濒于落伍了！去年另聘了大学毕业的新教徒宋师玉来任教务主任之后，学校才算有些起色，不致给近年来春笋般勃发的A市女学所排挤。可是那班抱着《圣经》的老教徒门，和专洗杯盘外面的E国老处女的校长G，却对他的施行新政抱反感！

初次尝到女学生生活的芷青，虽然不像同学们的活泼伶俐，但顶喜欢修饰的上帝女儿们——每晚上做手工做到十一点钟十二点钟，把工钱积起来添制服装的虚荣者的习气，她却渐渐染到了，和同学们去过几次大公司后，她便敢于独自一个的从里面出出入入的买东西了！——A市女学生顶喜欢去的就是满目灿烂，一股洋货香扑鼻的大公司。夕阳西下的放学时间，总有不少的她们在里面徘徊着，观玩着——尤其是从青天白日旗挂上了A市的数月以来，妇女协会成立了，女学生的人数也增多了，街上跑来跑去，公司里出出入入的女学生真的增加了许多了！

逛逛马路，逛逛公司，都市的物质文明，给她以相当的诱惑了！

五

C教会的E国人真是难得，他——她——们本着主耶稣的博爱精神，把整千整万的洋金，汇到我们国里来创办教育机关，建筑些含有English Style的洋房子做学校。不消说，和租了一两间湫隘昏黯的民房，便挂起市立、私立的招牌的学校比较起来，青年学生们望了望那含有诱惑性的堂皇高大的洋房，耸起在绿草如茵的运动场上，为精神身体两方面着想，总还是低着头儿合了眼睛，跟着叫主耶稣更为上算吧！

在伸出海港的一片地上，向马路的那一方，围了一带很高的垣墙，只有一个大门可以出入，里面是C教会男女学校的高楼大厦了。临海的那片草地上植满了高大的灌木，靠东一隅，便是花园——E国人和教徒们行乐的地方，遍植着那些不知名的西洋花木,和许多中国所特有的名卉异葩。在这里,向海面一望,对岸是苍黛参差的 K 山,亦是 E 国人所开辟的一个租界。廿年前只是人迹不到的荒山,现在山上山下,都点缀了许多西人的洋房子了,也成了 A 市民众唯一的游息的地方了。

这里虽然不及 K 山的别成一片乐土,但总算是世外桃源了——A 市的市外桃源了。

这晚上,正是春风沉醉的三月秒的时候,绀红的晚霞衬着苍黛的 K 山,越显美丽,柔瀚地蓝得可以染指的海波上,翻飞着几只洁白的海鸥,和那往来如梭的小汽船,竞夸速率。如火如荼的玫瑰花,渐次成荫的绿树,白的楼房,楼上婉曼的琴音……这些,这些,把痴坐在小亭里的角落的芷青沉醉了。

一阵轻风发着海所特有的气味吹来,膝上那册英文课本再也看不下去了,一种软洋洋的感觉直扑上她的心和身!

——就要回家呀,多看一忽儿景物罢!明天考不出也由他去了。英文也是宋先生考的,他若和昨天考算学时般……她想到这里,感得师玉对她的态度有点可疑,心上不觉跳了一阵!

"啊啦,真聪明,这次月考是你第一名了!连你平时顶讨厌的算学,也得到 R 了!"她的同级友陈巧娇,——顶好刺探同学和教员们的私事的,麻脸而好修饰的巧娇,露了一痕冷笑说:"宋先生往日就只用心教你一个!"

"那里的事?我的算学答题错了两个呢!你怎会知道?"她以为巧娇在骗她。

"谁和你开玩笑?宋先生亲把记分簿拿给我看的,……我们一同问他去!"巧娇又起了一层疑心!

师玉蓦地见芷青到房里来,欢笑在他脸上浮露了,但跟在后面的巧娇一踏入来时,他忙把笑收缩了去。

"先生!芷青说她的答题错了两个呢!怎么有一百满分?"声势汹汹的巧娇,准备着向宋先生进攻!他对芷青的态度也有几分看在眼里了。——"是 C 教会津贴他读大学的,他家里穷得很,从前母亲是在 M 牧师娘家里洗衣服过活的。……"她常常把这样的话告诉芷青。她想,有钱的姑娘一定瞧不起他的——对宋先生进行不遂的巧娇时刻在想向他复仇!

"哪里会错?你自己记错了吧?!"他态度镇静地把眼瞟着芷青,想引起她的醒悟。但全无经验的她还茫然不解。"明明是错了两条哩!我考完还把原稿对过书本的。"她这样说。

"把试卷拿来检看不就清楚了么?是先生查错还是你记错。"

"试卷已经交在校务室里了。"

冯　铿

"啊啦，先生！我明白了！……"试卷分明是叠在书架上，巧娇尖锐的眼光和几声冷笑把师玉着了急了，他亦把教务主任的尊严放出来！

"什么?! 难道我会查错么？你们学生的分数真是要守秘密的，一给你们知道就发生纠纷了！……试卷就是在房里也不给你们看的，这是学校的定例。"

巧娇努歪着嘴和她出去了。

"柴美人！"他望着芷青的背影，又爱又恨地骂了这一句。他想，童稚的她还不懂得人情世故吧？自己进行的方式有些错了，有机会的时候要亲自向她表示一下才好。

一阵晚餐的铃声响着了。娇红的晚霞渐次褪了颜色，淡淡的暮霭笼罩着一切，啾啾的倦鸟的叫声，在树荫里不绝地喧噪着。芷青很想回家去的，她料着寂寞的母亲一定在家里等她！等她回去和弟弟围桌子用晚餐了。但她总是不舍得站起身来。

"芷青，你还在这儿贪恋着景物么？春光恼人，春晚的风光尤其令人沉醉啊！……"师玉忽然在背后跑来，幽幽地对她说。

"啊啊！是宋先生?!……你们不是都用着饭么？"没有和男性应接的经验的她，独自一个晤到了满脸堆着笑的宋先生时总觉不自然，尤其是今晚上——猜出了他对她的情态不寻常以后，她心里跳动地局促着！

"他们都用饭哩。我看你一个在这里，就不想吃去了。……"师玉早看着她在园里的，因为巧娇尚未回家，和那猫般的阴柔而喜欢诈取学生们的东西的 H 监学也在园中，他只好远远地徘徊着。铃声一响，群众的肠胃都在工作时，他才假着说要出街，饭也不吃地跑到这里来了！

她只红着脸低下头，想不出什么话来。

——他真的对自己有意思了！……呀！

早一点回家去便好了！达到相当年龄和看了不少的描写着恋爱的新小说的她，心里也充满好奇的尝试欲望。宋先生的尖滑的脸儿虽不见得怎样可爱，但大学毕业，洋服穿得大方，修饰得时髦匀整的青年男性，也给她以不少的诱惑！可是他家里既一点资产亦没有，又要叫洗衣妇做婆婆，这个无论如何是可耻的吧？做不到的吧？感觉敏锐的地，在这个时候便想及来日的问题。

"芷青！你昨天的算学答题错是错了的，但你不会明白我的心么？……"急进的宋先生步步迫人了！主耶稣喊得比别个青年起劲，晤到女人老是低着头，以求 C 教会的西人们欢喜的他，在这暮霭苍茫中，春气磅礴里，对着眼前的羞怯娇慵的少女，可再也不能使他无动于衷了！

她仍是沉默，自己感着两颊像火烘般发热，很费气力地在一种高压的氛围中挣扎着！

"你们的英文明天要试验 Lesson5 和 Lesson7，其他的你可以不用读呢！"

"……那末，先生，用不用 give meaning 呢？"她勉强略抬起头来。

"不用也可以的。你的英算赶不上你的国文程度，你的国文是很好的。下课的时候不妨把课本拿来我房里，等我多教你一点。"师生的恋爱关系，老是在补习时间内发生的，他想利用这个时间。

"怕先生不得空吧！"她渐渐有说话的力量了！

"哪里？你要就尽管来！我很希望你对这两个学科多注意一点。"他想，我的心里念你念得不得空是真的，你怎么不知道呢？……但他却没有说出来的勇气！

暮色渐渐把他俩深深地笼罩着。

"Good—by！宋先生！"把书本拿在手里的她向他点了点头别去，她的小婢来找她了。

"可爱的娇美的小鸟！……"他还尽站着注视她那经暮色包围了的模糊的背影！

六

"莲儿！怎么这样晚才回来呢？不要太用功了！你看看自己的脸儿，近来给晒得多么黑赭呵！"她缓回一刻时，大奶奶便很焦心地等着，却累得无辜的小婢跑来跑去地催促她。

"这几天刚考试着哩，所以下课后还要在校里温习。"她不好意思地答着。

"姑娘！成衣的那套绸衣裙制好了，他问你要配上什么颜色的花边呢？"女婢绛桃捧着一套花纹新鲜的衣裙问她。

除了星期日进礼拜堂要穿学校制服之外，C 教会女学学生的日常服装是没有限制的。任你装扮着什么花样款式，任你有什么就穿戴什么，那些争奇斗艳的女学生，便把全生命都灌注于讲究衣饰上面去！害得虽在一地而禁限森严的男校员生们神魂颠倒，也造成素以平等为口号的她们对贫富的阶级特别的看得分明！

她自入学以来，第一步革新的便是衣饰的时髦。只要女儿喜欢的母亲毫不吝惜地把雪白的花银来增长她的虚荣心，只要她一开口，便立即照办了。惹得顽劣的弟弟国贤红透了眼睛，不常回家的哥哥国忠也对她越抱反感！

"浅蓝色的，配上白花边吧。"她今晚上不像平时般把衣服踌躇研究了，心里像塞住什么东西般，懒懒地看了一下。吃了晚饭，便独坐在房里了。

冯　铿

——他的态度真令人胆怯，见于我老是笑迷迷地痴望着！……他是在勾引我么？不，他对我可算是温柔真挚的，由他今晚上的言动看来，他真是意识着我，爱恋着我呢！……同学中亦有几个很美丽的，怕比自己更美丽的，他怎么就只爱着我呢？……她感到脸上一阵温热，心房也卜卜地跳动起来！

她站起身来对镜凝视。

——羞红的双颊，流动的眼珠，柔蔼的睫毛……这样的容貌不见得不会动人，惹人爱恋呀？！她不觉顾影自怜，呆呆地站在镜子前面。

——要给我补习英算，怕也是他的策略吧？他真的在向自己这方面进行了！……呵，我要不要补习去呢？要，就不啻接受他的政策了！呵，不，还是不要理他吧！他不是我理想中的爱人，他没有钱。靠教会为生的人多着呢！失了 E 国人的欢心和信任，便不能继续地位的那样合着眼睛大喊救主的态度真是可耻，可笑也可怜！有真才实力的人，还要受这样的屈服吗？……未尝踏入社会，看了教徒们伪善的言动的她，对 C 宗教抱根本的憎恨！

——他与我的年龄也不相称哩，他不是已经廿四五岁的人么？礼拜堂里晤别的青年男学生好的活泼和浪漫的气概，已非在他那平滑的，刻上经验世故的痕迹的脸上所能找到了！……

——不过以初中一年级学生的我，能够给大学毕业生的他爱上，也可以算无憾了！自己未来的爱人——丈夫是学士哩！……宋先生那张装在镜框里的穿着和尚袄般和戴着四方帽子的他的大学毕业时的影片，确会使乳犬般的中学生死心塌地的倾慕着，——陈巧娇也是顶热切倾慕它之一个。

她脑根昏乱地从镜前转身倒在床上。

到宋先生房里补习与否和爱他不爱他的问题把她苦闷了一个整宵！到天明入学时还不能决断。

再过一天是星期日了，礼拜堂的悠徐的钟声把她们送进去做着像要打瞌睡般无兴味的礼拜。礼拜不单是非教徒们所最憎恶，就是那些喊救主喊得不大起劲的教徒们也感着讨厌的。可是平时被监视得不许相交一言，多看一眼的男女校学生，在这儿却能够相聚一堂，謦欬相视，也给他们以欢乐的机缘——尤其是合着眼睛祈祷的时候，男女生的电子都在飞来飞去的交错着！只许自己和女教徒亲密的接触的 E 国老处女 G，到后来也会觉出学生们这种暗通秋波的方法了。当着神圣的祈祷时间，她却眼睁睁地四面临察，意外飞来的限制把女生们吓得紧低着头，男生们也回睨它顾！在天的父一定会笑笑地赦去他的儿女们不虔诚的罪吧！

这一天，恰巧校长 G 姑娘病了，监押女学生们进礼拜堂的是 H 牧师娘——舍监和宋先生。

当喜剧开幕的时候，没有 G 姑娘——她们这些外国老处女（？）顶喜欢夸示自己处女的尊严和荣耀，老是叫中国人叫她们姑娘，不叫先生的——在旁监视的学生们都精神活跃，唧唧哝哝地细语着。H 牧师娘是个耳朵有些聋和眼睛有些昏花的五十余岁的老女人，不消说她是笨若母猪的；宋先生呢，因为坐在较远的男性座位上，也观察不到的。

"嘻嘻！你看台上那个导唱的两只又摆开又拢住的手儿，就像巫婆般！……"和芷青同坐的一个非教徒的同学，看了台上那年轻的牧师的滑稽手势，笑得通身扑在她怀里。

"嘻嘻！你这小鬼老是引人发笑的！……"

"那第四列椅行从左边倒数来的那个男生真漂亮！……"

"嘻嘻！他在看你是哩！快打回电去罢！……嘻嘻！"

"烂舌根，他正看着你是真的，谁不晓得你是美人儿!?"

真是，芷青认得这个年岁与自己相仿佛，富有男性美的男学生老是注视着她！有一次在路上碰到他，他竟跟随着到她家门口来，今天又把她凝视得怪不好意思的。

唱完了赞歌，是寂静的祈祷时间了，当她的眼光无意中又和他的联成一直线时，他露着一列白齿在向她迷笑，她把发红了的脸孔连忙转过来。一瞥间，看见宋先生也正睁大眼睛把视线凝集在自己脸上，她以为她俩的秘密给他知道了，心头狂跳地在低下头去！

其实宋先生凝视她得出神，并不知道除自己外还有那个男学生在向她进攻。

礼拜完结了后是募捐。今天男座里恰巧派出那个男生，女座中也派出了一个女生。两个都归顺地捧着铜盘向人劝募。银毫和铜子的声音锵锵地作响，站在台上的牧师张着伪善的笑脸在观望，他每个星期日辛苦的目的，都在此锵锵声中赏到了。

芷青的座位在第一列，那个男生行向她身旁过时，特地把她的衣角擦着，还笑眯眯地看了她一下。可恨男性就不能够向女性募捐，不然，他定高捧铜盘跪在她脚下的！

喜剧结束了，男校先列队出门时，他还不住地回头来望着她！

<h2 style="text-align:center">七</h2>

"啊哟！先生，师玉先生！松了手，我自己会写的……"一阵男性特有的似香非香似臭非臭的气性把芷青熏醉了！她感到从脸上到背上是一片温热，软

冯　铿

洋洋地使她无力挣扎，只有口里这样说着！

急于要尝试恋爱之花而不顾结果是怎样的她，终敌不住师玉的挑引，到他房里补习已过了一星期了。

他站在她背后，弯着身子俯在她的椅背上，右手捉住她的手——纤细而秀丽，但没甚弹性的手儿写英文；左手从她背后伸过去，按在桌子上。"只要用手一合拢，整个的她是在我怀里了！……"她俩的上半身的影子映在对面壁上的镜里时，他抬起头来，不觉看得呆了！处女的肉香——实际上是香水的香，香粉的香吧——把从来不曾接近女性的他沉醉了，激刺得他几乎对着挂在镜子上面的圣像犯罪！但信徒总是信徒，饭碗的信条很快的在圣像上显露出来。想到房门是不能关上的，他像浇上了冷水般把火般的情欲渐渐熄下，只有颓然地呆望着镜中的影子。

"啊啦！先生！你写向那一行去呢？写错了行又写得不成字呀！……"她被握着的只手无气力地由他指挥，腾跳的心房也没有注意到怎样写法。眼睛偶而注视到纸面上时，看见上面给画上很多大圈子和直线。宁一宁神，不觉笑了起来！

"啊啊！……哈哈！……"他神志清醒起来，也不觉笑了。索性紧握住她的手不动。

"怎么？先生！……"她抬起头来从侧面望他，两人的视线构成一直线时，俩的脸上都感得难为情的羞热！

"站开吧！先生！我自己会写的……"挣脱了手儿，她颤声地说。

"要你叫师玉哥哥……不，叫师玉先生不好么？老是先生、先生的……"他偷偷地在她发上吻了一下，才松了手。

"怎么要冠上别字呢！累累赘赘地谁喜欢叫？……"

"冠上别字才显得师生的感情好。好学生爱先生，总应该喊他的名字的，你不知道？……"他走来坐在她对面的椅子上。

"谁知道？骗人的！"她露着娇嗔地把头儿歪了一歪，嵌在耳朵上的钻石耳饰，也闪了一下光芒。

"怎么？你总爱带上耳环的？女学生们不是都不肯带上的吗？"

"谁喜带它？顽固的母亲死也不肯我除去的，我们这里的俗例是戴了父母的重孝时女人才不带耳环。所以她不肯给我除去啦！"她恨恨地把它摘了一只出来，丢在桌上。

"你怎不叫你母亲来礼拜堂听道呢？来皈依上帝吧！进了教会就不会循着这些俗了，多快活!?"他想乘机劝她入教。他知道富室的爷爷奶奶们是顶憎恶C教会的——从前贫无立锥的穷人们，因为要得外国人的资助和保护才附

135

入的 C 教会，富人们是鄙弃而不屑与为伍的。自己将来的希望是很难实现吧——做富室的女婿的希望是很难实现吧？自己就是一个依 C 教会为生的穷光蛋，社会上全无位置的穷学生！如果她们母女俩能够成为上帝的女儿时，那就没问题了。——经过几次的晤谈，她的身世他也略知道了。

"要入 C 教会做什么？难道我们没有事做，没有饭吃么？要学你们这样的伪善!？我的娘顶憎恨 C 教会，她还嘱咐我不要给你们宣传去了呢！……"她像有意要道破他的弱点般笑着说。

"难道 C 教会根本上不是很好的宗教么？……怎么要没有饭吃才可皈依它呢？……"他不觉把脸飞红了，平时那种卫道宗教，洋洋洒洒的大言论也说不出口来了！桌子上的钻石耳饰在闪闪放光，他只得顾左右而言他地说："这是 diamond 吗？要值几多块钱？"他把它放在掌上。

"什么'来阿门'的？谁懂得你的话？"

"就是钻石呀！这是真的还是假的？"他似乎很注意它。

"啊啦！真看小了人！我就只有假的么？虽然这两颗不是好钻石，但也值得三百多块呢！"

"三百多块！……啊拉？……"从来不曾有过贵重的珍品的他，吓得把舌头伸了出来！拿在手里不住地婆娑玩赏。"要我教一年书的代价才能够买得起它，呵呵？……"他心里这样想着。映着由窗外射来的夕阳，闪闪的光芒像在向他示威，又像在向他诱惑！

真的，学校里亦有不少模样好，读高级的女学生。宋先生之所以特别地爱恋她，想占她为已有的大原因还不是为了爱情以外的金钱？——主耶稣都给它卖去的金钱。郑和爷的富名不但为市上一般商人所熟悉，就是这不与世争的教会信徒的教育家也都知道的。

"这样少见多怪的！……"他的态度被她弄笑了。"我七婶婶的一条钻石颈饰，可值两万多块钱哩。"

"它的值钱我是知道的，不过，自来没有看过罢了。"他也觉得自己有点穷鬼相，给她小觑了！连忙把掌上的耳环放回桌子上。

"送给你要吗？给你的宋先生娘带上要吗？你们教书先生，是买不起这样的东西的！……"她抿着嘴笑着，把右耳的一只也摘了出来。只有一星期的补习便把她变得和从前很不相同了，把先生当成朋友般，有勇气谈笑起来了！她明知道他没有妻子的，但她总爱说这样的话——看他那着急地辩白着的情形以显出自己的高傲，同时也得到种莫名的快感！

"谁和你说的？什么叫宋先生娘？我不是和你说过几次了吗？我是个无家的飘泊者！……你到现在还不信任我么？……"他不大喜欢承认他还有母亲

冯铿

——年青时辛苦抚养儿子，到老了独在寒村里守着几间破屋子的母亲！他时常和她说得声泪俱下，说他是个无亲无戚的孤儿！除了 M 牧师夫妇之外，是世界上再没有人爱他的孤零者！

"你还有慈爱的母亲，我呢？一切都没有了！"他也曾这样的安慰她！当她听了他的诉苦后，也把自己凄凉的身世告诉他的时候。

"先生不还是有母亲么？怎不接她来 A 市一同居住呢？""她，她是我的继母，待我不好的！"因为要把伤感主义来博她的同情，他就不得不故意地说了违背良心的话了！

"向你说玩不得么？就要这样认真的？！"这时他那真挚的又气又恨的态度可使她感动了！"他也和我一样的可怜！以后不要难为他了。"她这样想着，同病相怜的装出笑脸来安慰他。

"以后求你不要说出这样刺人的话好么？芷青！你应该明白我的心呀！……"他想，是机会了！他看出她给自己克服了！

"芷青，你的婢子来找你呢！还不家去么？"这个时候外面有同学在喊她。

"就来了！"像舍不得般，她懒懒地抬起身来，把耳环依旧带上之后，便收拾起桌子上的练习簿和书本。红的夕阳已经落在窗外的树梢上了。她想，今天连算学都没有教了。

忆起早间他紧握住自己手儿的情形，她脸红红地和他点了点头便出去了。站在门外的小婢忙把书袋从她手中接过来。

八

每天下午放学后，她便到师玉房里这样的混了一小时左右的。这与其说是补习，无宁说是谈情吧？有时差不多连练习簿都没有掀开，书本都没有由书袋里拿出来也有过的。这不单是宋先生不想教，就是求知欲很强的芷青，也懒得听那枯燥无味的方程式的代数学了！不过漂亮时髦的英语，她却时时叫他口授给她。

他俩这样露骨的言动不只引到巧娇刻骨的拓愤，就是同学和教员们也都看不过去的！不过芷青有的是钱，H 牧师娘方面既送了不少的东西，同学方面她也曾馈送了许多由南洋带来的特有的妆饰品。所以另住在一座楼房里的校长 G 姑娘还不知道的。

他和她的恋爱到现在可说是达到了相当的程度了。懦怯的他虽然尽望着她那两片小巧的唇儿还不敢加以侵犯，可是她那对纤小的手儿，就不知道给他紧握了几多次了！最后的通牒他也曾经发出了，可是果决力薄弱的她，总不能有所答覆！她近来尝到恋爱的苦杯了！

　　她极想把这难决的问题向许女土申诉，要求她的帮助的。然而许女士算是她的畏友，她觉得向她说出嫌师玉不是富人的理由不能充分，也感到自己心理的卑鄙，总不敢向她说出来。

　　薰风把炎暑送将来了，校园里那株荔枝树上的果实红得醉人。周围的榕树——岭南所特有的树——也浓阴如盖，树上的蝉儿更吵得人软软思睡。这时，学校正在忙着举行放假的考试了。

　　"这里真凉哩，师玉先生！"在树荫里的亭子上吃点心的她，看他来了就站起身来。

　　"你真晓得享福，连午餐都拿来这么凉快的地方吃！"回头见前后没人，他忙走上去把她那只握住箸子的手儿捏住。"这两天你为什么不到我房里来？真把我闷死了！"他尽抚摸着她那覆在短袖下的一段柔婉的腕臂。姑娘们用的红牙箸子配着莹白的肉臂，真是娇艳可爱！他想，能够把 这个当午餐吃下就痛快啦！

　　单薄的印花纱的上衣几乎把裹在里面的肉体透漏出来。他眼里放射着情欲的火光，竟望得她有些骇怕起来！

　　"放松手，我要吃东西呵！"她连忙挣脱了。"×告诉我，说巧娇把我补习的事情和校长说了哩！我不想再去你房子里了！

　　"真的么？……但补习并不是坏事呵？"他说后，忙把脸上惊慌的表情收敛了。

　　"管它是坏事不是！不过名誉是要紧的！我们以后晤到的时候放尊重些罢！"看了他那种怕给C教会的执事们不信任而不得饭吃的恐慌情形，她厌恶起他了！她想，浣玉说的不错，"他既然不算是你恋爱的对象，那还是早点不理他好吧！"尽迷恋着和男性周旋，这心理自己要解除才好的！

　　"我要温习书去了……"她走来喊那呆坐在荔枝树下的小婢把点心收拾了家去！自己亦跑向讲室里去了。

　　"怎么她今天突地改变了态度呢?！……"他想到她若不能为自己所有，同时C教会的饭碗也要摔破时，他几乎流下泪了！

　　"——没怪近来校长G在朝会晚会中总不曾请我祈祷——平时非我不行的！她以为我犯了罪吧？……她对我的脸色亦不大好看！啊啊！……"他近来常常抱怨上帝，恨他不给他些富人所特有的东西！他眼看着这娇美的小鸟从绿阴中飞去了——在自己手里挣脱着跑去了，他真痛心！

　　过几天，学校放假了。她终于没到宋先生房里去便收拾起校里的用具回家了！

冯铿

行散学礼那天，校长G起来致训词时，她说：现在 你们中国的青年男女，染到极不好的自由恋爱了！我们西国人都有相当的学识的，还会惹了些越轨的事情呢，你们都是程度幼稚，不晓得交际的，更不可有这等事情！……以后希望你们——教员和学生——都要守规矩，若一经发觉，是要严重处分的！……她说完向宋先生望了一望才走下台去。卫道的牧师、教员们拍拍的是一阵鼓掌声，同学们向宋先生望了一眼后又看着芷青！隔着两排椅子的巧娇，还特地转过头来向她冷笑着！

胆怯的她只是又气又急地低了头，不敢即刻跑出礼堂来。一方只想象着师玉那红了脸局促的情形！

散了会她便一溜烟跑回家里去了。平时顶好参加开会的她，这下午的全校同乐会她也不去了。她想到不能和他握手话别时也觉惆怅不堪！在家里闷坐了几天之后便渴想着要晤他，和他像过去般谈笑着！但无论如何，她总没有找他去的勇气和决心！

她刚午睡醒来时，几个同学和她要好点的同级友浣玉跑来她家里找她坐谈。

"你怎么那下午不到会呢？……"

"是的，你怎么不去？我们都等着你做级代表哩！"叫华如容的级友说。

"我那下午头痛啦，母亲不肯给我出门。"

"哈哈！看你这张嘴，尽骗人！宋先生在等你哩！……"

一个同学大声地笑了。"说得对！"她们都拍手表同情。

"呵啦！你们都不是人！看见鬼呀！……"她把手中的荔枝核子掷着她们，她们也把香蕉皮和花生壳打她，大家嘻嘻哈哈地笑闹着！

"不要顽啦！来人家里这样吵闹，全没点顾忌！给她娘听着，以为女儿姘上了宋先生呢！"浣玉说完自己撑不住笑了。

"玉姊！呵啦！连你都欺负着我啊！……"她急得红了脸了。

"不用瞒我们吧！宋先生几时来向你娘转向你求亲的？"一个同学掩着口笑说。

"哪有这样的事？呵哟！谁说的？……"

"还秘密着么？我们会凑上一份贺礼的，赶快公开吧！……"

"你们都是联合着来寻我的开心的！呵！"

"真的没有这样的事么？巧娇说你们俩是恋爱着的，因为你娘嫌他是穷人，把你俩的好事作梗了。……嘻嘻！恋爱是不可把金钱看成条件的，是不是？……"一个同学嘲笑地说。

"巧娇说她自己是你的情敌呢？哈哈！"如容说。

"她真会造谣！冤屈死人了！……"她急得几乎流下泪来。

"不要生气！我们说着玩的呀！……"

楼梯上一阵脚步声。吃了素和念佛的大奶奶近来渐渐肥胖了，她很费力的把那对小脚抬着体重，一步步的运上楼来。

"回去吧！"她们坐在大奶奶的面前，把有说有笑的玩耍都收敛了，不一会便告辞了。

九

送她们出门口来时，浣玉让她们先走了几步，拉着她再跨入门限来。

"芷青！你的名誉给巧娇破坏得很不好听！同学们都背地议论着你哩！……宋先生也给辞退了，你知道吗？他为你弄得真可怜，究竟你爱他不爱呢？昨天他刚去校里收拾行李，晤到了我，就把这信儿托我转给你。他说，他不再见你一面是不愿离开Ａ市的，他叫你……啊，信里写着了，你自己看罢！……"浣玉一口气说着，从袋里掏出一封淡绿色封面的信纸给她。她茫然地呆视着浣玉，把颤动的手接了过来。

"究竟，你对他感到爱吗？看他真为你苦闷着呢！呵……"

"浣玉，说什么秘密话儿呀？还不出来？"她们回头不见了她，在巷口大声的喊着。

"就来啦！我忘记带了手巾儿呢。"浣玉大声答着，再拍着她的肩上道：

"我要去了，放出点勇决来，芷青！……他叫你无论如何，要晤他一下的。……再会！"她跨出门限来。

"啊！玉姊！我……我……谢谢你！但是我怎样？……"她心里剧烈地跳动着，拉着浣玉的手，有生以来就不曾受过这样的激刺的。

"我闲暇的时候再来谈，再会吧！"浣玉打起伞儿出去了。

"红娘姐！你们的事我都听着了！嘻嘻！"赋有像巧娇般喜欢探人家隐事的如容，站在门外的角落偷听。

"啊啦！你这个人真不道德，不许你说给他人知道呀！小鬼头！"浣玉半央告半责骂她。

"自然的。不过以后的事，你不许瞒过我！"

"也好。你这小鬼，真的不许你说呀！给她娘知道了就糟了。那样守故的老太婆，怕会停止她继续入学的！……"她俩连忙赶上站在街上等着的她们，一同去了。

芷青跑入房里，把房门关上时，呆站了一会便倒在床上，把信儿摸了出

冯　铿

来。她手颤心跳地，抬头偶而望着对面的镜子里，自己也觉得脸上有些异样了！

淡绿色的信封和淡红色的信笺诱惑着她，她没有读完就流下泪来了！

他信里述说他是如何的爱她——自入学试验那一天，他走过来接她的卷子那一瞬间就爱上她了。如何的为她神魂颠倒，不顾一切！说她是他一生的生活力——一生所最深刻的嵌印在他心上的女性。如何的终身不会忘记这一次的遇合，如何的愿把生命来做代价，只要她接纳他的爱，为他所有！……又说，没有她，不能为她所爱时，便如何的苦闷，如何的消沉！……又说他可以恳求那个大学校长介绍他去美国做工读学生，数年以后，博得个头衔回来，才和她结百年之欢。他也知道一直高可齐天的贫富之壁隔着他俩，轻易越不过的。不过有了 M. A. 或 B. A. 的外国招牌时，就不怕这道墙不会崩倒了。……又说他已为她牺牲，致受 G 校长和几个牧师们的辱骂！A 市是站不住了——A 市的 C 教会是再站不住了！恰巧一个在南洋的朋友来，和聘他去那边当小学校长，他只得答应了。待来年一有机会，才出洋留学。他本来是舍不得离她远去的，但有什么法子呢？……他还说，这几天在学校搬出来后，住在她家附近的旅馆中，他像失了魂般，每天晚上都在她门口跑过三四次，想晤见她和亲手交这信给她的，可是失望了。他的行期就在这两三天，船票都买好了，只要在 C 海岸上晤她一面之后，他便离开祖国远去了。……他最末还说，无论如何，他非晤见她或得到她的回信，是不愿意离开 A 市的，不愿意寂然远去的。作算她不爱他，不愿为他所有，也要再给他以最后的晤面，明白解决！……

在信末，他还再三恳求她，在明天早上八点钟的时候，不论怎样，（就看师生的交谊上吧）要应许他的请求——到 C 海岸去晤他的请求，他像祷求上帝一般的祷求着！

在信末，他还写上一句'我以全生命爱着的芷青！'

世间还再有什么东西能够比第一次的伤感的情书更会感动着处女的心呢？……

她流着泪渎了两遍，全个的身和心都好似掉落在浩无底岸的汪洋中！她哭了，不能再读下去了，只伏在枕下昏昏地啜泣着！

像振作不起神经般，一切的前因后果，情爱，恋慕……在她脑里只是模糊，惝悦，闪烁。她只有哭——像悲哀又像冤抑，又像烦恼和悔恨地哭，只昏然，昏然……！

不用说晚饭她是吃不下咽了，而红肿的双眼亦瞒不过了母亲。

"我，我肚子疼呢！……"她看见娘站在床前，像孩子无端给人家打后，走去躲在母亲怀里般，心里越加冤抑和悲痛的哭了出来！

全不知道女儿的幽哀的大奶奶,只有垂着泪一面指点女婢们煮开水,拿万金油,请医生,一面不住的为她按摩着肚子。

有着两撇须胡子和留长指甲的中医生把她诊察后,莫明其妙的只说是气逆不调,没甚病象。开了几味和平的药方便回去了。

偷跑出去和邻童耍得满脸是汗的弟弟,回来后晚上只一个人静寂地吃着晚饭。

十

她半夜里醒转来时,明天要去晤他与否的问题在她脑里腾跃了许久!

开始,她描想着晤他的情形,在他怀中哭倒的说她也像他爱自己般爱着他,叫他放心,……但想到他那像猎犬追逐目的物的眼光是注视着自己,和倒在那样的男性怀里为他占有时,她不觉心里起了一阵悚惧的跳动!——像破坏了处女的纯洁和尊严的悚惧!

再想到这样轻易的就把终身许给了他——没有征求母亲的许可,叔叔们的同意就许给了他,在自己如何办得到呢?向娘说明吧?但自己在她面前就像两三岁小孩般撒娇地,怎开得口说:娘,我已经择上了爱人了——择上一个穷而是教徒的教员了呢?……这是,是无论如何都开口不得的啊!太把女儿的身份降低了!太把处女的尊严毁坏了!……何况自己只有这点年纪,来日方长呢;忙什么?……

"自己究竟是爱他了么!……"理智突然抬起头来,她把自己问住了,只是纷扰了一阵的结果,她觉得宋先生的可爱和不可爱的程度刚成正比!

开了电灯,她把来信重新抽出来伏枕读着。

过了青年期,但头发梳得光可鉴人,脸上老是露着一痕痴滑的笑意的宋先生,像站在床前在向她招手!

"芷青,你是我的,你的纤手不是给我握过了么?来,你的柔唇让我来吮吸着呀!……"浮着可怕的男性的凶光的他的眼睛,闪烁不定,他把她从床里紧挟起在怀中!

她想挣扎,但吓得一丝气力都没有了。动弹不得!

"我是爱你的!你松,你放松手罢……!"

"哈哈!你爱我么?……哈哈!你这可爱的小鸟!可恨的小妖!"

她昏然地死般没有感觉!

迷恍,迷恍……昏迷中自己像站在海滨,他牵着她的手儿跑上汽船的扶梯。下望滔滔的海水使她心寒,她忽然想起母亲来!

冯　铿

"我不去了，我不去了！……我的娘呢?！……"她哭着，紧攀了扶梯的铁杠不愿再跑上去！

"由得你不去吗？跑！"在梯上面的他变成了恶魔般，命令式的厉声叱着！

"哎唷！……唷……"全身像收缩了一下，又渐渐的松放了！她一手只紧紧地攀着汽船下面的缒着锚的铁链子！

在海里只是跟着海波飘荡！飘荡！……

渐渐地像安定一些，又感觉手中握着的似乎在软化着！……

"原来握着的是枕头的边缘！呃！……"

掉在枕边的信笺给眼泪湿透了！心里还不住地跳动着！

从噩梦中醒来的她，一直苦闷着到天亮。

夏天的朝霞投射在床前的窗幕幔上，大奶奶站在她帐前了。

"莲儿，怎样了？好点吗？娘痛的！……唉！"没有足音的母亲把她吓了一跳，忙把枕上的信笺压在枕下面。

"好了，娘！我要吃粥呢。"她转过身来。

"静卧多一天罢，不要起身！真是佛祖保佑呀！把娘吓煞了！昨晚上。"大奶奶伸手按着她的额。"还是李医师的方儿神效。你们这些新学生，还反对中医啦！……粥就来吃。……绛桃，打脸水来！"

接着厅上是大奶奶喃喃念佛的声音，檀木香由外面飞进她的房里。

自鸣钟在厅上响了七下，把她那捧着粥吃的手儿颤动起来！

——现在是去不得了，她肯给我出门么？……她像有了可以卸责的原因，自己向着自己宽慰着，踌躇着。

——不如写几个字给他吧！……可是怎样写法呢？说爱他么？……不爱他么？……写好了叫谁拿给他呢？……呵，绛桃认得他的……她心房跳动地叫着绛桃。

"什么？姑娘！"很忠挚而有些呆傻的绛桃跑入来。

"你晓得 C 海岸的地方么？在 H 马路尽头的海岸。"她向她望了一会，还没有委决。

"晓得的，姑娘！那儿也像你们学校一般，望得着 K 山哩。"

"那末，书桌上那本信笺和抽屉里的墨水笔拿来给我！"她放下粥不吃了。

"师玉先生！来信谨悉。先生错爱及青，青非不知也！此心耿耿，可质天日，惟青上有老母，殊不能于仓猝间以终身相托。极望先生谅之！先生此去，前程无限，请勿以青为念！青本应亲往送行，再图一晤！惟卧病在床，步履为艰！只有魂随笺往，憾何如也？他日先生将如愿以偿，海外归来，为学术界放一异彩，则青之所盼祷耳！心酒身遥，不尽欲言！前途珍重！珍重前途！

青上。"

她把这信写好，看了又看，改撺了又改撺，终于封入信封里了。但她只是没有付出的勇气！

——这样的淡淡地一笔勾销，是表示不爱他了！……呵！太对不住他吧？但是……她只有流着泪！

"姑娘！要寄信么？寄往 C 海岸给谁呢？"绛桃诧愕地睁大眼睛，见她哭着。

"不！没有事，你出去罢！"

——另写一封吧？对他略略地表示一点爱意吧？太对不住他了！……

——索性把真相告诉他吧！自己对他不能说完全没有爱啊！……

她只有握着两封信儿，又焦急又苦闷地挨了一个钟头！

"当，当……外面的自鸣钟敲着八下了！

"完了！宋先生，师玉先生！是我对不住你了！呵呵！但是我的娘……你不要怨恨我啊！……"她重新捧着那封信痛哭起来！她恨自己太没勇气了，自己的矛盾的心情太使自己难堪了，太薄弱了！但是，已经来不及了！

过了几天，她的一个表姊——大舅舅的女儿到她家里来居住，想度过了暑假之后和她一同入学校的。

有了女伴，和怕泄露了秘密的缘故，她渐渐地把对师玉的苦闷心情淡散了。他的来信和自己那封没有寄出的都锁在自己的小箱子里，夜里不再会把它拿出来一边读一边哭了。

是酷暑已临的五月天气了，蝉声很悠扬地飘荡在绿叶阴中，更悠扬地吹得在农忙期间内的村夫村妇们，恨不得躺在幽凉的榕树下，软软的睡午觉。

在都会，季度的更移虽不能给沉醉在纷扰里的人们以鲜明的感觉。可是热烈的太阳高照在马路上时，一般行人和蜷伏在狭窄的楼房里的人们，却很尖锐地感到夏天的烦厌了。

看了几本小说，和表姊谈了几次无聊的对话之后，她又是闷恹恹地不快着！尝过自由浪漫的学校生活的她，放假不上十天，便在家里躲得抑郁不堪了！恰巧许女士又病了，不能来和她坐谈。自放假以来就不曾晤着她，绛桃两次去找她，她都没有在家里，芷青怀疑着许女士对她有些冷淡的样子！

这天，浣玉和如容来和她商量——商量下学期要转到什么学校去。

看着浣玉，她猛然间又想起宋先生来！她知道浣玉的哥哥和他认识，很想在她口中得到关于他的消息。但自己的卑怯态度怕给她知道——无责任的对他没有相当表示的勇气还是不要给她知道的好，她只红着脸不敢先向她提起。

"你当然再进不得 C 教会女学了。就是我们，也给那些圣经念得头昏了。

而况下面喊着要收回教育权,打倒教会学校呢!下学期一定转学了。"浣玉说。因为和如容同来,她亦没有向芷青说起别的问题。

商量的结果就是她们四个——同着表姊——都要转到许女士的校里。她们三个插进初中二年级,表姊却投考它的后期小学一年级。

因为 W 校的学制是秋季始业的,她插上二年级就算超上一学期的功课了。国文是没有问题的,只是漏读了一学期的英算课本,要插上二年级是很困难的吧!

"啊啦!玉姊!我替你们介绍一位品学兼优的朋友——同时也做得我们先生的朋友!"她想再请许女士来教她和她们。

十一

落了几天的滂沱大雨,把炎暑变成了轻凉的初秋一般。真是一雨成秋了,在这岭南的 A 市。

昨夜给狂雨吵醒的她,在凉凉的感觉中再也睡不着了。她扭开电灯来读着小说,可是砰急的雨声总把她的注意力扰乱。放下书本,她转过身来,看着睡在床里边的表姐正死人般醉卧着,身子紧紧的卷在洋毡里。

表姊的名字叫李碧君,是个年纪已有十九岁的、温存的城内姑娘。她整天不大开口,只有默默地做着很精致的活计和看些才子佳人的弹词。

她也是在十岁时便死了父亲,跟着母亲祖母们寂静的过活着。今年已定了夫家了。未婚夫是个中学生,硬迫碧君的母亲要给她入学,不然他就要提出异议。慌得一无所知的大妗母忙把女儿送到 A 市姑娘家来。

芷青想,表姊真有些傻气呢!那天因为母亲和大妗母诉说她未婚夫强迫她入学校的事,她竟自哭了!还说她一定不入学校里,她看不惯那些聪明伶俐的 A 市女学生,她不敢入校里与她们为伍!

——她还不晓得入学的必要吧?也不晓得学校的群众生活,比在家里蜷伏着快活得许多吧?她这样想了时,不觉暗笑表姊的没见识。

——听说她丈夫是个中学生,但不知是怎样的一个人?她这样衣饰不会时髦,思想落后的女子,怕将来难合他的意吧?!……她由表姊的未婚夫联想到那个在礼拜堂里向她传情的男学生,更由他联想起宋师玉来!她像给下意识冲动般跳起身子,从箱子里把他的来信拿出来读着。

——他这个时候一定在南洋了,在异国了,远了!远了!……他还念着我么?……自己分明太对不住他了……呵呵!

但是……!近来很容易便流下的眼泪又掉在她两颊上,掉在枕上!

——虽然自己太没勇气，但亦是事势使然的，你莫怨我呀！……她感到自己心理矛盾的苦闷！

她反复着流泪到天亮。睁开涩滞的眼睛看时，雨后灰色的天空，像要压下来般浮现在窗外。

吃了早饭，她无情无绪地凭栏望着渐渐不断的雨丝，心里的纷茫迷乱正像它一般无从排遣，园里那株白蔷薇花，一朵朵都给雨点打得翻不过身来；那角落的芭蕉叶，却青阔得可爱可怜！

"这样的雨天，她们怕不来补习吧？"她像叹气般说着。回头望那沉寂的表姊，正默默地低头绣着红艳的花朵。娘呢，在厅上喃喃地念佛。

"表姊，不要用功了，天气这样暗沉沉的，可不要看坏了眼睛啦！"

"横竖都是没事做的。亦不见得如何黑暗哩。"表姊静穆的脸上浮出一丝笑意。

"她们不来了吧？鸥姊亦没来？！"

"……"

"……"

"砰，砰……"她听着有打门的声音，小婢慌忙跑下楼去开门。她由楼上望见许女士撑着雨珠点滴的伞儿闪入门来。

"啊哟，鸥姊！这样的雨，我以为不来了哩！……"她和表姊都跑到楼梯迎接她。

"雨中跑路才觉有趣哩！……"近来脸仁老是浮现着沉黯的色彩，不是从前般有生气的许女士，淋得通身都湿透了！裙子上也给溅上许多污泥！她像跑了许多路程般，很疲倦地颓然坐在椅子上苦笑着。

"这时外面的雨不很大吧？你怎会给淋得这样湿？"芷青忙跑去箱子里拿衣服来给她换上。

"不用换，就这样等它自己干吧！……我自早上六点多钟跑到现在，怕有三点钟了吧！？"

"怎好不换呢？湿衣穿了会生病的……
你到朋友那儿去么？"

"不妨的，生病也好，不想换！"许女士的性格有时就很神秘，惹得碧君时时怀疑着她。

"外衣不换就换衬衣吧！都湿透了！还不快点！"芷青很诚恳地催她换。

勉强换了衣服后的许女士，只默默的坐着，不像从前那样的谈吐风生了。她把怀里一卷书信似的东西摸出来，静静地看着，有时皱眉，有时微笑！

芷青不敢站近去看它里面是说些什么，她只问："鸥姊，你看什么呢？"

"是信，朋友寄的。"

——她的那一个朋友呢？也时时都有这么大的一束书信寄给她？怕不是情书么？……她想到这里，不觉心上跳动起来！

——她定有了爱人啦！她的男同学男教员那末多。……而且她的才名在A市方面是谁都晓得的，定有很多人向她求爱吧？

……自己将来到W校读书，又不知会遇到怎么样的男性呢!?……她呆呆地痴想，想得自己有些不好意思！偷眼看表姊时，她正低头绣着花儿呢。

——她有学校，亦有家里，怎么通信要向我这里转交呢？……她又想起许女士近来有些信由她代为转收。像很秘密般，时时嘱吩自己不要给大奶奶知道，我要好好地为她代收，待她来时交还她。

——她一定是在爱河里沉溺的！真可羡慕啊！……师玉的幻象浮上她的心头。她想到自己不完整的恋爱时，眼泪快要滴下了！连忙跑到走栏上去。

浣玉和如容终于没有来，许女士只教了碧君些功课和教芷青一些故诗。

许女士很爱芷青的对文学有嗜好，有点天才，她时时把一些文学的书籍借给她看，亦时时讲些关于文艺的谈论给她听。

雨一直下到下午才停止了，灰黯的天空透露出一些晴意来。

她不给许女士回家，要她晚上宿在这里谈谈。她略一踌躇后便答应了。不知为了什么？许女士近来觉得对俗气满身的父亲，和只晓得每个早上机械地到机关办事去的哥哥都特别讨厌！妈妈呢！亦不是从前般可亲了！

芷青和她在家园里踱着，草地上的水珠湿透了她们的鞋儿。阳光像一丝丝般，从云里透射出来，照得因风摇动的荷叶上的雨珠，滚来滚去地闪闪耀眼。

"啊！这朵白莲花真可爱！折下来给我转送给朋友好么？……"许女士拍着手说。

"你喜欢就折下吧！送给哪个朋友呢？"

"……"许女士默默地敛了笑容，忧郁地对着它若有所思！

十二

空前的'五卅'惨案的消息在沪上传到A市来后，这几天革命的空气真是弥漫了全市了！

全市的比较有些知识的民众都紧张着！尤其激昂奋发的便是年来处于军阀压迫之下，不敢喘息，而现在挥扬着青天白日旗，热烈地从事革命工作的青年学生了！

芷青自昨天不见许女士来教她们，又听了外面那种骚动的情形，更加骇怪起来！有了平时对时局全不关心，看报只看第三版和报屁股的女学生们的通病的她，只担心着是政局有什么变动！更吓得毫无见识的大奶奶取闭关主义，关起门来不肯给国贤到邻家玩去！

"我们中国的学生和工人，在上海给英国人开枪打死，死了百多人哩！说是因为演说致祸的！你知道么？……"如容一入门来就向她这样说。

"阿弥陀佛！………怎么会死掉这么多性命呢？……唉！……"大奶奶两肩一抽搐的，连忙宣起佛号来。

"有这样的事?!……呵！现在怎样对付英国人呢？"芷青也吓了一跳！

"打仗是干不来的！你想我们这个老中国，挡得住他们洋鬼子的新式枪炮吗？……"给教会学校所宣传过来的中国学生，只知道外国人的神圣不可侵犯，没有所谓反抗的！

"那末，就这样的白白给他们杀掉，不想一些抵抗的法子吗？"

"想是想的。现在各界不是都组织了什么外交后援会，宣传队，英日经济绝交会吗？不过眼看又要像'五四'那时般，查劣货查得发大财来！哼！结局呢，还不是以不了了之？……发财得名的去了，死的算是白死了！你看政府能干涉得好效果出来么？尤其是这样的民众，真是 G 姑娘说的：'你们中国人只有三分钟热度'！能够坚持，努力么？大家借此出出风头，赚几个钱也就算了。"一知半解的如容总算比小姐式的芷青有见识一点，她亦会发这样对时局不平的牢骚，惹得大奶奶只是念着佛号，芷青只是摇头！

"那末，在 A 市没有什么变故罢？真把娘和我担心得很！昨天听绛桃说，街上一阵子尽是些学生和工人，撑着旗在喊说杀死人呢！真摸不着头脑，以为是打仗呢！下午又听着外面呐喊着，打鼓敲锣，真不知是为了什么！……"她说到这里笑出来了！"娘还预备着要回乡里去呢，东西看看，就要收拾起来了，如果不是你到来……"她说后全室都笑了。

"可不是？阿弥陀佛！现在的天年不好，动不动就人命交关，……不是容姑娘你有消息，我只得使人问我的弟弟去呢。"

"娘总是不肯给人家到街上去的，困守在屋里，连外间翻了天都不明白哩！"

"真的，往外面多逛逛就多见识见识啦！"

"呵哟！读了书就想逛街了，不逛街就和我淘气，真和弟弟一般！"大奶奶笑着。

"玉姊怎不和你一道来？"

"她病呢！叫我们尽读下去，不用等她。……鸥姊呢？亦没来？"

"她又不知道为了什么事？昨天就没有来了！"

冯铿

"我们一同找她去吧！顺便看看街上的情形。"她邀如容一同出街。

"等多几天不好么？街上热哄哄的，看吓着啦！真是淘气。"大奶奶只摇着头。

她叫绛桃把辫子另编后，轻轻地搽上一层薄粉，再把剪刀把额前的留海掠齐着。爱美的她，每次出街总是这样耽耽搁搁地修饰。

换好了衣裙，她再在照身镜里照了几照。自己觉得今天这套淡碧色的纱衫裙，配上了白色的花边真合自己的丰韵！

自学校放假后还不曾出过街的她，今天很高兴地在镜里把自己照了又照！

"真是美人儿啦！不怪人家说你美，连我都给你迷醉了！……"站在旁边看她修饰的如容看得呆了，不觉赞叹起来！

"烂你的嘴！谁说我呢？"她感到可夸地笑着。拿了柄淡红色的阳遮在手里。

"有人说就是了。走罢！"

"不，你不说出议论我的人的姓名来时，我不和你去了。"自己略有可以抱负色艺，自己就越喜欢听人家的称赞——尤其是和异性交际很少的她。

"我的四哥哥。你不要生气！……"如容很狡猾地笑着。

"呵哟！他怎会知道我……？"她不觉脸上罩了一层红晕，要想问她个彻底，但又不好意思说出来！

"怎会不知道？你的艳名全Ａ市谁都知道的！嘻嘻！……"如容像洞悉她的心理般，专要和她开玩笑。

"你这个鬼头！说话总是不老实的！……"她把伞柄敲着她的肩。她俩一同出门去了。

"同你讲罢：有一次星期日，我们由校里排着队跑到礼拜堂，在路上给我哥哥遇见了。"如容敛了笑容很正经地说。

"他怎么就在人丛中看见我呢？"她竭力在追想着是那一次，晤着那一样的男性？

"你不是和我同列吗？他就看见了。"

"他怎样说我呢？……"她忸怩地问。

"他说你在女学生中算顶漂亮的，真美丽！……呵呵！前面不是来了一列宣传队吗？你看，都是学生呢！他们要停住在这条街的角落演讲呀！……"如容的谈话给那班迎面而来的宣传队打断了。接着她俩看见一大群小孩子和些闲什人等热哄哄地跟来了，把他们——宣传队——围拢成个圆圈子。

"啊哟！这面溅满了血痕的旗子！……"她忙拉了如容从观众中退开来！

"不是血呢，是红墨水呀！上面还写着'五卅'惨案的字样呢。"如容从

149

宣传队员手里要了一纸传单，一面和芷青看着一面跑着。

街上贴满了五花六色的标语，亦有许多绘着同胞给帝国主义者惨杀压迫等讽刺图画。芷青觉得路人们都很注意地向她们观望，亦有许多女学生在分散传单。

她俩跑到许女士的门口来时，两只手握满各个团体所发给的传单了——都是对这惨杀案件宣传的。

许女士没有在家。她母亲说，她自前天下午便有很多同学来叫她去商议什么事情。这两天是自早至晚才回来的。又说她怕要到邻近A市的各县宣传，不知已经去了么？

她俩再跑出街上来时，这滨海的风雨无常的A市忽然潇潇地下起雨来！

"啊哟，这柄阳遮是遮不得雨的！我们坐车子回去吧！"她撑着伞儿向如容说。

十三

她终于敌不住好奇心——想看看称赞自己是美人的那个男性的好奇心，和经了如容再三的劝挽，说是避雨儿，一同弯入邻近的一条街上了！

"这一间就是我的家门了！"走没有两三步，如容指着一座洋房式的屋子和她说，她不觉便心里跳动起来！

如容的哥哥华大少爷是军阀时期的一个第六七等军官，也曾做过一次县长。却因为刮钱刮得太于厉害了，曾坐过一次短期监狱——但真正受罪的内幕却还是因为他诱拐一个卷逃的某军官的姨太。

自青天白日的旗帜飘扬于A市之后，他便从军政舞台的脚沿上跌了下来，赋闲在家了！但因他是惯于交结富翁官僚们，和能够靠着赌钱为主的赌客，他还饱食暖衣的享受着A市第二阶级的生活程度过日子。

他还有两个干着和自己同样职业的弟弟，和一个快要跟上自己一样的小弟华四少爷。此外他的母亲，妻妾……都是他一般，以赌为活的。

芷青才踏上楼上的客厅时，眼帘所接触的是一群服装妖艳的男女，围坐在八仙桌子上打麻雀。地下却铺了一层瓜子皮和香烟屁股。

她再看见一个小白脸的头发梳得光滑阴阴的青年，他站起来在向自己行着礼。

她不知所措的对他点了点头，心里又羞又急的在躲避着众人的视线。

经了如容的介绍之后，这小白脸又重新向她鞠了个很深很深的躬。他离开八仙桌的主位走出来。

冯 铿

华四少——K省的方言总把少爷两个字简称说"少"的——是个克承兄业的令弟。今年只有十九岁的年纪，就会选色征歌，应酬赌博，整日和一班浮夸少年在跟随女学生，批评戏子了。

他亦曾进过几年学校。《红楼梦》之类的小说他也会爱不厌读；半通不通的情书也曾经写过好几次……他是个有着风流才子的自负的少爷。

他叫了他人代他入局之后，面对面地同她坐着。尽向她问长问短，谈东谈西，言语之间，还加上些肉麻的词典。

"听舍妹说，女士是个咏絮的才女，真使鄙人佩服极了！女士的令椿萱都还健茂的吧？"他已从妹妹口里探悉她的身世，亦知道她是富翁郑和爷的孙女了，眼前的清丽的黛玉式的佳人，尤其会使他神魂颠倒。

她只局促地勉强回答着。那一群狂放的男女的纵乐的声音和举动，尤使生小纯洁的她感到心跳和脸红地不安！她悔自己太于孟浪了！自己不应该轻易来这样的地方的！她由此才知道了如容的家庭状况，她的热闹的和自己的寂静的恰成个反比例。但这样富于激刺性的家庭又像对她有所吸引，此来亦不算全没有意义吧!？

"请烟！女士！"堆满了青春的笑脸的华四少，亲燃好了一根火柴，抽出一条 three castle 的香烟送到她面前来。

"不，不敢当，我没有吸烟的！……"她感到心里一阵悸动，两手亦颤着，只站起身来摇着头儿，华四少的尖尖的手指白嫩得如同女人一般，右手的一只指上还套着只嵌有碧玉的戒指。

"不要客气，女士同学的家里就是自己家里一样的，哈哈！"他还不把火柴和纸烟收回来，火柴看看就要燃烬了！

"她不吸烟的，拿来给我罢！"如容忙代她解围。

"那末，女士请恕我！哈哈！本来当学生时代是不该吸烟的，女士真善于卫生之道！"他自己另燃上一支纸烟在狂吸。

她恨自己平时太不善于应酬之道了！最普遍不过的纸烟亦不会吸，真不时髦！

接着还吃了几样点心。吃的时候她怕脸上的筋肉伸缩得不好看，只是轻轻地嚼后便囫囵吞下去。

外面的雨不知从什么时候便晴了。踌躇了几次，她终于告辞出来。

临别时华四少鞠躬得差不多头部会碰到门限，他叮嘱再四的请她暇时要多多枉临赐教。

她独自乘着人力车回家来。

微雨初晴的傍晚真是凉快。车子拉过沿海的马路上时，对面K山很苍黛的衬着残阳，它那娇红的色彩，就像这略带兴奋的本来是很白皙的少女的两颊一般。

回到家里，许女士刚在厅上等着她。她低头在写信儿，看她来了，便忙把信笺折好，藏在衣袋里。

"来几久了？鸥姊！我们刚去你家里找你呢！"

"啊哟！我刚来的。这两天把我忙煞了，你们怕等讨厌了吧？对不住！"

接着许女士便把"五卅"惨案的前因后果，原原本本，清清楚楚的讲给她听。"学联会选举执委啦。我们校里占了两位，不幸我便是其中之一！我现在哪有心情去革命，去爱国呢？……真是脱不掉！给他们强迫着！"

许女士再把这两天的行动报告给她，她说："查劣货去哩，发觉那个在政治上演讲得顶激昂慷慨的是什么团体的代表，那个汉子却舞了两次弊，赚了数百元的黑钱！她想提出攻击的，但给同行的几个男同学阻住了，还说她不识时务！"

往街上演说去哩，有了女学生的那一队就有加倍的观众——他们不是来听讲，是为看女学生而来的。结果惹得 纯粹是女生的宣传队不敢出来，要派上几个男生去向观众怒目而视的做她们的保护者。

昨天到 K 县去哩，尤其倒霉！在一处闹着神游的乡里歇了下来，想利用那个戏台上的观众宣传一下。不料刚上台就给观众们鼓噪了下来！说阻碍了他们演戏的时间（他们一年到晚只有乡里演着一两次戏可以享乐），都声势汹汹地几乎用武！后来署长亲带警察来了，才算允许宣传员上台。但听者只有几个好事者流和孩子，其余都走散了。

"你想这般知识毫无的民众心里！唉！……

……这还是怨不得我们，亦可以医治的。顶可恨的就是那班自命为革命分子，知识阶级们啦！这一回，又不知有若干发横财，沽好誉去了！……我真是挣不脱身，和这班人胡闹可倒霉极了！……"许女士对时局和革命是抱着不斗不问的，站在第三者的高蹈派的态度的。

这些话在芷青的脑中，不会发起什么波澜的，她只恍恍惚惚于新的幻象。

许女士还说了几件可笑的资料。她说：她们走到乡里一所学校去宣传时，里面的教员和年岁较大的学生都走得一空！只存着几个小的，都吓得呆了走不动！再三的请了个留着两撇胡子的校董出来，他才说是因连日外间的风声不好，说要捉拿教员和学生，所以见他们来时便一哄逃跑了……！这个乡说是 K 县的大乡，距离 A 市亦不远。不料外间的消息却这样的不灵通，讹传，真是奇怪！

"鸥姊！你以后怕不得空吧？不能够继续教我们怎样好呢？"

冯　铿

"不会的。我真讨厌着这样无聊的工作啦！一定要设法子辞去了职务的。"

十四

中元节后的秋风把残暑吹散了之后，A市各个学校都宣布开学了。痛恨洋鬼子和C教会的大奶奶，也只得由女儿和侄女到W校读书去。

由沉寂不与世争的C教会女学，转到这弥漫着革命空气的男女同校的W校以来，也快满半个月了。新的学校生活所给与她的是兴奋，浪漫，复杂的有生气和多接触的环境。她的心和身都像镇天纷扰着，没有余暇的时间，师玉和四少的幻影，亦无从在她脑子上浮现了。

这W校亦是滨海建筑的，两列楼房很高大的前后对峙。海岸上是一片时有肌肉发达的男学生在耍着球的运动场。

学校的走栏刚面着这运动场。未上课之前和下课后，一群白衣黑裙的女学生总拥挤于走栏上，一面看海，一面看男生们耍球。

这时八月初旬的西风，吹得球场两旁的树木萧萧作响。过午的晒人不十分炎热的秋阳，照着浩浩的海波上闪起银白的小花，更温和地照着这些不知秋之已至的青年男女们的身上。

球场中是一群往来奔跑的男生在耍篮球，一阵阵的欢呼声，冲入高爽的晴空里。

芷青和几个女同学椅着栏杆闲谈。她俯视那个穿着红蓝相间的背心，短裤下露出一双大腿的金焕章——比她高一级的男生——的掷球的姿势，眼睛跟他溜来溜去的溜得有些眼花！

她把眼光转向别外，看见那个姓陈的不知名的男生——在举行全校学生大会中，第一个起来赞成由她当选为执委的满脸长着面疱的高级男生，正站在树荫下张望着她。一手还拿了本像小说的书在装着看。

——这些男生们真可怪！我入学才几天？他们便很熟悉的选举我，尤其是这个人！

……校长亦似乎对我别垂青眼哩！他特地由主席台那边跑下来对我说：你当选成学生会的执委了，从此要替学校努力工作呀！……

她不觉把那一幕记忆追寻起来。

开全体大会的那一天，她跟着同学走入礼堂坐着。没有一刻钟工夫，三百余人的呼吸把那个窄小的礼堂塞得透不过气来。

她渐渐地觉得心里紧张，脸孔涨热的苦闷着！

唱革命歌后，默哀"五卅"殉难烈士的三分钟间，她觉得这沉默里就像C

教会的祈祷时般，个个都张着眼睛向四处观望。头俯得低，眼合得紧的还算是台上那个主席——学生会的领袖施维强。

一个个的男学生很痛快淋漓地演说着，女生却只有许女士一人。接着主席便把暑假以来的重要工作向大众报告。

当主席再三的向大众发问还有什么人要起来发表意见没有的时候，她耳朵里似乎听见"我推请郑芷青同学起来发抒伟论"的声音，不觉心里乱跳起来！她怀疑自己的耳朵听错了！

"赞成……"一阵呼声过后，接着是一阵激人耳膜的鼓掌声。全堂的眼光都投射向她身上去！

她像陷在热病里般纷扰着，不知所措的只紧紧俯着头儿！

掌声渐渐疏落之后，还不见她站起身来！主席便含笑走下台来对她说道："郑同学，众人请你起来发表发表高见呢，你愿么？就要散会了，没多时间呀！"

"我，我没有什么意见！……"她站起来颤声地说。

第二次的掌声再爆发起来，大众又是一阵催促的喧哗。

"不用勉强她了！没有意见是勉强不得的，待下次有机会再请她对我们谈谈吧！"许女士把那些饿犬般想一瞻丰采的，和想捉弄初入学的较有姿色的女学生的男学生们轻轻说住了！

随众人涌出礼堂，她渐渐把脑根清醒之后，她对那个不知姓甚名谁的第一个推举她起来演说的男生，恨又不是爱又不是地看了一眼。听许女士说，他就是著名的好说笑话，好替人家首先发难的吴敬愚。

她那天所以会成为众矢之的的原因，还是为了她那漂亮的衣饰，苗条的身材，和美人式的脸儿。其次是为了星期六那天，她做了一篇列在甲等，压倒全级而受国文教员当众称赞的作文。不过注意她的，多数还是初级部的男学生。高级部的男生呢，历来是假正经的，不大喜欢和下级的女生们接近。

一阵上课的钟声把她从回忆中喊转来，她忙把栏杆上的书本和铅笔拿在手里。再向场上望去时，那些耍球的男生都一面拭汗一面跑回课室去了；浩茫的海波，一阵阵的还尽管碰激着礁石。

这点钟是国文堂——讨厌的国文堂，再下一点钟便是学生会的第三次执委会了。——本来这点钟是英文堂的，可是近来开会的事情比上课更为重要堂皇，就如一个学校，每天亦有许多对内对外的革命工作可以讨论的，所以 也无妨在上课时间举行了。

她想到那男女杂沓，自由谈笑的执委会——令人又兴奋又麻醉的交际会般——就恨时间不跑得快一点！近来她亦大着胆子的和他们纵谈，说着几句时髦的浅薄的革命论调了。不过放弃了一点钟的英文功课亦有点可惜！她想，能够和讨厌的国文堂对调就好了。

低年级的 W 校男生，对于男女同学是常有幼稚的行为的。他们有时把白粉笔在女生的椅子上胡乱画些什么，使她们于不觉中，坐下去就沾污了黑裙子；有时特地找些将坏的椅，脱了它的一只脚，又随便为它装上去，等她们一坐下时，全堂便有笑话可看了！此外他们文雅一点的就是把情书抛在她们的桌子或椅子上，而静观她们拾起来看着时的态度为娱乐。

不过他们到底还是孩童的心理的，遇到上英文算学这些功课，西装革履的拥护女生的教员时，他们便规规矩矩地丝毫不敢放肆了！等到那些戴着古铜边的眼镜的老举人之类的教员来上课时，女生便是他们的玩弄品了！嘻笑之后还可以阅阅小说，打着瞌睡的。

干燥无味的国文讲解既使坐在前列椅子的芷青不能另看别样的书籍，而危机四伏的男生的手段尤使她又气又恨又可笑！——这一点就是她转学以来所最不满意的！

十五

紧接着"五卅"而来的"六二三"沙基惨杀案，又把那将近松弛的人心紧张起来了！——这惨案发生的时间，距离现在虽已有两月，但因近来 A 市方面的政局有些浮动，对方的军阀有来侵犯的谣传，所以对这惨杀没有什么表示。现在政局上已算安稳了，痛定思痛，把大家沉寂的心房又悸动起来！

今天是全市各界对帝国主义的示威运动，同时也是想把那些犹自躲在被窝里般的民众喊醒起来的宣传大会的日子。会场是在 C 海岸的旷地上。

W 校的学生队伍蜿蜒的跑出街口来时，同样在进行着向 C 海岸去的各校学生，也一排排的充满马路上了，其中还有许多工人和店员们的团体。

到了 C 海岸，因为离开会还有许多时间，队长特地吹了散队的口号给他们暂时自由行动。

许女士拉了芷青和如容的手儿，跑开万头攒动的会场，到凉风阵阵的礁石上站着。

身体单薄的芷青，每在几个人以上聚合的场所里，就会神经兴奋，脸部烧热起来的！这时她面着海波，深深地呼吸了几口气之后，回转头去，看见三个两个的同学们，也各成一小组的携手跑到海滨来。没有散队的群众却蠕蠕地在场上蠢动，衣帽都是白色的，看去好像一团蛆虫！喇叭和铜鼓的声音混和着复什的人声，一阵阵送到这里之后，再弥漫着涛声和风声，便轻烟般消失去了，很多面五光十色，形式不同的旗帜，像彩蝶般在人丛中飘扬出来。

"啊哟！你们也晓得跑到这儿来呀！"她对那几个跑向身旁来的男同学笑着说。吴敬愚刚吃着香蕉，他举起手里那几只问她要不要。

"谁喜欢吃！怕不够你自己吃啦！"她看他把一只香蕉撕去了皮，咬第一口已去了一半了，接着第二口便把剩余的都吞下去的粗豪的情形看得呆了！他一连把手里的七只香蕉在一霎时吞得干干净净！

"如容！你看他真像李逵般吃法！"她说。

"这有什么希奇？如果我高兴，也能够一气吃七八只的。"许女士笑着说。

"你的手巾借我拭一下使得吗？"敬愚蹲下去把两手在海里洗着，回头问她。

"使不得的，你的手这么肮脏！"她把眼向他一瞟，但插在衿前的小花巾，却慢慢地解下来。

"让我也拭一下行么？我的掌心里流了许多汗！"陈克生毫不踌躇的跑过来想分余润。

"不，不！谁都不借的！"脸上布满红透的面庞，几只门牙向外的克生的不好看的面子，她特别讨厌他！

"芷青！你瞧那儿不是一个穿着深蓝色的洋服的少年，拿着摄影机瞄准着我们么？"如容遥指着一个男性向她说。

"哪一个？……啊哟！真该死！看不清他的面部呢！我们跑上别处去吧！"无经验的她还不明白恶少年们的把戏，很着急地拉了许女士的手想跑向别个地方去。

"怕什么呢？给他摄了去又怎么样呢？"许女士若无其事地只凝视着海波不动。

"他跑开了，啊哟！原来就是他——那个小白脸高鼻子的他！……"如容像发现了什么，忙叫她要仔细认识。

"真是他啊！你的眼力真好！……"她忆清了，认清那个在礼拜堂中对她意识着的含情送睐，和一星期前又紧紧的跟着她的男学生——至今犹不知他真姓名的男学生。

她再把那天的记忆追想起来：

她和如容两个出街，一路走一面谈着。后来发觉出在不知什么时候，有两个青年学生紧跟着她俩，其中一个便是他。

她俩特地转了几个弯子，回头看时，他俩亦不即不离地跟着。

在几个公司里买了许多东西，她俩走入书店来了。大廉价的书店里挤满了顾客，她的眼光给柜里许多花花绿绿的新小说吸住了，把开着的手提袋放在书柜上。

等到她俩走回校里,她再回头去时,还看见他们两个在后面追随着,倒把她吓得慌了,和如容赶快地跑着!

到了明天上课时,从芷青的历史课本里忽然掉落一封用自来水笔写着的红色信封的短简,里面说自睹芳容,一见倾心,际兹社交公开时代,极愿与女士结为朋友,互相研究学问……!这类的话,还附上××中学的通信处,但却没有名字。由这××中学的校名看来,他已经不在C教会办的男校里读书了,也和她一般的转学了。

"他还时时掉转头来看你呢!"如容的这句话把她的追忆打断了。

"看你才是真的!"她不好意思地说着。穿了时装洋服的他,略有些轻佻的美少年的态度。

"啊!那个姓宋的你们也认得他吗?"她俩的神情似乎给敬愚猜透了,他笑笑地问她。

"你认得的么?叫宋什么呢?"她急于要知道他的一切,连忙着问。

"在外面开会的时候常晤到他的,他是×校的代表,不过名字却忘记了。这人很喜欢追逐女学生的!……告诉我,你们怎会认得他?"敬愚露出一脸的嬉笑,他像全部都明白了般。

"谁认得他啦!"她红了脸的回转身子不理他,如容却抿着嘴笑着。

——姓宋的,……啊,这儿就是C海岸呀!……那天宋先生不知在这里如何苦闷地等着我呢?呀!……久已不尝光顾的幻象又在脑里浮动起来,她望着海面那只汽船,不觉凄怅不堪!

队长吹着归队的口笛了后,她站在队里足足过了点多钟,主席台上还不见动静!今天里很猛烈的太阳高高地晒着,闷热的人丛中几乎透不过气来!腿儿酸了,喉里干燥,头也晕着了!

"队长真能干呀!还没有开会,叫我们来站在这里闷死吗?"她愤愤地质问着维强。

"怨得我么?开会的时间早过了点多钟了!因为等着政治部的代表来参加啦!难道可以等他来了才召集同学们归队吗?"

"做了政治人员还这么不守开会时间,真岂有此理!"许女士索性在人丛中坐在草地上去。

"来了,来了!就要开会了!"维强在人丛中钻了出来了。她看见一部耀眼的汽车,载着一个军服的男人和一个时髦的女人在群众让开的一条隙地中驶进来后,他俩便走上台上去了。因为W校的队伍刚列在台前,芷青很清楚地看见那女人手上拿着一只很流行的修容盒子。

台上宣布开会了，到了演讲的时候，这穿军服的男人很慷慨激越地演说着，接着便是这女人了。据认得的男同学说她是这官长的夫人——会唱曲，会扮戏，会跳舞又会做妇女运动的新式夫人。

她一演说完就有三分钟不绝的鼓掌声连珠般响着，在掌声中她已给那官长挽着手，走下台来乘汽车回去了。

芷青站着，站着，到近午时真辛苦极了！肚子也看看饿了。太阳给云翳遮盖了去，郁热中似乎要下雨一般。但台上那些A市的要人们，还一个个的继续着演讲。场中的群众都厌倦了，几乎没有一个人在注意听他们的伟论，只是私下谈着话。

十二点了，一点了！等到他们把议论发抒完了的时候，已经是午后的两点多钟了。高呼了散会的口号后还要巡行，她的两条失了感觉的腿儿，很辛苦地抬着就要倒下去的身体，跟着群众一步步的搬运着！

走过几座外国人的洋行以及私宅的面前时，群众便很兴奋的高呼着"打倒帝国主义"等口号，有的却喊得连身子都跳跃起来！可是楼上那些外国人，都像看孩子玩耍般，倚在楼窗上一面笑谈一面观看。

——谁叫你要受这样的苦呢？好好地在校里读书还嫌没事做吗？……她想起早间娘说的话来，她觉得这样牺牲了各个人的精神和时间，究竟有什么意义呢？

逛了两条马路了。她顶讨厌的走向些闹热的街上去时，那些商店里的店员们对女学生的不好听的批评。

雨忽然下着了，但只有几滴就没有了。辛辣的土地的气息很难闻的扑向鼻上，她像恶寒般打了几个喷嚏！

第二次的大雨真的潇潇下着了！

进行着的各队伍哗然的紊乱了，但几个热血的青年却大声疾呼着"牺牲身体，表示精神"的伟大口号。群众只得寂静一点，冒雨前行了。

雨越下越大，到后来连步道上看热闹的人们都没有了。但那些热血沸腾的青年们的激越的呼号声，还在嘈什的雨声中振荡着。

十六

因这一次的巡行，她病倒在家里十多天了！有吸引性的学校使她不会安宁的静躲在床上，只很苦闷地挨着时日。

今天她的精神很觉爽适，病是完全痊好了。她一早就怀着满腔高兴的心情跑向学校里去。

冯铿

别才两星期,校里就有很多新鲜的消息了;平时厮混惯了的几个男生,也像生疏了许多般,她娇怯怯地和他们寒暄着。

"芷青,你恢复了健康了么?我们真挂念你……"圆圆的白脸孔,轻易就会染上一阵红晕的,有着女性化的表情,和喜欢看些文艺书籍的初中三年级生白其宁——平时很蒙她的青睐的男生,走上来对她说。

"谢谢你,谢谢你们!……"她向他看了一眼,略觉不好意思地说。

"芷青!让我报告你一件新消息吧!关于你身上的!"敬愚笑着说。

"啊哟!关于我身上的?是什么呢?"

"第四次执委会举出六个对外的全权代表哩,你便是其中之一。"其宁抢着说了。

"就在今天下午,你和其宁恰巧轮值着到 A 市的学联会出席去!……恰巧是你们俩!……"敬愚嘻嘻地笑了。

"谁要担当这样的责务!……"她和其宁都给敬愚笑得红了脸。W 校的学生们有一个共通点,他们老发觉出同学中的一男一女稍有接近,有情投意合的嫌疑时,他们便一定要举出他俩来担任着同样的职务。

下午四点钟,其宁穿了很整齐的制服,到休憩所来找她一同去。

是中秋节后了,但 A 市这几天来的气候还炎热得很。他俩在马路上一前一后的行进了一段路,他忽转过脸来叫她拐向弯角上走去。

"不是在××路的尽头么?怎么要转弯?"

"这里静一点哩。你瞧那马路上的扬尘不是很讨厌的吗?"他的步伐渐渐放松了,和她慢慢地并肩走着。

——这是我第一次和男人并肩跑路呀!……那些路人们会疑我俩是一对恋爱之侣吧?!她的呼吸有些急促了,有些心怯又有些快感的让他挤近自己身旁来!

年纪比她还少一岁的其宁,亦又惊又爱的只是不敢开口,也不敢看着她,默默地靠近她走着。

再转一个弯,一面很大的牌匾赫然在目,目的地已经到了。

走入大门,她望见会场上阒无一人,只有一对制服不同的男女学生,在走廊下面很亲密地聚谈着。签名处也没有一人,她和其宁便在会场里坐下来。

"怎么呢?这时刚刚四点钟了还没有人来?"她脑里幻想着的一群男女喧哗拥挤着的会场却只是清冷的空厅子,她看手上的表儿恰巧是到了开会的时间了。

"哈哈!你瞧这壁上的挂钟,此刻只有三点二十五分钟啦!离开会的时间还很远哩!我们算顶早到的。"

"这挂钟是坏了吧！哈哈！……我们早，他们才早哩！"她指着那对谈兴正浓的男女笑着说。"你知道他俩是什么学校的？"

"不晓得。不过女的梳着这样的髻儿，不编辫子，怕是C女中的吧！"

"啊哟！你们男人亦会注意到女人的发髻上吗？……"她说后掩着嘴笑了。看他孩子似的小圆脸上渐渐泛出的红晕真是可爱——自己可以居在主动的地位来爱他，不像对别的男性般，自己处于被动的地位给爱着哪！她想。

挂钟已经敲了四下了，零零落落地也来了三五个各校的代表；他们都是一对对的男女，并着肩喁喁地细语着。夕阳渐渐斜向屋角上去了，草地上的凉风，把一天的闷热次第驱了去。她和其宁也走到外面来。

"怎么此刻还只有寥寥的几个人呢？怕就照着这挂钟的时间吧，怕到五点钟还不见开会吧！"她觉得这情形真滑稽透了。能守时间的男女却是想借此聚谈着的。

又过了半点钟了，草地上已挤满了很多男学生，也有许多白衣黑裙的女生点缀着。他（她）们都毫没客气地谈笑着，玩耍着，把她看得呆了！她和他站在草地上的角落，俩的自由都像给他们限制了般，觉得不能和他们同样的活泼伶俐，倒不如沉默的装成"不与众偶"的更佳。

"我们到会场上去吧！时间快到了。"她向其宁说着。越久越多的群众的眼光都好像对她俩嘲笑，轻视般！她觉得幼稚的他在这个时候真没中用，不能够做她的保护者。

等到主任说不能再延，摇铃开会的时候，那个挂钟已经打五点钟了。

堂堂的全市的学生代表的言论和行为原来是如许浅薄，对革命的见解也像自己般可说是盲目的！她感到重大的失望了。她想这样的盛会不是和缩小范围的学校里的开会时一般，只有无聊和胡闹?！她看着每同一派的几个学校的代表，都坐拢在接近的椅子上；几个人喁喁细商之后，其中便有一个站起来说话——只有闹意气的话。有些女学生，也同样的和他们头儿碰在一起，半商量半说笑的密语着。会场上的人声渐渐喧哗起来了，那个莺声燕语的女主席好几次发着娇嗔，也不能把他们的喁语肃静下去！

她和其宁也渐渐地闲谈起来，忘记是在开会，更忘记他们在争论着什么问题了！

"喂！W校的代表！请你这位一同去××政治部请愿去啦！"她正和他低着头在议论校里那个理科教员，猛抬头时，原来那个娇声的女主席走下台来提高声调在和她说话。

她茫然地不知要怎样答应，只看着同样慌张着的其宁的脸孔。

"你的贵姓名叫什么？"主席轻蔑地笑着，芷青觉得全场的喁语都停止了，

冯 铿

他们把眼光投射向自己身上来。

"郑芷青。……做什么代表去呢?"她鼓着勇气地站起来。

"开会开得连议决案都不知道吗?"主席半恼半蔑视地眰了她一眼。"我们表决在这个时候,派出六个代表到××部请愿,要求部长立即批准帮助学生救国团的经费。你给举出了,这时就要去的。"主席说完冷笑地走上台上了。芷青想,同性的女学生真比异性的男生更其轻侮自己,看她好像含了一肚皮的莫名的妒愤般。

无可如何地,她涨红了脸离开其宁了! 走出场外,她看着五个在等她同去的男女代表中,一个就是屡次对自己有意的宋某!

——没怪自己会给他们推举着,一定是他提议的! ……她感到一阵强烈的悸动! 看他已走向前来向自己招呼了。

"郑女士,我们不是从前都认识的么? 哈哈! 今天有幸得很! 我们一道去罢!"他不客气地挤近她的身边来! 忙把帽子脱去了,还行了个最敬礼。

"啊! ……",她本能地退缩了几步,红了脸和他点头。她想,自己这不大方的态度一定会给他和同行者所轻视了吧!

坐着人力车到××部,在客室里等候部长时,他把一张印着"宋慕文"三个字的名片递过来给她,她亦大着胆子地和他应答着。

等了二三十分钟. 秘书长出来了。他说部长没有空,等下次再来。他们只得扫兴回来。

"就是这个报告着晤不到××部长的男学生!"她指着宋慕文笑地,有些夸傲地给其宁看。他却幽怨地看了她一眼。

会场里的电灯发光了。灯光下群众喧杂的情调为她所未曾经过,她忘记了念着佛等她回去的母亲,也忘了自己肚子里的饥饿,很纯熟地和邻座的男女学生谈论起来了。

一直到八点多钟才散了会,在满街灯火的马路上,她和其宁分别了后便坐着车子回家去。

十七

重阳节过去了,"已凉天气末寒时"正适合岭南的十月初天气哩。久静思动的 W 校学生,表决在明天起作分组旅行,吸吸城乡的新鲜空气。

每组都是学生们——男女生自由结合的。她和许女士,如容和其宁,敬愚等组成一组之外,还加上了维强等好多个高初级的男女生。这一组算很热闹了。有十五个男生和六七个女生。她(他)们的目的地是 A 城——距 A 市只有二十分钟左右的海程。

　　天还没有亮时她就从薄睡中醒来了！因为辗转了一宵没有睡熟，两只眼皮似乎增加了许多重量，勉强睁开眼来向窗外望去时，灰黑的天空才微微地吐出一丝白意。厅上的自鸣钟恰巧敲了四下，但她急忙忙地跳下床来。

　　由人力车上跳下来时，出她不意地是学校的大门口还紧紧的向内锁着！她想，学校的当局方面真好笑，每晚上这样的把大门锁到天亮又有什么用呢？听说他们寄宿的男生，每晚都有本事到外面冶游去哩！

　　叫喊了许久，门房才张着诧异的眼光，从床上跳下来开了门。

　　她独在走栏上面海站着，一轮血红的大日头，从海天尽处慢慢地升起来。笼着晓雾的海面上只有白茫茫的一大片。

　　"啊哟！真好看啦！"她本能地向太阳赞美着。倚着栏杆默默地听听球场上的鸟声，看看变幻的朝霞，心里悠悠地想着近在咫尺的其宁。

　　小春天气，欲寒未寒的晴朗的早晨，Ｗ校的旅行组向附近百余里内的各城乡进发了。激越的喇叭声，把充满青春的愉快的男女的热情，一同吹将出来。

　　七点钟的时候，她们这组旅行队到码头来了。冷清清的码头上给她们以重大的打击，第一次的早轮是开去了！第二次的要等到午前十一时才能够开驶。——Ａ市和Ａ城的交通只有这两三只小汽船往来着。

　　"那么，我就不去了！谁耐烦在这儿空等几个钟头？"许女士像巴不得回去般，第一个扭转身子去。接着也有些同学说扫了兴，不想去了。

　　"一定要去的，你们不用慌，等我和里面的总办磋商一下！"组长维强忙跑向汽船公司的办事室里去。

　　"有了船了，专载我们去的！"隔不上五分钟，他们满面堆着笑地跑了出来，把手儿向他们招着。"哈哈！我们胜利呀！"他说，他把印着"外交后援会"等类的头衔的名片递给了总办，又和他说我们是负有××会的使命，到Ａ城去宣传革命的工作的。他只得唯唯答应，特地叫司机的开了一只小一点的，平时不大行驶的汽船给我们。

　　"没怪你们要抛弃了功课，整天为革命而奔走，真奔走得有切实用呀！"她看维强这样意气扬扬的态度有点可羡亦有点可鄙！

　　小汽船转动着轮轴了。因为水浅不能靠岸，几个工人把一条木板架着岸和船沿，同学们都连跳带走的落下船里了。她跟着站上木板去时，下望沙渚上积着污秽的废物，还罩上一层深绿色的泥水。木板离下面足有尺儿高，她不觉两腿一阵悸萎，举不得步了。

　　"怎么，还不下来么？"许女士在船里向她招手。

"啊哟！你还不下来？"船里的人都在催促她。

"我，我不下去了！我的……"她再从木板上下望，忽然梦景涌上眼前，她又急又怕的几乎掩面哭着！"我不去了！……"那一次在海里挣扎着向宋先生求救的情景，把她袭击得落下泪来！

"其宁，你不会上去把她拉下来么？"同学们都诧愕起来，有的叫其宁上去拉她，但软弱的他委实没勇气再走上这木板去！只仓皇地踌躇着。

"等我上去吧！"维强走上木板去。

"不，我不要过去！……"她像小孩般哭着！但他像负重一般，三两步硬把她拉过来了！

"好了！好了！"他们是一阵笑声。

她从昏迷里清醒过来，船身已经微微地震动着开行了。她觉得背上一层腻汗，很讨厌地贴住衬衣；给海面上的风儿吹来，又似有冷意！再想到自己顷间的情形，她不好意思地红了脸了，那只给维强紧紧拉着的手儿，也似乎有些特异的新鲜的感觉！

"怎么这样神经质的，早间像孩子般落眼泪呢？你站起来眺望这海景！"许女士像抚慰般地拍着她的肩膀，她偷眼望着他们，都很热狂地在欣赏着海景。

她跟许女士向船窗外望去。澄碧的天空和珠红的海波，同样的向无限伸展着。Ａ市已差不多看不见了，只有那粒小得像棋子般大小的Ａ市贮水池，还隐隐约约的浮现着。几只雪白的海鸥点缀在青天绛海之间。右面一带忽高忽低的屏山，在眼前起伏的飞过。……这寥廓的天空，这滔滔的海水，还有已凉不冷的南海的轻风，悠然地拂着人额前的短发和衣袖。这萧爽的情调，把她早间昏扰不安的心情渐次平定下去了，身上也觉轻快了许多。

十八

由码头通至Ａ城里的官道上，两旁几株柳树都呈现着零落的气象。似乎要告诉道上的行人："南国的残秋消失去了"！由柳树隙望去，两旁的田野都长满着金黄的禾穗，翻起阵阵金波，当晓风把它吹拂着的时候。初冬的丽日温和从前画那些柿树梢，斜照在这蜿蜒的官道上，田野里的稻香，带着泥土的气息，一阵阵似有似无的蒸发出来，含着许多使人沉醉的力！Ａ城的名胜北岩和西岩，就在这官道的两旁的乱山中。还有有名的文星塔，任凭行人怎样转弯抹角，老是浮现眼前的。

两年来住在Ａ市的烦嚣里的她，眼前的景物特别地对她吸引着。眼前只有光明，只有灿烂！她们的娇脆的笑语声，时时引得弯着身子在田里刈草的农人们的抬头骇视。

转入城里了。恶浊的空气，狭小污秽的市街闯进眼前来！她不觉皱了眉，叫认得路的维强另拣旷野的地方走。

在路上他们一面说笑一面买水果吃。男生们的背肩上手上都负着皮袋，热水筒，香蕉等东西，女生们却空手走着，不愿分担义务。她想女人到处都是受男性们欢迎和同情着的，看他们那累赘的情形——替女生拿东西的情形真有些可怜！他们真是何苦来呢！

"我可累死了！跑不得了！休息一会再走吧！"他们走到了一所古庙面前，敬愚把肩上负着的一束甘蔗，和手里撑着的一面旅行旗放了下来，坐在石阶上。

"你瞧！文星塔不是很近了吗？再走一条小巷就到了。"维强催促他起来。

"走罢！这些老妇人真讨厌！"她看见庙里一些善男信女们，手里拿着一束香都走出来观望，还对着几个女生不住地批评。

"比得上你们么？你们喉干了会一段段的来向我肩上要，可知道人家的肩上酸得要命么？"敬愚勉强把身子抬上来。

他们跑到文星塔前面了。这塔是在衙署前，四面都环着一围短墙，围里有许多卖什食的小店。塔身的黝黑的石塔砖，表明着它有多年的历史——据说有三百多年了。一共有十五层的高度。在下面望上去，老觉得它有些要倾斜下来的姿势！神经质的她，走到第三层就不敢再上去了，又累又怕地喘着！

同学们都奋勇先登地上去了，结局只存她一个在下面，她只得提起精神跟其宁爬上去。

渐高渐缩小的塔身，到第六层已经没有窗子；没有走栏了。石塔中充满阴森的气象；在黑魆魆里只有摸索着。她的手儿不知在什么时候给其宁紧紧地握住了！他俩的心儿都紧张着，静听着上面他们越走越远的足音。

"不要上去了，其宁！我怕着呢！我们走下去吧！"她的右手偶而触到冰冷的石壁，不觉一阵战慄地几乎就势倒在他的怀里！

"我亦有点怕呢！"他在拼命地紧握着她的纤手，一同走下来。

"好了，这儿有窗子，亮得多呢。"在薄暗的阳光中，在幽凉的古塔里，她望着他那圆白的脸儿燃烧着爱的热火来！她想，自己会和他在这样的情景里相对着真是小说样的遭逢！他能够在这个时候抱着自己——紧紧地拥抱着自己，以后便可以和他成为爱侣了！但孩子般的其宁总没有勇气，正和她的好几次想自动地揽着他的肩膀而终于失败一样，他俩只有默默地对视着。

"其宁！……"她颤动地喊了这样的一声，听见上面嘈什的足音像逐渐传下来，忙紧紧地把对方的手儿紧捏了一下，便挣脱了。

"我们再走到下面去吧！"望着上面射下来的手电灯光，知道他们就要下来了。自己和他在这样的阴暗里相对着，给他们知道了是不好意思的！

"你们跑到最高层吗？"她伏在第三层的栏上，假装着俯瞰下面的景物。但他们都玩得兴奋了，没有注意到他俩的表情。

"真高兴！你瞧我好脚力！一直走上最高层去，谁都赶不上！"敬愚一面捶腿一面说。

"不怕羞！还夸口吗？是他走前面的，突然惊喊起来，说前面有鬼啦！连手里的电灯都滑溜下来！还是焕章上去的！还不羞！哈哈！"如容和一个女同学叫文蕙的争着说后，大家都哄笑了！

"不要和你们争论，肚子饿了呢！组长，你说要买什么东西吃？"敬愚说后伸手向维强要钱。

"随各人的便吧！我要吃红薯汤——A城有名的出产品。"许女士说。

他们走到下面来了。一面捶着腿一面一碗一碗地捧来给女生们的还是敬愚和一个小孩子的一年级生。

"啊哟！不好吃，甜得怕人！"她夹起一块红薯来，咬了一半就吃不下去。

"真是小姐！红薯的田土风味你真地不会尝。"许女士笑着，一块块地吞下去。

"有鸡丝面么？"她皱着眉看他们在吃着像箸子般粗大的面。

"哈哈！在这里要吃鸡丝面，比我们南人要看下雪还艰难呢！将就一点吧！"敬愚一面拭着额上的汗珠，一面狂吞着那碗热面。

十九

她和他们游完了北岩时，短促的冬日的斜阳已挂在树梢上了。他们每人都手里握着一束山花和野果下山来，循着原路到A城的第一中学里借宿。

晚餐在挂着几盏煤油灯的膳厅上举行。他们这一群紧抓着青春的男女都尽量地快乐着，高谈和笑语把同在厅上的一中男学生们羡妒杀了！他们恨闭塞的A城教育当局何以不许学校招收女生，更恨自己的父母何以没有多量的金钱！给他们到各校都是男女同学的A市读书去！

膳厅上的人们都散了时，她的第一碗饭还没有吃完。她一面含着一块鸡骨要咀嚼，一面给敬愚那种滑稽的态度引得合不拢口地笑着。和男性聚餐在她还是第一次，看他们那雄伟的吃法，看得忘记自己的肚子饿了。

由膳厅上散出来时，夜的寒意给轻风送过来袭着衣服单薄的她！她紧握着如容的手儿，和他们一同走进一条回廊，向东面的宿舍里入去。

这宿舍一共是三间联接着的房子，由一中的学生退出来让给他们的。她和他们闲谈了一会，回头不见了许女士，便走出门外来张望着，却看见她和维强，默默地相对蓄站在廊下的草地上。

"鸥姊！外面不冷吗？"许女士听见她在喊她，匆匆地入室来了，他亦跟着入来。这样的态度使芷青对她怀疑着！她想，她的对方一定是维强了，他俩想借着旅行来促成恋爱吧！没怪当时是他提议的。

经了众人公共的分配，这三间房子中的一间列有四张卧床的给女生寝宿，其余两间给他们男生。

疲倦了一天的她，躺下床上不久便睡去了！

"芷青，还不起身啦？"她模糊中听见许女士喊她的声音，亦听着维强等在说话一般。睁开眼来，阳光已经射在被子上了。她坐起来想找外衣穿时，外面说着话的敬愚恰巧踏入房里来！

"啊哟！人家还没起身呀！"她涨红了脸，只把两手按上胸前衬衣开缝的地方。

"呃！……"他忙缩住两足走出来！外面的同学们都笑起来了！

他们又照着预议的路线出游了。今天的天气忽然闷热起来，参观了几个学校之后，她觉得身上浸满了腻汗了！

走到有名的西子岩上时，已是中午了，他们在山腰的一处竹林下歇足，休息着。疲劳和闷热把红晕驱上平素苍白的她的脸上，娇艳欲滴！在这幽邃的山中，这翠竹丛下，她真是他（她）们中的女王了！

"热得很呀！"她一人跑向一带竹林深处，想把身上的绒背心除下来。把外面里面的钮扣都解开了；自己看着两只乳峰的周围撒满微微的汗珠，胸前很浮动地起伏着。她一面让凉风吹拂着它，一面下意识的赏鉴着自己的红润的肉体和隆起的两乳。等到把绒背心脱下，再穿上外衣时，瞥见在那满布着散碎的竹影的地上，映着一个人影！她慌忙举起头来，看着那个陈克生正站在前面不很远的地方，露着怪难看的脸色对着自己！她吓得一面悸动着一面飞也似地跑了！

"我这时碰着鬼呀！"她跑过来紧握着如容的手儿，心头兀自别别地跳着！她又羞又恨又惊地告诉了如容。

组长鸣笛整队上山峰去时，她才看见他失神般的由那边蹀出来。

山峰上是一所很大的寺院，供的是 A 城有名灵显的吕祖仙师，香火很是旺盛。寺僧知道了他们是 A 市旅行而来的学生，连忙殷勤地从房里搬出两碟子陈皮梅和瓜子，和几条透了气的香烟来饷客。

冯　铿

"啊！给他妈的校规束缚惯了，自昨天就忘记吸烟！"敬愚走过来把一支香烟燃上了。

"我亦来试吸一支！"她亦走前去拿了一支，就把他手里那根火柴点燃。

"你们和尚也吸着香烟的么？"什么都不晓得的她这样问着那满脸是笑的寺僧。

"和尚吹大烟才多着呢，不吸香烟！"

"不是我们吸的，是预备着给上山玩着的客人们的。哈哈！我们这里是很守清规的！"寺僧摆着手笑了。

"你们在这里真享尽清福啦！"山上的清景把她羡杀了。

"让我来做和尚吧，你们收容不？"

"先生们和姑娘们才有福气啦！现在世界文明了，你们真快乐啦！哈哈！"年纪虽然老了的寺僧也会动了尘念吧！看他们男女交错，恣意顽笑的情形。

"你们出家人还会成佛哩！"

"真的，要修行几世才能够成佛呢？"

他们正这样的谈笑时，听着敬愚在厅上'碌切，碌切……'的摇着签诗筒，把大家都惹得大笑起来！

"那位先生真虔诚，仙师一定保佑他好事如愿的！哈哈！"寺僧善窥人意的说着些有激刺的话来。

"该死！和尚亦说着这些话？"她暗把滑头的寺僧骂着。那些男生们都笑笑地看着女生们。

两个和尚把这小厅上的两只八仙桌子拭干净了，又搬着一大釜白米粥和几样素菜出来。山中自种的青菜和白菜都另有奇趣的风味，其余的小菜也很适口。他们都半要半抢地把粥和菜都吃完了，吃到后来连菜汤都喝个精光。

他们还叫小和尚下山去买了许多食物和香烟，一直玩耍到下午四点钟过后才下山来，那个寺僧还很客气地送到半山才回去。据维强说，搅扰他这半天，给他敲去五块钱的竹杠！

"晚上要往那里投宿呢？"这问题在路上发生了。维强说昨晚借宿的学校距离这里有六七里之遥，跑不到了，就在城外找一处吧。但他们一连找了几处都是狭小得连宿舍都没有的乡间小学。不得已再走进城里时，街上的商店已经闪烁着灯光了！

坐落在城东一所狭隘不堪，尘埃满桌的学校里的会客室上，他们都人翻马仰的再也不能另找别处了！抱着水烟袋的校长把双眉紧皱起来再四筹思之后，才答应就仅有十几个寄宿生中让出四只木床来借给来客。

"那怎么行呢？维强叫我们五六个挤在一只木床上吗？"维强苦笑着。芷青想,这个时候虽有印着××会的执委的名片也无所用了!

把双眉越皱得紧的校长真走投无路了!到后来他才想出个移兵之计,叫来客分出一小组到邻近的一个完全没有寄宿生的学校去——叫他们几个教员合让出一两只床来。

草草地吃了晚饭,校长便亲自带了这旅行组中的九个男生往别校投宿去了——陈克生也在其中,是她叫许女士转向组长说,把他硬分配了去的。留下的是女生和维强等几个人。

"他们说我们的坏话呢!说我们今晚上……"敬愚气愤愤地说着,他说他们九人临去时发了许多牢骚!

"管他呢?等回校里去时慢慢和他们算账!"维强看那些女生们都脸红红地低着头,只有许女士若无其事的看着一册带来的书本。

"不得了!这个样子怎么睡得呢?外面人家知道了时,一定说坏话的!我很怕!……"胆子小的文蕙和她们嗫嚅地说着,他们都没有法了的面面相觑的干急着,只打算通宵不睡。芷青呢,虽然也觉得太难为情,但她想,能够和其宁这样的亲近地对卧着,真有说不出的新鲜的感觉和兴奋!看如容似乎很注意她和他的接近和交淡,自塔上那一次的接触后,在人面前自己便不敢和他亲近了!自己总不敢坦然地和异性恋爱着的!……她举起眼睛向他望去时,坐在对面床沿上的其宁也刚巧在看着她!

这四只木床是相向的列在一间房子里的,中间放着一只长方形的自修桌子和两盏煤油灯。

他(她)们都坐在床上谈笑着,直至午夜过后的三点多钟,才不能支持地乱躺下去!但许女士却很早便先睡着了。

充满油秽和男性的臭味混和着的被子和枕头,发出一阵阵令人作呕的气息,向她的鼻子里散射!没有昨晚上那样比较清洁一点的一中学生们的床上那样舒适般了,过度兴奋的她,卧在这样的硬木床上尽是睡不着!只静听着外面街上的柝声和室内的鼾声,看着那渐渐变成灰白的窗口!她想,其宁一定睡去了吧!……这两天来的情景真离奇变幻极了!……

二十

旅行归来后的光阴,又很迅速地把校园内的几株灌木树的败叶,扫得干净无余了!这之间,她的革命与恋爱的争执继续了好久,到后来却受了许女士的影响,不怕同学们怎样的推拥,教员们怎样的策励,老是不愿意到外面干那不感兴趣,反而令人讨厌的"工作"去!

冯　铿

是放寒假后约莫一星期的时候了。这天她独自一个地大清早就跑到学校去，校里员生星散后的氛围气真是落寞不堪，只余着一个没精打采的校役，坐在球场上晒太阳。

她匆匆地找到了门房，问他可有她的信儿——她怕信件寄向家里去时会受大奶奶的调查。虽然有的是女朋友所寄的，但到了相当年龄的女儿们的私语，总不能公开给母亲的，故宁可麻烦一点的转向校来更为妥当呢。——出乎意料之外的，他递给她的不是其宁的信，也不是什么女友的，却是封面写着华缄的本市的信件！她忙走入空讲室里，把它拆开来。

先看信末的署名，原来是如容的哥哥华四少所寄来的第一封情书！信里抄满了《玉梨魂》和《情书指南》里面的肉麻句子，引得她笑了出来，兴奋着的心房也突突地跳着！虽然文笔这样的全没文字意味和太于劣俗，但她想起它的主人翁委实是个美男子——风流贵介的美少爷，她略不踌躇地就在讲室里的讲台上把回信写好了——是不亢不卑，若有情若无情的一封复信给那个浅学而近浮夸的少年了！

吃了午饭，照例是如容跑来和她坐淡的，但今天等到两点钟敲过了还不见她的足音！表姊已回家去了，一个人真是举目无侣，只悒闷地给早间复了信这个问题纷扰着！

假中无聊，女友们时常都到她家里坐谈去的，尤其是如容和她顶亲呢，还时常在她这里住宿。生长在那样烦什的家庭的如容总比她见识得多，她从她口里晓得一切的世故人情也晓得不少的关于"性"的知识。

到四点多钟如容才来了。她只问她有到过学校去没有，便谈些别的事情，像不知道哥哥寄信给她般，还在取笑她和其宁的情史！

"你们真是一个个都有了爱人，有了对象了！你知道么？鸥姊的真正恋人不是维强也不是我们所疑拟的那些，却是个姓颜的小学教师，A市××文社的主干呀！听说她俩是由文字上结合的，时常在C海岸那里情谈呢！我哥哥也曾晤见着。……"

"你哥哥也认识她吗？"

"谁不认识？你们两位是A市鼎鼎大名的女学生领袖呀！"

"又来取笑人家了，看你这张嘴！"

"今天我自己也亲自碰见她和个很洒脱的男性并肩由T园里走出来的，这个人就是姓颜的吧！听说近来时常有许多恋着她的青年，天天跟着她俩的背后，又寄了许多恐吓以至要挟的信件给她俩！不知她何以在这样包围之中，竟爱上个寒酸的小学教师？几多地位高傲的男性，她却不值一顾呀！"

"你说起来我才恍然呢！记得那天她从身上掏出一张半身的男人肖像来给

我看，问我'这个人怎样？'说是她的朋友。我想她自来对男朋友都没有这样亲密的！看来这人必是姓颜的无疑了！"

"啊，芷青！你觉得这个姓颜的会有些和宋先生相象吗？……"如容笑着。

"呵哟！又提起他做什么呢？我恨他呢！……"她听浣玉说，他到南洋不久的时候写信给她的哥哥，信里骂她是醉心虚荣，以爱情当着幻灯耍的女性，他受了她的骗了！他现在觉悟了，断不迷恋她了！……她当时听后又气又恨地痛哭着，此刻如容又提起他来，就像针似地向她刺着！

"不是和你说玩哟！不过宋先生的样子痴俗不堪，姓颜的却清雅许多呢。"

"你这样善于观察人，你未来的恋人一定是独一无二的美男子了！"她感着自己一入社会就能使男性们倾倒的娇矜，再看着如容脸上那片难看的疤痕，故意打趣着她。

"啊哟！谁要爱人呢？我不是抱着独身主义的么？……"

"独身主义，怕是三身主义吧？——有了对象就有孩子了！……"她想，衣饰上十分讲究，拼命地想把脸上的疤痕给厚粉遮去的，和自己般喜欢和男同学交接的如容，又何必撑着高蹈派的独身主义的旗帜呢？

晚上，她和如容都躺在被窝里看小说，对文学全无门径的如容就顶好读《红楼梦》，说着肉麻派的从前很流行的痴情话。这时她低吟了一会《葬花诗》，又把全部的《红楼梦》拿起来乱翻着，翻到"贾宝玉初试云雨情……"那一段，她叫芷青一同一行行地看着，没有看完，她俩都伏在枕上笑了！

她俩渐渐由书中的人物谈到现实的人们了，又渐渐地谈到刻不离口的恋爱上去。这个时候如容很坦直地告诉她，说自己在十五岁那年跟父亲们在H港居住，在那儿爱上了间壁的一家洋货店里的一个很漂亮的店员。

"你和他有了性的关系吧？快点把那件事的情形告诉我！……"蜷伏在温暖的被窝里的芷青，遍身软绵绵地不好意思地笑着！

"你这个人真是坏人！人家把由衷的话告诉你，你还不相信！不是和你说，给家里的小婢碰见么？那时委实是不及有什么行为的，他只紧紧地抱着我！……"

"那个时候怎么样呢？有什么滋味么？……"有父系的早熟的遗传的她，到现在还不曾尝着和男性吻抱的滋味，她痛恨从前白失了好了几次可以尝试的机会了！

"很难说出的，你自己怕不曾经验过来么？……嘻嘻！"

"啊哟！我和谁经验过来？我又不会偷汉子！……"她伸手在如容的臂上捻了一下。

"难道我就会偷汉子？不得了，不得了！"如容也伸过手来捻她的臂膀，俩都一面笑一面在被窝里打起架来。

"啊哟！够了，不要玩了！……问你，你为什么爱上个下贱的店员呢？"她露着轻蔑地问着。

"不能够这样说的，我们不是应该打倒阶级的不平等吗？……大约那个时候见识还浅薄一点，坐在家里当小姐，见到陌生的男人就会很容易地爱上他的，而且他委实漂亮得很！……"

"这也有理由。……你现在还爱他吗？"她想，越是在家没和异性接触，越是痛慕着异性的，记得自己十四岁的时候，无端也单爱上那个时常来家里卖糖食香烟的男小孩呢！

"听说他已讨了老婆了，我不念他呀！当时我也知道不能够和他成为恋爱之侣的，不过一晤到他，就引起我的情热啦！"

"不怕羞，你只有十五岁就会有性的冲动吗？"

"怎么不会？听说我二哥哥只十二岁，就会强奸着家里的女婢哩！……"

"嘻嘻！……"

谈锋转到如容家庭里了，如容不客气地告诉她，说华四少十分爱着她，想着她，本来就要叫媒人过来求婚的，是她和他计划，先通通信和交际，等双方有了相当的恋爱时才决定婚姻问题，想来大奶奶方面亦没有什么阻力吧？……又说自己和她这样的爱好着，来日可以成为姑嫂，她就真的抱着独身主义，不嫁人了。……

二十一

一声声的爆竹把一九二五年的暮冬赶走了！家家的门口都贴上殷红的桃符，它把新春从颓沉沉的旧岁中拖出来了。

阴历的元旦是我们中国人一年里顶精彩，顶快乐的节辰，也可以说是顶自由平等的日子！——差不多百业都停止着，各个终年劳苦着的工人，也能够在这个节日休息着一天两天。陈旧的过去了，未来的正来日方长，谁不开眉嬉笑，尽里享乐呢？

气候不常的A市，这几天突然暖和了许多，春气特别的弥漫着那班沉酣在逸乐的，平时不晓得什么是人世的悲痛的男女们身上！

许女士自除夕前一天，到她的一个离K村不远的友人家里去，一直到正月初旬才回A市来。乡村的新年的情调和这里迥乎不同，她回到家里来后，看看街上，戏园里……的男女们淫乐的纷扰着的情形，使她格外地对这都市起了恶感！她无聊赖地跑向芷青家里来。

"呵哟！你们碰巧要出街么？"许女士踏上了厅上时，看见她和如容刚刚在找着钱袋子要出街。很流行的旗袍罩上她的身上了，把刘海荡得蓬蓬松松地，脸儿上还搽了一层淡淡的香粉。只有十多天不晤的芷青，竟居然像如容般，脱去了清丽的女学生装束，变成妖冶的时髦女人的打扮了！

"啊！鸥姊！我们刚要上文蕙那儿，约她一同到如容的家里，坐汽车逛去呢。你来得真好，快点一同去罢！"她看见许女士到来，喜欢得很，但细看着她那种悒闷空寞的表情，不觉把声调放低了一些。

"鸥姊，真好呀！今天我四哥哥定了两个钟头的汽车，要逛到 A 市尽头的石炮台附近哩。一同去罢！"如容拉着她的手儿。

"你们几时学会了时髦法儿呢？我可没有这样的豪兴！……"许女士苦笑着。她想，物质文明的魔力把这个纯洁的芷青吸住了！没怪街上横冲直撞的驶着许多满载了红男绿女的新式汽车，想来是那班投机的小资本者，由海外运来供这些男女们的娱乐的呀！

"啊！我们这几天真玩得好快乐！本来是和约芳，文蕙四个轮流的出钱坐四次汽车的，但每次都是他四哥哥为我们打电话定汽车，每次都替我们付钞了！"她半得意半不好意思地说着。

"你哥哥叫华如章的是吗？"许女士想，这个不良少年一定不把芷青放过去！自己总得对她负起了师友的交情，有机会时，忠告她一下才好。

"是的。他亦认得你哩。……我们快点去吧！"如容把钱袋找在手里了。

"不！我要回去的！……芷青，把你们的香烟给一支我！"许女士挣脱了被芷青拉着的手儿，点了一支烟狂吸着！

"你这个人就是这样的执拗！耍要去不好么？……"她看许女士也会吸烟，不觉骇然！

"你一定要同去的！回来我们在这里聚谈！吃东西，玩扑克，掷骰子……今晚还一同看一枝香班的戏去呢，大家享乐一下不好么？"如容在哀求许女士一同去。

"你一个人回家去，不也是很寂寞么？"

"……"

许女士终于和她们一同出到门口，便一径别去了。

"真是怪僻的性情！……"如容有些愤然了。

"我们快点找文蕙去吧！"她和如容一同跳上在脚旁恭候的人力车，车夫拽开大步跑着了，她回望落在后面的许女士，低头若有所思地在人海中慢慢走着。

冯铿

一连继续了十多天的游乐，看看元宵就要到了！

她连日戏是看得倦了，玩也玩得累了，纸烟也吸得有兴了！……一合眼宁神时，眼前不是红绿的袍帽便是车马游人拥挤着的憧憬！耳际又仿佛是管弦丝竹，和高谈笑语的声音混什着！弄得精神很是昏涩不堪！

"呵哟，脸色怎会这样不好看呢？！……"今天睡到午后方才起身，洗脸的时候，瞧着镜中自己苍白的颜色更其枯涩了，两只眼睛也晦滞无光！"头有点晕呢，怕不是要病么？"她有些后悔不该恣情的游荡了！

"姑娘！奶奶人不爽快呢！……"绛桃走过来和她说。"奶奶昨晚上忽然气涌上来，辛苦了许久呢！我们想把你喊醒来的，但奶奶怕你吓着，不给我们让你知道呀！……"

"又是心口痛么？怎样会的呢？……"她想，自娘因怕冷搬入后边楼房里去后，自己越罕得在她跟前说说笑笑的了，连日又昏腾腾地只知玩去，也没心肠注意到娘的起居上面啦！这老毛病一发起来时是很难复原的啊！……放下手里的脸巾，她连忙跑向后边房里去！

大奶奶说是受了点寒，又给国忠气了一顿，所以把旧病勾上了！

过了元宵，学校上课了，但大奶奶的病势却丝毫不见减轻！阴森寂寥的病榻前坐得她有些不耐烦！她又抱着书包上学校去了。幸而她的一个穷亲——表妗母——来在家里帮忙，她想，有了她——表妗的招扶，母亲不致太寂寞了！

自去年跳舞的风气盛行到 A 市来后，女学生顶出风头的事便是在各聚会里歌舞了——像市立×女中，便是以歌舞著名，因而多招生徒的学校。今年 W 校的校长也不能逆着潮流。他特地由海上聘请了个跳舞学校毕业的女教员 C 来担任女生们的跳舞。

下午放了学，照例是半点钟课外的跳舞练习的。她觉得这一科真比英文还来得时髦和有趣，拼命地学习着。

在全校一百多个女生之中，只选出十多个高足，另编成一组特别组。这组里身材苗条，体态轻盈的还要算是芷青，所以不但她自己喜欢学习，就是 C 教员亦热心地指导她。

她们学习了两个多月，学会了三四种跳舞的方式，看看残春亦就要跟着落花一同谢去了。

四月五号是××歌舞会开游艺会的日子，地点就在 A 市有名的××戏院。C 教员是这会里的重要角色之一，便用这会的名义聘请 W 校女生来参加表演。一方是想夸示自己门生的艺术，他方也想给她们出出风头，增长校誉。

这特别组的女生们都忙着练习，缀珠鞋，量舞衣，预备登台初试，不消说，她亦是里面主要的一员，可是她精神上比别人更其纷扰不宁的，就是母亲的病势只是有加无减，缠得床笫！

落了几天雨，春寒又袭来了！昨天大奶奶的病势忽然沉重起来，不知人事的昏了过去！等到她又惊又急，在校里闻报连忙卸于实习的舞装赶回家里来时，她才慢慢地苏活起来！看来病人是没有好的希望了，装做着面子的国忠，亦把分居着的妻儿喊过来服侍母亲，暂居一处。她不得不向学校请了假，在病榻前闷坐着了。

"外面又下着雨哩！病人不要再着了凉，把双扇帐门放下呀！"表妗轻轻地踱入室来。

"果然又是下雨了！"呆坐在床沿的她走下床来，放下帐儿，听着外面的雨声越下越大了，

——啊！她们这个时候一定在会里了，此刻怕登台了吧！偏偏娘这两天又病势沉重！啊！假如娘就这样不会好起来呢？……自己……！耳际是雨声溟溟和着娘的病弱的鼾声，她自己一个住在灯光对那低垂的帐儿，悲哀和恐怖渐渐向她侵袭着，一面还幻想着她们在兴高采烈的情景。

一阵敲门声在雨声中涌现，接着她听见楼下有客人说话的声音！她走出外面来时，看着 C 教员手中拿着淋漓的雨具，在厅上等她。

她本想不去的，但 C 教员再三勉强她——几乎是恳求她！说她不去时他们就表演不成功了！这一组里缺少了半个也是做不得的！临时喊他人来代替，亦不可能了！……又说她们可以提早表演，两三点钟内便可送她回来的！

她终于穿上鞋子，跟 C 教员跳上车子去了！夜里雨中的街，上很是萧条！一阵凄冷的情调扑上她的心上，她悔不该抛弃了危在旦夕的病母而走向娱乐的场所了！但她只有昏然地听着淅淅的雨声和粼粼的车行声，没有回去的决心！

二十二

她没有到校里已将近一个星期了，同学们都记挂着她，这天，许女士和如容一同到她家里来探视。

她俩走入大门，见里面寂无人声，厅上只有零乱散碎的纸屑，铺满地上，显然地，它的主人们是弃它而去了！

她俩吓了一跳，高声地把芷青叫了几声，她家里的一个老仆妇才由后面走出来！

不等她俩的发问，她便又伤心又急促地诉说了。她说，奶奶的病势已到垂危，许多中西医都说难望生存了，所以大少爷和店里的族人们都主张赶着她一口气还存在，运回 S 村家里去善终才算福气的，不致丧身异地！就在今早四点

冯　铿

钟光景坐帆船回去了，姑娘也跟了去了！

"那么，以后不再回Ａ市来么？……"人去楼空，一阵怆凉空寞的情调问她俩袭击着，痴情的如容已流下泪来了！

"不能再来了吧！唉！早上姑娘临去的时候真哭得够呀！她一面收拾着书本一面哭，还一面哭一面写着信儿呀！她留给姑娘们两封信哩！"老妇人从袋里把它掏出来给她俩。一封信简小一点的是给许女士的，还有一包不知什么东西和大点的信儿却写着'如容亲展'的字样。她们俩只得充满了惆怅地回去了。

就在这个时候，Ｓ村的屋角已隐约地透入她的船头了。从密遮着软帘的船头里望出去，还看见滔滔的江水和浮荡着的几株石莲花。她的眼光不是忧伤地投射在直躺在被里，连脸儿都看不着的母亲身上，便是无聊地窥望着船头的景物。小小的这只帆船就像一副榨压机，把她的身和心都紧紧地压得透不过气来！

船靠在Ｓ村的岸畔了。病人抬进屋里的时候已不能说话了，她只微微地睁开眼睛来，看着这渴望它的主人到来的房里的一切东西！

这晚上大家都环绕在病床前纷扰了一宵，病人只是不断地喘着气，亦没有什么变动！她呢，她的心上像罩了一层浓雾，只有昏茫地暗泣！

凑巧得很，隔天上午的时候，她的三叔父由南洋回到Ａ市来了。近来南洋的树胶生意做得屡次失败的他，带了家人回祖国来经营些别种商业。听了嫂嫂临危的消息，他只得赶午前的火车跑回故乡来。

三爷跑到嫂嫂床前时，看了哭得死去活来的侄女和只知玩耍的侄儿国贤也有些惨然，病人已不能对他付托什么了，只睁着眼睛向他凝视，看得三爷更是憬然不安！忠心的表妗走过来把大奶奶病中想和他说的话转告他，说她这一块肉若莲要求三爷向她负起父亲般的责任！又说要求三爷许她继续读书，将来婚姻问题等她自己作主去。又说她自己还有几千块钱的存款在Ａ市的店里，叫三爷作主拨给莲儿做学费和食资……。表妗说完还代大奶奶揖了一揖，见三爷只有默然，又叫满面泪痕的她，过来拜求叔父，说以后叔父就是你的父亲了。

再看病人又向他睁眼的三爷，只得悚然地开口把一切答应了。

到了晚上，病人似乎清醒了一点，从快要僵硬的喉里挣出'三叔'这两个字来！等到三爷在Ｓ村的绅商俱乐部里走了来时，她又只是喘着气，睁着眼睛，看看女儿又凝望着他。

"你还不放心么？我已经把你说的一件件答应了，只要她肯听话，学规矩，我是把她当自己女儿看待的。你的后事我也会为你理得好看，妥帖的，你

175

放心吧！……"在俱乐部里他已完全知道了侄女儿的一切放荡行为了，他恨嫂嫂没有教养，送女儿进学校，把女儿弄坏了！"国忠呢？母亲这样地病着还游荡么？快找他回来！……你们不用哭了，赶快把后事料理，停下子够你们忙呢！……"他作了一阵威福后便出去了！病人很辛苦地喘了几个钟头，到后来便渐渐气息微弱了！芷青这个时候已不会号哭了，她像受了过度的激刺，只紧紧地握住母亲那抽搐着的一只手儿，失神般瞪着两眼！

午夜的十一点多钟，大奶奶只得撇下她唯一的女儿，与世长辞了！当众人把死人的尸体放落木板上抬向厅上去时，可怜的芷青只是把手指撑开母亲那不瞑的眼皮，和紧抱着那渐渐僵冷的身躯，老不相信相依为命的母亲，就这样地弃她死去了！

从这个时候起，在三叔和哥哥的淫威下，度她凄凉悲苦的闺中生活了！

二十三

又是江南草长的暮春三月了。一连下了个把月的绵绵不断的雨儿，把 G 村和 A 市的交通要道几乎塞绝了！这几天邮差没有来，送 A 市报纸的人也没有来，小小的 G 村似乎给外界隔绝，只让紧凑的雨儿把它狠狠地罩压着！

自去年母亲死后，在家里幽禁了几个月的光阴，终于挣扎着离开那牢狱般的家庭的芷青，得了许女士的介绍和策勉，于春寒料峭的元宵节后，带了一肩行李，偕了相依为命的忠婢绛桃，走来这距离 A 市只有十里左右的 G 村的一个中产阶级的家里担任家庭教师以来，已经寂寞地度过了整个的春天了！

——今天有些阳光了，好呀，天快晴了吧？真落得人心头闷死了！……鸥姊今天一定有信来的，可恨的邮差！……她照例把第一组的高级小学学生教完之后，便背着手巡视着第三组的合共有十一二个年纪很小的初级生的读书法。灰薄的阳光照得那块小黑板上有些闪光，她跑出课室来，站在檐下仰望着天空。

天空真的是晴朗了，深蓝色的很少云翳，久不见面的太阳，也偷从白云隙里，吐漏出光芒来！

——真也奇了！要落就落个不休，要晴就爽爽朗朗地晴了！昨晚上不还是下着很大的雨吗！……

——昨宵的狂雨真使人心寒胆战呀！娘在身旁的时候 自己安安稳稳地快乐着，现在，身和心都整天动摇着般！唉！……那雨，真使我感到像站在危岩峭壁上，摇摇欲坠地灵魂儿都飘荡起来，唉！……这几天她又不知不觉的悒闷无聊起来！那颗给许女士鼓励得热烘烘的心儿，又渐渐泛出层层暗影了！

冯铿

　　——听东家奶奶说，外面这几天像有什么变动，邻村有难民逃来这里呢！不知这 G 村亦有影响吗？自己一个孤零无依，唉！

　　……连鸥姊都不给我一点安慰，没有只字飞来了！唉！

　　"先生！来上我们的课了！"她呆呆地望着天空，听了这样的叫声时，忙跑进课室里去。

　　这间不甚大的课室里，一共坐着十多个阶级相同，年龄相差的学生，男的女的都有，他（她）们是东家丁长明的儿，女，叔，侄……和亲戚。他们对先生还算不错，尤其是这个孩子般的郑先生，他们对她是很亲密敬爱的。

　　虽然是过惯了小姐式的娇养生活的她，此刻为人在客，感到了不少的不舒适和不如意，但终日对着这些天真可爱的小学生，下课时和他们谈谈故事，闲步田野，徘徊溪滨……也使她减去无边的烦闷，和感到生活之略有意义！

　　几千块钱的遗产她不再梦想了，繁华富丽的生活她也不愿再沉沦其中了，她充满希望，勇气，想自作工，自生活，把黑暗的家庭抛弃的！

　　她现在是很奋发，勇敢的，不过凄零的悲哀，和茫茫前路的烦恐，却时时在她软弱的心坎上跃动着！

　　午饭后了，她刚拿着一册自去年以来，在女学生中十分流行的 C 氏小说在阅看，一个小学生飞也似的从外面跑来。"先生，报纸来了，很多哩！"寂居村中，把信件和报纸看成第一消遣品和兴奋剂的她，连小学生们都知道她的嗜好。

　　"啊！邮差也有来过？……"她跳起身来把小说放下来，接了一大束堆积了将近一个星期的 A 市报纸。

　　"没有，没有邮差！"

　　"该死的！送报的都来了他还不来！"她急急拆开报纸的封面，先拣星期三的附刊有××文学社的刊物那一天的报纸看着——这刊物是 A 市——也可以说是岭东沿 H 江流域一带的唯一文学团体，是许女士和那姓颜的几个爱好文学的青年所组织的，说到许女士，她在去年已经从 W 校的高级部毕业了，摆弃一切的和爱人颜闪星在一个小村落里当小学教师——因为她近来对文艺又有热烈的嗜好，所以曾做了几篇小品文和新诗，叫许女士为她修改，有时她也便把它发表在这刊物上。

　　她先看刊物的目录上，发现了自己的名字，心里便突突地跳动，微笑浮现在她的两唇上了！再看下去，她的一首清明节忆死去的母亲的诗，刊登出来了！

　　——自己也许可以成为女作家，女诗人呢！……现在国内文坛上，不是很少有女作家，女诗人吗？自己未必全无天才，大概可以从这方面发展吧？……

她的心里又浮出了一道光明的前途!

——自己以后真勿再颓丧,沉闷了!努力用功起来吧!……她把那首诗读了又读,看了又看,不觉孩子般笑出来了!

课室的铃声响着了,她只得放下报纸,跨到讲台上去,脸上浮着笑痕的向他们讲解。

晚上,她把新闻细心地阅看,但并没有关于政局,军事等变动的记载。她想,邻乡一定是自相残杀吧,械斗吧!

她再把那纸刊物捡出来细细地读着。里面有许女士的短篇小说和其他不相识者的诗歌,还有一篇散文叫《月光花影》的却是姓颜的作品——描写他和许女士的甜蜜生活的作品。文字艳绮清幽,情影活动生趣!她不觉读得心里醉迷迷的,把他俩的在爱中的生活描想出来!……

——他俩真幸福呀!恋爱成功了,目的达到了!在那样清幽的乡村里——比C村风景清丽得多的小村里当小学教员,把丑恶的社会忘却了,把人类的纠纷忘却了!……啊啊!他俩真快乐呀!人生的意义不就是这样么?……自己亦极愿看轻一切的虚荣,名利,和爱人偕隐的!可是,此刻谁是我的爱侣呢?谁是我的同调者呢?自己父母是没有了,亲骨肉的兄弟姊妹也一个没有了,连个爱我,看护我的同性或异性的朋友也没有了!唉!……她想到自己的恋爱事件去时,旧的创痕很深刻地一一创痛起来!……

——听浣玉说,宋先生最近已到美国去了!他定恨我哩,向他说'我爱你,请你宽恕我'的话是已经太迟了!他还算是为我牺牲,在我心版上刻着第一名深痕的男性!唉!……这个时候她不觉对师玉抱起爱感了!

听说其宁已经挽了文蕙的手儿,一同到S市升大学去了!啊,这个驯弱的羔羊也会向自己复仇,他的腼腆的红颜已不再为我所有了!……莫怪他了,都是四少害我的!唉!如章,这个不良少年,这个浮荡少年!他把我未经男性接触的红唇蹂躏了,他把我和其宁的爱情破坏了!……他全不晓得"爱"的,他是爱情的大罪人!他把我当玩物,当娼妓般的玩弄着的!唉!如果没有鸥姊的警告,和自己不早一点识破他的鬼蜮伎俩,那末,自己终身的幸福不是给他剥夺净尽了么?自己的处女之宝不是险些就给他毁坏了么?……痛愤的热泪在她眼里滚下来,她感觉心口上一阵灼热!

——可是,可是!唉!……他虽不是我相当的配偶,恋爱之侣,但自己的双唇不是因了他那迷人的脸孔和手段,而给他吮吸去了么?自己的身体不是给他拥抱过了么?……精神上虽然到现在已对他没一丝爱感,但肉体上他还不是我唯一的男性么?啊啊!……她的心口上又似乎塞住了些什么,脸上更烘热起来!

——啊啊！接吻，接吻！不能忘的那一次的抱吻，……她迷迷离离地好像四少的迷人的脸孔浮现在眼前，有酒臭的两片红唇送到自己的颊上来！……

二十四

寒冬岁暮，距离除夕只有两天的晚上，她和如容，四少，一同到影戏院去。

自从国产的影片风行一时以来，A市亦应运而产生了两三个时髦的影戏院了。这些场所，无疑地便成为青年男女们的找爱和交际的场所了。

她和四少们到这影戏院里，在今晚算是第三次了！

片上演的是艳情剧，当那男的抱着女的，慢慢地把唇儿送到她的口角去时，幕上突然只映着两个紧闭眼睛，嘴亲着嘴的放大的人头。……

在模糊中她觉得腰际似乎有只手儿在向自己紧紧地拥抱着！一阵迷醉的感觉使她全身无力地只想倒下去！……

等她渐渐清醒，在淡绿色的电灯光中睁起眼睛看时，才发现自己的身体已有一半倒在隔椅四少的怀里了！她吃了一惊，偷眼看看如容时，见她正集中注意力在幕上，才把狂跳着的心儿稍稍宁静。

"呃"！她把身子摆动了一下，他的手腕才由腰际渐渐松溜下来，还在她的腿上捻了一下！她装着不知觉地避开他的视线，心头又剧烈地跳动着，没有注意到片上是演着什么了。

一阵冷风向她灼热的脸上送过来时，她的脑里清醒了许多，她已站在院门口了。

"我们到茶馆里吃点东西去吧！你觉得饿吗?"四少在亮如白昼的院门口向她说。

"也好！……"她只点点头，不敢望他。

"我不能陪你们去了，头晕得很！"如容跨上了人力车，头也不回地回家去了。

她跟他走上西餐室的房里。

伙计拿了菜单去后，撒下了白净的软帘，他跑近她的身旁来了。

"哈哈！郑女士！不，我的青妹！你怎么不抬起脸儿来呢？……"他半用腕力的把她全身由椅上抱住了！……

"姑娘！你还不睡么？呆呆地想什么呢？"她正沉陷于过去这一幕不能忘的喜剧里，睡了一觉的绛桃，醒转来时还看她在灯下呆坐着。

"啊！……"她咀嚼着余味般，把舌头向两唇上舐了一下。红着脸走到床上去。

　　昏昏地乱想了一阵，听见隔房课室里的自鸣钟已敲了三下了，她反而渐渐清醒起来，一点睡意也没有！像过了一定睡眠的时间，她无论怎样也睡不下去了。她把身子转向外面，发现窗外的月光斜照在衣架上，很亮很亮。

　　——就起来坐它一个整宵吧，横竖明天又是星期日。她把身上的一条毯子拉开，坐到月光照着的衣架前去，她看见晶莹的一轮明月了。再向窗外望去时，庭前那株柚子树的繁枝密叶里，闪出一处处的白光来！

　　她正欣赏着这幽美静穆的情景时，一阵夜风把柚叶吹得飒飒震动，更由窗外透将入来！她打了一个寒噤，眼前优美的景色突然渗进些萧寥，凄冷的意味！她意识到自己是飘零异乡，只身孤影地独坐在这样的斗室里时，两行清泪又在颊上闪烁地挂着了！

　　纷扰了一晚，在曙色映进窗隙时，她才昏昏地睡去。她梦见师玉，梦见四少；又梦见死去的母亲，终于在噩梦中哭醒来！

　　"姑娘！醒转来啦！啊，啊！哭做什么呢？"她睁开眼时，绛桃刚从外面捧着早点进来。

　　勉强起身梳洗，在镜里她发现自己的眼光全无神采，眼眶下面还罩上一条黄黑的晕带！

　　呷了几口稀粥，她伏在案上把Ｃ氏那篇小说看着。小说里那个女主人翁对于恋爱不能忠实和游移不定的性质就像她一般。她想，自己所以对恋爱不能成功的弱点就在这里。她越看越觉得头部像刀削般抽痛着，但小说的兴味吸引得她不得不继续看下去。

　　"先生，信来了！你的信来了！"两三个小学生，伸着只小手高高地拿了一封白色封筒的信儿，由外面跑进来。

　　"啊！来了，来了！"她本能地知道是许女士的来信。但每星期为她代改的高级生的一束国文卷子却没有附寄来！

　　"呃！……"她匆匆地把信读着，不觉惊叫了起来！许女士的信里说：这几天前政局上起了个大波浪！她教着书的这个像世外桃源的乡村却大大地受了浩劫！农民和官兵对敌，打起仗来！弄得乡民都走空了，学校也停办了！在大雨如注，满路泥泞的午夜，她和她的爱人闪星，跟着逃难的乡民逃至邻村去！饱受一场滑稽的惊恐。平复之后，她俩的一切衣服用具都给克复地方的军士们拿去做慰劳品了，连她所心爱的几本破书也荡然无存！……此刻她俩是走回在他的故乡——僻处Ｓ山麓，一夕数惊的颜家村。……

　　"哎唷！怎么我竟连半丝儿消息都不知道呢？这个Ｇ村何以独会平安无事呢？"她不觉这样的叫了出来！后来她才明白，Ｇ村都是中产人家和出洋谋生

冯　铿

的工人居多，所以不致酿成事变。

许女士信里又说，这个意外的打击把她俩的不与世争的恋爱的美梦惊醒了。现在外面遍地荆棘，还没有恢复原状，加之平时不会钻营、交际的她俩，此刻是陷于失业穷迫里面了！经济上已起恐慌，不知要怎样生活下去了！……

"啊！她平时都不肯和那班人妥协的，一时要找职业，很艰难吧！……"她代她俩担心起来！

经了这意外的激刺，她的头痛越发剧烈了，浑身就像要松般没有一点气力，小说看不下去了，她只得倒卧床上。

渐渐地觉得口腔和鼻腔相接的地方有些辛辣，又有些塞碍，口里也淡而无味，全身都由散懒转到酸痛了！

"姑娘，你不舒服么？啊！有点发热呢！"给绛桃这么一说，她也觉得自己身上有些闷热，脸上更其灼烧，手尖和脚尖冷冰冰的！

昏睡了几点钟，到下午更觉得辛苦了。

几个大一点的女学生跑来看她，见她昏昏睡着，便出去了。

"啊唷！"她从噩梦里醒来时，出了一身冷汗，觉得脑里虽有点清楚，但身体已是病着了！

——啊！这个时候是上午还是夜里呢？我不是病么？……灰薄的黄昏的阳光残照射着帐儿，她看室里冷清清地，只有几件用具寂寞地浸在这黯淡的凄光里！

二十五

病中尝了不少的凄冷寂寥的滋味！她对这清幽淡泊的教书生活苦闷起来——有时彷徨，有时苦恼，有时悲哀……再也不能安和地与这些纯洁无知的小学生相处了，后来她得到一个很疼爱她的远处南洋的姑妈的来信，说她小小年纪，便过着刻苦的教书生活，很是可惜，说她若经济缺乏，她多少总可以帮助她的，还是继续求学好！这样，她便决定下学期再进 W 校了。

天气渐渐地热了，她盼望暑假快些到来，结束了这儿的课务后，便可到 A 市去了，往 A 市补习些一年来荒废的英算等学科去。

端午节过去了，她向东家辞去了教席，由绛桃挑了那一担萧条的随身行李，和他们分别了。几个大一点的女学生都送她到车站——由 G 村往 A 市的轻便车站上，车行的时候，那个平时和她最爱好的学生竟流下泪来了！

"望先生将来来这里探视我们！……"

"祝先生平安！"

181

"祝先生……前途……光明！"那些学生们都哽咽地为她祝福，她也黯然地向她们挥着素巾。几月来相聚的师生情谊，也令人恋恋地舍不得的，但前途的无限希望在她脑里跃动，渐渐望不见她们时，也把别愁消失去了。

到 A 市后便寄居在吴先生的家里。她只有个媳妇和两个孙子，倒也清静可以安居。

和 A 市作别，到此刻已整整地一年又零几个月了。故地重来，A 市的马路和洋楼都无恙，但自己已是孑然一身，没有和睦的家庭了！惆怅之感，使她不觉流下泪来！

她在隔天跑了一天的街，买些零碎东西，又访些故同学，很奇怪她们都对她生疏了许多，很隔膜的不像平时般亲密了！她想，自己僻处于乡村者年余，今较之她们，真落伍了！

最后她晤着 W 校的级友沈约芳，她已经在初中部毕业了，现在在家里专请教员来补习，预备下学期到上海升学去的。

——眼看同级的朋友们都毕业了，证书在握，高举远飏去了，自己却白白地荒弃了可贵的光阴，以后再不努力，真地赶她们不上了！……她这样想着。

约芳又向她说，如容也毕业了，已经到 H 市专读英文去了。她的哥哥四少也同去，说他想在地方比 A 市繁华的 H 市找恋人，A 市的女性他都讨厌了。她说后还向她笑着，看来关于她和四少的恋史，约芳是一定知道的。

"他们兄妹俩都离开 A 市么？"她顶担心的就是怕在 A 市碰见那个不良少年和为虎作伥的如容，怕他们会向自己纠缠或寻仇！现在知他们不在，才把心放下了。

她和她谈了一会，便把来 A 市的意思告诉她，把约芳喜欢得拍起手来！

"那就再好没有了！我的俩个姨表妹也想进 W 校而在我家里补习的，刚和你是同级——三年级上学期，真好呀！我们再来继续从前的游乐吧！……"

她天天都到约芳家里补习来了，也和她的表妹姚菊影和竹影认识了——她俩是和她从前一般娇贵和时髦的姑娘。

她不久便和她俩很知己的成为好友了。每晚回到吴先生家里总是凄冷的一个人静坐读书，把她闷死了！又不是自己家里，对吴先生们总要客客气气地不能自由，尤其使她感得不安。这样，她便时时不辞她俩的挽留，在她们家里住宿着。菊影们有父母兄嫂和奴婢们，是个和睦的有钱的家庭。和她们有说有笑的玩耍着，真比那清苦的静寞的吴先生家不同了，不过吴先生很是爱护她的，她不忍决然地从她那边搬出来。

有一个使她愉快的消息飞来，是许女士寄信给她，说自己下学期也要到 W 校教初中部和小学部的功课。她失业很久了，还是 W 校的校长看她在毕业生中算学问很好的一个，收容她来母校担任些功课。

开学的那一天，一种似伤感非伤感的情调向她袭击着！她看看早日凭栏下望的运动场上新栽的榕树，现在已居然成荫了；课室里的土墙都刷上了白粉，气象也新鲜许多了，……但变更得最厉害的还是那些同学——那些去年还不晓得革命是什么，供她和维强们指挥的学识浅陋的同学，听说自此次政治突变以来，故日的活动人物既受了淘汰，他们这一班便投机的补充下去，在A市方面干起革命工作来了。他们声势威吓，徽章在襟，五皮在身，把学校看成退闲所了！……没有变更的，只是校前那浩浩茫茫的大海。

最使她气不过的，便是因了抛荒一年的功课，现在不得不和去年比自己低级的同学们成了同级，而本来是同级的呢，却变成高级部的学生了！

上课后第二天，市面便有了谣传，说政局又起动摇，自清党后成为土匪的×党徒，要袭攻A市这方面来了！

"那便怎样办呢？我们校里是有名的努力革命的份子，清党的时候也有了相当的功绩的！若给那方面一到来，还了得么？……"同学们都这样地担惊着，她和许女士尤其恐慌！"我们的学费都缴交了啦，这次学校若遭不幸，以后就难望姑妈的帮助了！"有些同学说，她们早就预料到的，学费等钱还死也不向学校先缴，待观声势。可怜自那一次政局上变更以来，连平时最与世无涉的学校，也挽入危险的旋涡了！

大约过了一个星期的恐怕时间，前方调动了许多军队来A市驻防，谣言才渐告平息了。

过了中秋节，第二次的谣言又炽盛起来了！每晚上在热闹场中或僻静的地方，总有几声震人耳膜的手榴弹的爆炸声，震得全市的民心都仓皇起来！

因为菊影们的家里近着英国领事，她们的父亲也入了英国籍，有起事来，可以托帝国主义的余荫得以安全。所以她自上次谣言四起的时候，索性辞了吴先生，和绛桃一同寄居的菊影家里了。

二十六

约莫在孔诞辰前后那几天，市面的一切都过分的骚动着！那些资本家和各机关各政党的中上级的人员都溜之大吉，乘槎浮海去了。W校的校长和努力革命的学生们也半逃难半玩耍地到H港去了。他临行的时候还召集全体的员生们开会，叫他们不要轻信谣言，地方是安于磐石的；叫他们要安心读书，继续上课；……几个头脑简单点的教员和学生们也信以为实，开完会便挟着书本踏入课室去。他们却悄悄地把校里一切重要的文件，单据……和个人的东西，都收拾得点滴不留，带着下汽船去！

谣言终于实现了！××军已经不遇抵抗地把 A 市各地占据了！那个时候她还在课室里的，没听着一下枪声，也没看着一次对仗。她想，这样的把政局变更了又怕什么呢？自己空担惊了！

在室里躲了几天，外面静悄悄地并不见有何动静。今早起来，倚着街窗下望时，马路上憧憧往来的颈间结着红巾的××军都不见一个，只有冷清清的几个行人。她正觉得奇怪的时候，菊影从室外跑进来喊道：

"好了，好了！红军全败退了，革命军已经由 C 城开来，距离 A 市只有二三十里的陆路就快到了！……"

"真的吗？怎么来得那样容易，又退得如此突兀呢？……"

"你不见街上已没有半个××军了么？警察就要照常出来站岗了。父亲在英领那边听到的消息。……"

"那末，我们可以到街上去，到校里上课了！"还没有起身的竹影从床上跳了起来。

"啊！我忘记再告诉你们啦！父亲说，××军来的那几天，把我们学校驻扎了呢？他们退走后，给一班流民之类的人，乘势到里面把一切校具都抢的抢，捣的捣，连门窗都拆下来抢去哩！……外面还传说××军要搜杀 W 校的员生！真吓死人啦！父亲又说，这样政治色彩浓厚的学校不适宜学生求学的，以后还是转学好。

"啊唷！学校如果不能恢复，我们不是白破去一学期的费用吗？……"她真着急起来了，自己把上学期教书所存的薪水还了学费哩，真可痛惜！还有许女士，她不是又失业了吗？

市面的一切营业，交通都照常恢复了，每次由 H 港开来的汽船都载满了那些为逃难而去，实际是倦游归来的群众。W 校的校长也回 A 市来了，他向××政治部和市政厅呈了一纸"学校为×匪捣毁，校具荡然，损失过巨，现不能继续开学，要求拨款补助……"的呈文，便把学校的两扇大门关闭，把这学期已收各款，装在自己的荷包里了！却把每人一个月的薪水发给教员，叫他们另寻生计；学费等不发还学生，却叫他们另寻补习，待学校能够恢复之后，再来就学！……那些在社会上全没位置的员生们，只好忍了气把一学期的生活和学问牺牲，那些会革命和活动的呢，却和校长瓜分所得，发他们一次横财去了。

经了这次意外的挫折，把她的雄心跌宕无余了！她一方跟着菊影们过着舒适的小姐生活，他方不自觉地对那向她伸展着的物质诱惑，无抵抗的屈服了！

有时中夜醒来，想想自己孑然一身，后顾茫茫，看看他人或倚着慈母的肩膀，或躲在爱人的怀中，使她不得不起早点找觅归宿的念头了。而且近来也有点过于挥霍，自己的私蓄也用得差不多，那几千块钱的遗产又使她羡慕起来了。她想，应该回到家里去吧，到家里领回那份金钱去的！回去，回去！……自己既不能找相当的恋人，还是把一身交给三叔们，等他们为我择偶吧！旧式婚姻虽无好可言，但真正的自由恋爱要到何时才碰着呢？……回去吧，物质的生活能够安适就好了，精神呢，唉！……许女士不是很倔强的唯心派么？屡次的失业，看她也很颓丧，无聊的！自由，自立，……管不到许多了！……

是落叶萧萧的秋风里了，她虽和他们整天的穿了时髦的服装，逛着热闹的游戏场，但她的内心里总时时苦闷着——苦闷着烦愁如海的茫茫来日！

她的这番离家出奔，在兄嫂们是没感到什么的；只是负有乡绅望族的声誉的三叔父，却真着急得很！有些族人们都说她是淫奔，跟男学生逃走了，又有些说三爷侵吞到寡嫂死后的遗款，把侄女迫走了！所以他为要维持虚伪的面孔起见，很想找她回来，养在自己家里，堵塞一般族人们的口！

最近三爷的大儿子国贞，在A市的影戏院里碰到了她，才知她是寄居于朋友家里的。他回来告诉了父亲，三爷便叫了一个佣妇，嘱咐她半威吓半劝导地把侄女邀回家来。说过去的一切都不向她计较，责罚了，只要她从此肯安心依着婶母们过活，母亲的遗款是一定拨还她做妆奁的。又说她此刻外面的名誉很不好，将来若再有沾家声的事情发生时，他为了郑氏的名望计，是不能轻易把她放过的。末了说他念及长兄只此一块肉，实不忍看她在外面飘流，坠落，劝她还是回来——回来自己叔父处的好。

有什么方法哩？一次再次的奋斗，在她已尝遍了艰难，凄苦的滋味了！而况眼前有的是可以倚靠的不费力的小姐生活，看了许女士那样的陷于困穷，她没有勇气拒绝三爷的诱导了！

二十七

自从回三叔叔家，把残冬度过之后，眼前又是恼人的绮丽春光。她寂寞地，惊怯地迎着她二十岁的青春了。二十岁是一生青春期的顶点——尤其是女人，过了二十岁，那末，接着便是沿那一方渐渐的低下，是廿一岁，廿二岁，……了！不能瞬间到了年过花信，那时，青春便宜告离别，剩下的是炎暑当头的夏天了。

元旦那一天，她无聊赖地勉强装扮着，跟若芙——三叔的女儿们——装出笑脸向三叔和三婶们行了贺年礼后，回到房里来，笑又不能哭又不敢地闷坐着。

——啊！今天我便是二十岁了——令人讨厌又令人不得不过的'二十岁'终于到来了！……近来总觉有一种说不出的苦闷，虫般吃蚀心头，……唉！我的华年可算是辜负了！……

　　——若芙的婚事已经订定了，她才十七岁哩！……表姊碧君听说已有了小孩，做母亲了！……自己呢？唉！……看三叔们是很替自己的婚姻负责的，盼不得我快点有个结束，可是……她回家后，亦有许多媒婆来向她求婚，问年庚的，但对象都是些纨绔子弟，或有着专制家庭的，三婶叫若芙探问她的口气时，她都不踌躇地拒绝了！

　　——在这里要装着一副虚伪的面孔见人，全没一点真性！他们的资产阶级的娇奢，残虐……的态度尤令人看不过，像那一次三叔的虐打车夫的事情……！唉！……听说年底若芙就出嫁的，这个略可言谈的人也不在这里，那末，自己整天被幽禁于这冰冷的家里，不把人闷死么？……她正伏在案上出神的想着，若芙和国贞的妻子笑嬉嬉地由外面走入来。

　　"恭喜你！莲姊！你今天有两重喜事呀！……"若芙走过来向她滑稽地揖了一揖，哈哈地笑了。

　　"真的，莲姑娘！你今天的喜信来了！"

　　"什么喜事呢？你们串通了来向我开玩笑呀！"她不得不装着笑脸。

　　"告诉你吧，莲姑娘！你的婚事又浮动了，不是开玩笑的。"年轻的国贞嫂很正经说——难道今天正月初一，也有媒婆到来求亲么？……她不好意思这样发问，只是狐疑着。

　　"这位姑爷是我们都看过的，也是近在咫尺的一个人！……"若芙再拍手笑了。

　　"不要尽拿着我玩开心啦，究竟是什么事呢？"她越觉得茫然。

　　"不要急死你了，等我说吧！就是住在我们楼下的那个姓金的客人！……"

　　"又哄人了，你这张嘴！……"她心里突突地跳起来！她想，是那个林松卿么？怪不好看的！……

　　几天前楼下来了个南洋客人，说是国贞从前要好的同学。他叫金贤瑞，虽说是Ｇ城人，但自少就在南洋生长，还不曾回到祖国来的。这次是国贞特地叫他来Ａ市三叔所创设的汽船行里当大写，因而寄居在这里的。听说他的英文程度很好，在新加坡的什么书院，读英文读到最高级的第九号了——我们南洋的侨胞，说起读英文的程度时老是把第几号排着的，可是国文却连半个也不懂！他家里没有什么人，只有个各营生计的兄长，和嫁了人的姊姊，父母哩，在两年前都死去了。

冯　铿

关于他的身世她是知道的，当若芙把这些话告诉她时，她亦对这陌生的客人起了身世飘零的同情之感！处在这样的家庭，他和她当然没有接触，晤谈的机会的，可是昨天她和若芙偶靠着街窗俯望行人，他也刚由行里回来，那副赤黑的脸孔衬着一个很厚而大的红口唇，和遍身南洋特有的俗不可耐的风味映入她的眼帘时，她不禁对他没来由地憎恶起来！

因为她平时顶喜欢读 C 氏的一个长篇小说，把里面的人物都实际化起来，脑里留了很深刻的印象！所以看了这个客人以后，和若芙谈论及他的时候，就把他叫成林松卿——这小说里的南洋商人——了。

若芙说，早上三叔和婶婶讨论到她的婚姻问题，说她已经二十岁了，不能再事苛求而耽搁了！姓金的家世清白，没拘没束；性情忠实，本事又好……看来是她极适当的配偶了！叫婶婶要切实劝导她，劝她不要再希望嫁给那些浮滑的新学生，新青年了！姓金的家当虽不雄厚，但每月能够赚百多块钱的洋差事，一生衣食包可温饱的。……这头婚事断不能再放过了，她纵不愿意，三叔也要强迫执行！本来儿女婚事，是不用他们自己参加的！……

"好啦，莲姑娘！你贞哥哥说，姓金的一切他都深知，一定不会错误，包管姑娘终身是幸福的……"国贞嫂再咬着她的耳朵说，姓金的曾暗地看见她，说她漂亮极了！由国贞的介绍，他和她尽可以先谈谈心，见见面！……

"……"

她再尝试着恋爱的把戏了！有了热望和急进的心理时，对对方总不致如何奢求，而易于满足的。全没有 gentleman 的态度的他，全没有时髦学生的气味的他，全没有贵公子，文士的丰采，温雅的他，……不要说较之四少和其宁有千万个不及，就连师玉那穿得很大方的西服装束也赶不上了！

——爱情和择偶总不应该以外表取人的！看他的性质，行动还不失为忠诚，谨厚的一个人，自己可以将就一点了！……她时时这样的对自己宽解着。但有一次她和他在国贞的书房里，很亲密地淡着，他那痴笑的黑脸送着厚厚的红唇向她颊边来时，林松卿的幻影很清楚地浮现在脑里，眼前更闪动着四少的醉人的面孔，和两片可爱的红唇，她茫然地拒绝了他，像逃般跑回自己房里来。

——自己这样聪明，伶俐，负有美人的称誉，能令男性迷醉在裙下的姑娘，却终于给这个情趣毫无，俗气满身的南洋土著所占有了么？……她也时时这样的对自己反问着，替自己痛惜着！但是，有什么法子呢？

"莲妹，会你的 sweet heart 去啦！快点……他已在我书房里了，你由后面走廊走去吧！……"国贞走入室来通告她。每次都是这样的，一有机会，他就叫姓金的上楼来到他房里，同时又通告她；自己却在书房外面站着，让他和她接谈，一面窥视外面可有什么动静，便可立刻示意给他俩。看来国贞对待朋友和妹子的热忱真可钦感，真是乐于成人之美的撮合者！

她连忙站起来，对镜掠了几下刘海，再把一张香粉纸搽着脸儿。

"不用装扮了，尽够漂亮死了！……还不快点去么！他等得急死啦！……"国贞嬉嬉地边看着她妆扮边笑着说。

"讨厌的贞哥哥！……"她红了脸向他奋了一眼。"问你，三叔们没晓得我们的事吧？他近来有向你说到关于我们的话吗？"

"横竖迟早都是他的人了，还禁止你们的晤谈做什么呢？……母亲和妹妹早知道你俩的秘密了！……"国贞哈哈地笑着。

"真的？她们怎么说呢？……"她停止搽粉的工作，睁着惊疑的眼光问他。

"自上天父亲喊阿金写信给他在南洋的兄长，报告他要和你订婚的话，一方面即是征求他哥哥同意的意思。这是他们老年人认为应该做的妥帖行为。一等他哥哥回信，便要拣日子文定了。……哈哈！你哥哥为你介绍的人总不会错吧？如何？不知阿金和你将来要怎样酬谢这个撮合者兼间牒的我呢？……"

"已经去信了么？我还没有听他说到呢？……"她有些呆住了！

——自己终身就这样决定了么——决定嫁给这个不晓得恋爱是什么，对人生全无相当的了解和意趣的洋行办事人么？……

——近来所以和他晤谈，也不过聊以解闷——聊以发泄自己那像是性的烦闷罢了！那里说得上恋爱呢？和这样的男性，连风俗人情，文化都不相同，完全蛮陌般的粗鄙男性接谈，没有一句不令人作呕，令人讨厌的，还有什么温馨，神采的情话绵绵呢？……把终身交给了他，无条件地交给了他，太不值得吧？太不值得吧?!……——自己对恋爱也有相当的经验了，纵不能够找到最高理想的恋人，但相当的配偶最低也应该具有面貌清雅，思想和学识比自己高深或相等，对文艺略有嗜好的新青年等条件的。……不料苛求的结果是和意想相差得这末厉害！不料早日给他们——有可爱的资格的男性所竞争着的身心却给这个令人生厌的南洋客人占据了去！不料……！

一阵烦扰和痛悔袭上她的心头，愤慨，怆悲的滋味更使她落下泪来！她没有跟国贞去会姓金的勇气了！……

二十八

窗外的朝阳满含着生命力地发射它的光辉，这光辉由紧闭着的玻璃外射进房里，照着铁床的铜柱闪闪放射光芒。

冯铿

经了几天来的烦扰和焦虑的她，这时虽躲在温软的钢丝床上的被窝里，但脸部灼热着，通身却冰冷地毫不觉得舒适的意味！她举起倦涩的眼睛望着朝阳的光辉，这光辉把她内心蕴蓄着的勇决精神完全恢复起来！

"莲姊！你今天又是不爽快吗？起身吃粥去啦！"若芙把晨妆打扮好了，一面洒着香水在才穿上身的新衣上，一面说。

"头痛得很哩！我要多睡一会，你先吃去吧！"她懒懒地回答后便翻身朝向床里面了。静听着若芙似乎抽开梳妆匣，再搽上些什么香粉之类的东西，才出去了。

——呵！可耻的女性，自甘堕落的女性！……你尽管时时刻刻在向外表妆饰，妆成红艳，嫩白的一团肉——灵魂是完全没有了——供异性的淫乐，玩弄……！啊啊！你自己满以为是高贵的时髦小姐呢，实际上连下流的卖淫妇还不如呀！……不要说你，就是那些女学生、女教员、女革命家……不也是孜孜于肉的装饰吗？只要能使她们脸上，身上增加一分可以取媚异性的艳丽！那末，她们便宁愿受了十分的困苦，艰难以求得！啊！……不要说她们，就是自己，自己过去不也是这样的一个堕落者么？不也是给现社会的资本劣根性所侵袭者么？……

——啊，自己，自己现在真需要找求最后的决心，最后的出路子！恋爱于我是无望了，也觉得对它厌倦了！事业呢，在这样的社会，这样知识浅薄的我，更是绝望了！世界于我有什么可留恋呢？生存于我也可算没有意义了，假如还这样的活下去！……但是，懦怯地自杀了，寂寞地死亡了，又有什么意义呢？……

——自己之所以会灰颓勇气，再跨入这卑污，黑暗的家庭，踏入这资产阶级的小姐生活的，不还是社会的一切害了我么？……鸥姊说的话真是洞见肺腑，她说，社会的一切制度不根本破除，我们人类是终于陷在苦恼的纠纷里的！……她想到这里，又把压在枕下的许女士的来信拿出来读着。

"……时代的钟声把我们震醒了，从沉沉大梦中震醒起来了！经了这样的物质的压迫，生活的困苦，流连．精神的苦闷，屈伏……把我们梦想着的幽花样生存的理想打碎了，毁灭了！是一度幻灭，虚无的苦闷，意念，进而是现在醒觉，勇决的时候了！我们——我和他都有了相当的觉悟，不愿屈伏于社会的淫威下面，以求物质上安适的生存；也不愿避世高蹈，冷眼旁观了；——其实是不可能吧！……我们要崛起，要努力，要和同病相怜，有彻底觉悟的同志——同时是给现社会遗弃践踏的青年联合起来！推翻一切，破坏一切，干着真正伟大的革命事业！来呀，芷青！来呀，你这彷徨于歧途的青年，快点醒觉吧；勇决吧！……

"你说你已经被迫着和个情趣不投的买办阶级的南洋客人订婚,不久就要有家庭了。你是不愿意——万分的不愿意跟他过那无聊的小资产家庭的生活,在苦闷着茫无际涯的挣脱后的出路……。咳,过去的不要说它了,单讲现在:你若能真正觉悟,觉悟前途无限的曙光,觉悟根本救解自己,救解他人的方策,那末,你起,你起!你还是个有为的女青年,女志士!把你资产阶级的劣根性,态度,习惯……都抛弃了,让它遗留在你这再不能给你留恋的旧环境里,却把你的纯洁,猛烈,……的热情——革命的热情煽炽起来!和我们携手踏上光明的大道!……你不可幻灭,更不用忧疑,时候已经成熟,已经是我们的了!再蹰躇就会把良机错过的,错过之后就不用说了!……""……"

把这信读了一遍,信心和决心又回旋上心头!她使劲地用两足举起再向床上一掷,就势跃坐起来了!因了这样的一个大震撼,床屏上站着的姓金的影片,突然跌落在她胸前来!

把头发向前三分七分的分成大小两边,又把那大的一边梳得有些高起的南洋风的装式,还配着那两片最触目的厚口唇的这张像片,充满肉感地像向她痴笑着!像片的右角上,再写了一行 Withmany Kisses to my Darling, my fiancee 的英文。她恨恨地把它掷向地上,又狠狠地跳下去把它蹴了几下!

"谁是你的 Darling 不要脸的!谁是你的……?"看那在自己脚下被践踏着的他也有些可怜的样子!她觉得自己太无谓了,太残酷了,把气愤发泄得错误了!又把它拾起来,放在桌子上。

——自己真要彻底觉悟,下最后的决心了!与其做个没有灵魂的肉的享乐者而坠落,真不如干着精神得到慰安的伟大的事业呀!……芷青啊,芷青啊,一次再次的奋斗正是你的伟大!你不要懦怯,不要颓丧啊!失败就是成功,你紧紧地记着吧!……沉默了一会,她心里突然这样的向自己晓示着,策励着。热情和勇气像火般烧着她的心,她几乎跳跃起来了!把两手向前伸去,抬头看时,对照身镜里映着自己苍白的脸孔上,充满了坚毅,果敢的表情。

"呀!不要你这万恶的东西——给社会一切的罪恶做工具的东西!让你再套上别只醉生梦死,妖媚无聊的女人的指上去吧!……她把指上那照着阳光闪烁着的订婚的钻戒,脱下来抛向临街那个窗外去了。

"现在是时候了!啊,啊!娘,娘!……你遗留世上的唯一的女儿,要为自己为群众努力奋斗去了!……你的一生都给现社会的一切制度压害,以致弃了你独生的女儿,饮恨而终的!……呀!你的女儿此刻奋起了,起来和那坑害你,害他人的一切制度复仇了!……娘呀!……她像发狂般把桌子上摆着的母亲的遗像,拿起来狂吻着,热泪更不知不觉地滔滔挂下来!

——这一次的出走,一定把三叔们气煞了,真痛快啊!把他那蒙上的一层友爱，恤孤的脸皮揭下了！……呀！我走之后，那笔一万块钱的奁资，归他己有，马上又可以多倒贩些国人抵制着的仇货来欺骗同胞，接济仇敌了！自己交结了那些贪官，假革命者，不但没有危险，还可发一笔横财！呀！你这同胞的叛徒，社会的侵蚀者的资本家，奸商，市侩！你的末日就要到了，厄运就要临头了……她一面穿着外衣，一面咬着牙把三叔叔咒诅着！

——我可以走了，走开这物欲充滥的牢狱了！啊！不用再踌躇了！……她走出室里去，发狂般由前楼的楼梯上跑了下来！吓得坐在梯角上打瞌睡的小婢女，以为又给人家毒打了，从晚上失眠的浓睡中惊跳起来！

"姑娘！……姑娘！……"小婢的睡意完全消失了，她睁开两只充满红线般血丝的眼睛，看她匆促地，和平时不同的毫没妆束便向大门外跳出去了，又不敢询问，只有把她叫着。这时屋里的人都在后厅上早餐，三爷们还高卧未起哩。

"啊！这郑氏之门，永别了！……啊，啊！绛桃！可怜的你呀！你将找不见你相依为侣的姑娘了！……"她走出门口来时，咬着牙齿，两手不自觉地紧握着拳，悄悄地站住回望，看着自己楼上那幅挂在街窗的红窗幔，临着晓风在向自己招展着！……

太阳已渐渐地升上澄碧的天空，放射它猛烈的光芒于街上熙攘往来的行人们身上了！

重新起来

（一）

那便是上海么？……快到了上海么？

小苹紧眯着两只大眼睛，沿着她的同伴的指尖望去。指尖因了他全身的跃动而跟着摇晃不定，这使她的视线上只有一条灰色的东西在上下浮动。这样再费力地瞄望着，许是自己的幻觉也未可知，到头在那灰色的线条上浮漾出几点连缀着的小黑点了。

跟着这小黑点在脑中涌现起来的有万千件还没有组织成功的意念，纷扰着，弄成模糊的一片！

把眼睛一睁开，一切便像在空中飞逝了去的苍蝇般，毫无痕迹地迅速消失了。眼前依旧是灰白色的天空和苍茫无限的海水。

镀上了淡黄色的太阳给云团遮住了，透出来没有光彩的脸孔在波面上起伏着。

天空是任你怎样了望也了望不出有什么不同的变化的，尽是灰白着，灰白着。

深蓝色的海波给驶过去的船身画了一道白的泡沫，有时就溅得很高，"沙拉，沙拉……"地响着。

这样的景物似乎很容易撩起人对于未来的憧憬吧？刚才在舱里把小苹从睡梦中挽到甲板上来的，兴奋着的这个同伴，也不知从什么时候起停止了他的口讲手画，沉默着，尽让身子跟了船身的波动而慢慢地起落着。

——什么时候才可以抵岸呢？……

有些惘然了，但小苹可没有对她的同伴说些什么。

这同伴叫炳生，和她只认识了整整的三天。又苦又闷的统舱里便是他们晤会的所在。

下船那天，她把送她下船的朋友又送上船去了之后，惴惴地抱着膝头，在

冯铿

污秽黑湿的统舱里开始观察着她新的环境。那时,跑进一位这样穿着学生布服,年纪比自己约差一两岁的男孩子(?)来了。他也是孤零的搭客,彼此互相向对方默认了一下也没有打招呼;但沉默都不是他们俩的习惯,船开行的时候,他们交谈着了。

孤独的旅客间本来就很容易变成厮熟的同伴,而舱里那几个讨厌的小商人们又和两人好像画上一条界线,还有那可憎恶的舱里是牢狱似的令人难堪,不得不跑到甲板上捱着冷风的。这样,在沉寂的甲板上,有他们两个孤零的影子了。

在这以茫茫的天海为背景,只有涛声和浪花飞溅起来的甲板上是死寂不堪的,为要免去两人间的相对默然,各人都把关于这新的环境的一切作为谈话的资料;其次是对对方已有了相当的认识而还想满足探求他的身世的好奇心。虽然各人都想隐瞒着自己的难以告诉一个陌生的同伴的过去的遭逢,但在对手那满含诚意倾听着的态度和极想知个明白的深沉的眼光之下,自己都绝无遮拦的,极想一吐为快了。

一次,在她询问对方为什么要到上海,和到后又有什么目的的时候,他很拉杂地这样说着:

——在免费的教会学校小学毕业了,胀满他妈的一脑袋天父耶苏!那时自己是十五岁了,那把爸爸自三十多岁——有着两只粗大的臂膀的时候,真是两只粗大的臂膀呀!

……——谈锋转变了。

——你说我怎么还记起来么?这让我向你解释一下罢。我刚出世的时候爸爸是由村里被迫着私下逃到城里来当工人哩。母亲和我们两兄弟穷得来快要变村里的乞丐了,忽然,抛了两年家的父亲又悄悄的跑回家来,穿着一套蓝色长裤子的衣服。我是记得的,那时村里很少人穿这样的衣服呀!他带我们到城里来。

——到城里来后这陌生的爸爸好像又看不见了,而母亲却天天都坐在矮凳子上低头刷她的纸铂〔箔〕,飞动她的左右手,忙得来一些儿也没有照顾别的事情,只让我自己在她身旁蹒跚着绕圈子跑来跑去,不然的时候便叫哥哥来带我一同在草屋的门前,在污湿的泥堆上或大沟渠的旁边玩耍。我好像没有什么父亲和母亲哩!但现在一想起来我是明白的,当工人的爸爸不是整天都做了十多个钟头的工作么?而我呢,小孩子不是天亮透才起身,夕阳还没有降下便又睡去的么?所以呵,没怪那个时候老是没有碰到爸爸的机会呢!

——不过,晚上有时也会醒转来的,哭醒时母亲还在昏暗里刷她的纸铂〔箔〕,而爸爸便给我一个模糊的印象了。他似乎才回家的样子,在土灶上的煤油灯下喝他的酒饭。"不要哭啦！小狗种！……起来跟爸爸吃东西吧！"他这样说着，有时还走过来把我抱起，让我坐在他的膝头上自由地抓吃灶上的食物。那大约我已有四五岁的光景吧！不然何以会清清楚楚地记起来哩！我满足地吃着花生米，打量着那陌生的父亲，我注意到他横在我胸前的粗大的臂膀了！那上面粘着许多汗污和黑迹，肌肉茁壮的有的隆起又有的凹下，还铺许多可怕的毛发！我感到奇怪哩，母亲的两手是圆形的，瘦削的，而哥哥和我的又都是细小得很，为什么单单爸爸的臂膀是那样特异呢？……

——现在，现在我可明白了。他那时开始在一个锡铂〔箔〕的小作坊里作工，整天运用了长久的腕力，所以两只臂膀便特别地发达了。

——可是后来呢，后来我一天天地长大，而爸爸的两只臂膀却一年比一年瘦削下去，只剩一把枯硬的骨头，露着上身时，那一堆堆的肌肉是没有了。而他的工作也渐渐纡缓，赚的工钱也渐渐减少了！……你想，这为了什么呀？爸爸的血汗，肌肉不是给一下一下地打进铁锤下面的锡铂〔箔〕中去，而走进坊主的肥肚子里边吗？……听说"打铂"这工作是很吃力的，每个年富力强，水牛似的后生只要弯着身子，用力打不上三五个年头，便会全身的精力都消耗净尽的。

——而"打铂〔箔〕"是怎样的打法你可晓得么？那是呀，把一块很小很小的锡片，用铁锤来把它一下下的打压下去，一直使它展开的很大很大而薄得来蝉翼也似的一张锡铂〔箔〕，虽然中间也使用碾轧的法子，但都是凭着人的气力把它弄成功的，这便是拜神用的纸元宝上面的锡铂〔箔〕了。

——我的话可扯得远了！……我对你说我已长大到十五岁了，就是那小作坊，那把爸爸自壮而老，吸收了十多个年头的血汗的小作坊又在张开着他的大口要把我吞进去了！十多年来的坊主已变成有田有地的财主，但小作坊里依然是把人力来产生它的出产物！爸爸因为自己干着的工作太辛苦了，哥哥十三岁的时候便送他作了染布间的学徒，但那样的生活也不见得会比"打铂"好，为坊主们做牛马是同样受着极量的压榨的！可是爸爸想：我是他传授父业的令子了，他可带我进去做工而不用再过学徒的残酷生活。可是呀！你说我愿意么？受了点小资产臭的教育的我，真不高兴捱那样鄙陋惨刻的工人生涯呀！我说：我要升学，要读书，要希望将来，穷苦是穷苦透了！但爸爸把我打骂了好几顿了，虽然听他的口气也在羡慕着绅士阶级的读书人，但实际的能力真做不到呀！总有免费的教会中学可进，自己的肚子再不能免费便可得饱的！已经念了几本臭书，晓得"希望"这东西了，我只是追求着这希望，好几次给父亲抓进坊里，又溜着机会跑出来了！

——而这个我们的幸运是来了，来了，这你是晓得的，革命的高潮在中

冯 铿

国，在那城里澎涨起来了！工友们组织了工会，哥哥是里面的一员。好不开心呀！斗争，斗争！工人得到加薪了，生活能够改良了！爸爸虽然不懂得什么，但他的脸上也挂起笑痕了！哥哥读着夜学，也把我领进革命同志所创办的平民中学去念书，在那儿我抛弃了那装进在脑里的坏透的东西，换上新鲜的了。纪念日一到来，哥哥们和我们都执着旗帜向敌人们示威，喊着，跳着，好不快乐呀，你定干过这样伟大的工作罢，你们农民的革命不是比工人还更热烈吗，在我们T江流域这一带？

——然而，唉，跟着到来的高压政策把我们摧残殆尽了！……你不要急呀，哥哥是幸而逃免了，可是父亲和我便以嫌疑犯的资格给坊主们送进牢狱去！牢狱的生涯是惨酷得连想都想不到的，爸爸终于在狱里死掉了，死掉了！……你，你为什么这样激动起来呢？你也有了同样的遭逢是不是？

——后来么？请不要兴奋着我便再讲下去罢。同年的八月我们×军恢复了那县城，我出狱了，变成真正的小同志了。我们干着，干着，有一次到故乡寻找母亲，但她已不知下落了，几个月来的丧乱穷苦把她弄死了！……你伤感着么？他们的牺牲是历史的必然，而况他们并不是革命阵营里的人员呀，死了也只好算了！……我是个热情的青年呢，但我的热情只有输送给我们的事业，可不是么？

——×军在T江失败了，跟着它我流浪了好几个省份，现在它的声势又浩大起来了。但是我给负上别的使命，到上海，到那儿和哥哥们一同秘密干着我们的工作呢！……

——你，我相信你是我们的同伴！请把过去也详细的告诉给我罢！我们的旅途真是寂寞死了！……还有，到上海之后我把你介绍给我们的同志，我们一同站上这条战线上罢！你高兴？我晓得你定高兴的呵！……

像这样冗长的谈话就不只一次两次，谈到革命，话盒子一开便很难关闭的，有的时候他们都忘记跑下舱里去吃稀饭，过了时间便只好挨饿了！

小苹离开革命的怀抱有整整的两个年头了！环境决定了她的心情，如果说她没有一方从学理上紧紧的抓住那种意识，那她的热情或许会给时光的轮子磨滑了它的尖端的！

她有着爱人，有着从前热恋着的同志而现在是逃亡海上的爱人。他已得到固定的生活。他叫她来这儿一同温着过去甜蜜的美梦。她来了。但她没有失去所把握着的意念，她的胸头蕴藏着要斗争的烈焰，这烈焰只在找着爆炸开来的机会，她怎能消沉下去地过着梦里的生涯呢？

而况她脑里映现着的还有过去不能磨灭的伤痕，整个血淋淋的农村不断地荡激起她的追忆！

这同伴的谈锋便是她的导火线，现在她已碰到重新站上战阵的机会了，她要紧紧抓住这机会，而也要推动着自己的爱人一同走上这条道路。

她决定到上海后的生活。

——你在想着什么了呀?!……

小苹回过头来。

——那你呢？……哈哈！……我在打算着抵岸后的路径呢，虽然也走过了好多地方，但复杂的上海可还没有到过呢！

——你太热盼着要到上海啦，怕还有好半天的海程是不是？

——真的，我太高兴了！……这儿的晨风冷得很，你还是到下面多睡一忽吧。

他完全像弟弟在爱护姊姊的口吻。

——我今天多穿了件绒衣了，不觉冷。睡也不想睡了！……你瞧，浪花真溅得高呀！

——那真像我们为革命溅起的血花呀！

——不过我们的血花是鲜红的，热烈的，留下痕迹的，而这只是渺茫的，溅起来又消逝下去的呀！

他们的谈话断续着没有休止。

（二）

"杭育呵……杭育呵！……"

——哟！多伟大的啸声呀！这是我们劳动着的合奏曲。

灰白色的天空下面，横画着无数滚滚的黑烟，突出在笔直的烟囱里，烟囱们是竖立起来在整千整百的动力上面。

——哟！这是我们跃动着的图画！

太阳依旧只有透出来淡黄色的光辉，是郁闷的春天的中午。虽然江面的冷风尽吹打着秃似的街树，但这微弱的阳光却放射着一种不可捉摸的春日午间的闷燠！

灰白色的天空下面，在眼前，耸着城堡般巍峨的建筑物，士敏土似的颜色恰和着这样的天空，衬出很是沉重的氛围气！

——这是一切罪恶的堆积物！那闪着金光的尖塔是劳动群众血汗的升华，他们的嶙嶙白骨给这些填成了基石！……

燠热中渐渐令人兴奋了！

——加入我们的同伴中去呀！多可爱的同伴！……喊醒他们一同战斗起来

冯 铿

呀！……烟囱是我们的，黑烟要为我们弥漫整个的天空！劳力是为我们自己使用的，啸声是我们的呐喊！……

刚一上岸，码头上的形形色色把小苹的情绪转个天翻地覆了！现在虽仍是被揽在爱人的怀里，但刚才船里那蜜似的温情是消失无遗了！新的激刺荡起潜伏着的烈焰！

巍峨的建筑物拖着它的阴影在地面，蚂蚁似的工人肩了比他们身体还要庞大一两倍的货物，来来往往地在阴影下面交织成一条小河，流进那——张开着漆黑大口的货房里去。混进这小河里面的还有笨重的货车，它的着地轰隆的轮声和工人们呼喊的啸声也混成一片。

码头的起重机下面麇集着另一团蓝色的工人，他们节奏的啸声跟着起重机的上下在江面上浮漾，和这啸声合奏的有辘轳的滚着的喧音！

多量麇集着的劳动群众使小苹忘记了个体的存在，她爱的是集团！——是一同匍匐在恶势力下面挣扎的集团！她忘记了自己了！

她的左半身几夫〔乎〕给爱人完全揽在怀里，但她整个炽烈的灵魂已飞进那蓝色的一团团里面！

"杭育！……杭育呵！……"这样的啸声里面好像渗有自己的气息！

给爱人挽住的左肩上也像分载着若干重量！

——战斗呀！我们需要战斗！……

这样的喊声险些从她的胸头炸开来！

爱人似乎感到在怀里的她有些异样了！但他只微笑着闪看她的大眼睛。这眼睛射耀着三年以前那种烈火似的光芒，但不晓得为了什么现在他感到这光芒有些可怕的样子！

他看着马车夫怎样的搬来她的行李，不再注意到她。他以为像她这样兴奋着的表情正是一个未经旅行的农女，第一次踏上上海时所应有的现象！

微笑还浮上他的心头，一种顽皮似的幸福的预感在里面跳动！他打算着如何回家后便立即偕她到繁华的马路上逛跑，带她观看着，尝试着未闻未见的东西。自己如何来享受她那孩子似的惊叹的神色，和从而张大其说地自己对她炫耀着的高傲！……而今晚上，还有今晚上他再也不用跟着别的女人香艳的肉腿，孤零地在夜市上流浪了！

——我们坐马车回去吧！马车，你没有坐过的马车……——他依旧挂着温情的微笑，挽着她跑开了。

——呀！……——醒觉过来了，她把兴奋着的大眼睛对他凝视了一下。她想向他述说自己此刻的心情，想挽着他一同参进那蓝色的一团团里面去。

但她总没有说出什么！他满脸温馨的神情告诉她那是不可能，在这样的爱人的腕中，那种念头定惹起对方的诧愕和失意的！

歧异的萌芽在两人间闪上影子了！

——马车，呵，我不感到疲倦哩！——她有点茫然的样子。

——怎么？你想不用马车跑回去么？这鬼的地方不比家乡那么狭小，跑到家里就要三几里路远呵！……本来还想坐汽车的，但这马车夫委实等我们太久了。

她沉默着。

——还有我那个同伴呢？……他走了么？……——她好像记起来有许多话要和炳生说。

——那孩子么？……你怎么会和他认识呀？你们不是在船里已说了再会么？

——我们从 S 市一路同来的，他是我们忠勇的同志呵！……我忘记告诉他今晚上或明天便要到我们家里找我的！

——真是，你为什么这一趟要趁着统舱来的呢？寄给你的旅费是足够坐二等房位哩！……在统舱里就容易碰到那班流氓似的东西了，说什么好同志呢？你是初次出门的呵，这一趟我真担心呢！……

——你的旅费我统统带回来还你，坐统舱是我自己愿意，是用我自己在 P 村存下的几块钱的！……请你不要抹杀了别人，有那样的流氓我才要认他同志哩！……

不快浮上她的圆脸，她挣脱对方的手腕自己跳上了马车。

——你恼了么？我的小苹！……你喜欢他坐谈我自然是欢迎的！不过今天我们才久别重逢哩，你不想和我多谈一些么？……我的孩子！这些时我真念你念透了！今天，天还没亮我便在这码头上左等右等地绕圈子足足跑了几个钟头了！火船还没有来，真令我着急死了，我以为它是遭了不幸，是半途遇险，是触了礁石，……种种的不幸都替它想到！呵哟！到头终给我抱住你了，现在你可紧紧地偎在我的身旁了！我的小苹！你也念我的吧？这两年你定远远地挂念着我的吧？但现在可好了，相思在我们间溜去了！……小苹，小苹呀！你猜一猜罢，我的袋子里为你装着什么东西呢？你喜欢的东西呀！——他牵她的手儿摸着自己的大衣袋口。

从这软绵绵的一席话里，蜜似的温情渐渐在她心里张开臂膊了。没有倒在他怀里，听着这样春晚的轻风似的言语已经有好久的时间，自己不也是有时会渴念着的么？现在可不能不任整个的身心，软洋洋地浸进这暖流里了。

——我喜欢的东西？……是小本的诗歌吗？是好吃的糖果吗？

……——她把头部在他肩上歪着想了一想。

冯　铿

　　——你可聪明哩！但只猜中了一件。——他从袋里摸出一包五色锡皮封着的东西，他替她把锡皮剥去了，投进她的口里。

　　——这是什么东西呀？我没有吃过的。

　　——是朱格力糖呢，哈哈！……还有哩，这是给你预买下来的手套，这儿比故乡冷得多哩！……怕你一上岸便会冷着！现在，替你套上罢！——他拉着她的手儿。

　　——你这样挂念着我的么？谢谢你呀！冷我是不怕的，我在船里天天吹着冷海风哩！

　　离开码头，跑过冷静的地方，白马的四只蹄儿得得地把他们拖到热闹的马路上。

　　光怪陆离的窗饰在吸引路人的眼光，他忙着口讲手划地指示着一些华贵的女人饰物，长统的肉色丝袜，闪光的高跟皮鞋，软红浅碧的丝织品……！他这才感到她身上的妆束是太于落伍了，没怪在这热盼着到来的她的身上自己好像感到有一种失望似的心情，这套三年以前的布衣短裙现在完全没有一点爱娇的风采，像这样服妆的女人在上海真很难找到第二个呀！

　　他再看着她的两腿，那是肌肉发达的一对腿儿，但无情的黑沙袜子很肮脏的把它的曲线美，肉体美完全抹杀净尽了，脚上是一对破了尖头的黑皮鞋。

　　他连忙计算着怎样向办事处预支了薪水，怎样挽着她到各个大公司里配置时髦的服装，怎样带她两个人一同乘着春假，到附近的江南山水去领略明媚的春光。……

　　同样的服装，景物在小苹脑里可起了不同的意念！她感到都市的淫乐是怎样强有力的激刺着人的官能！资本主义发达的都市文明只有供给一般人以沉溺的享乐！而这些享乐便是建筑在劳动群众的血汗上面！……她憎厌这些把汗血染成的灿烂的饰物，她尤其痛恨那些勾住男性的手腕，艳装浓抹的徘徊在窗饰前面的时髦女子！

　　她没有注意到他说的是什么，只默默地观察着她所接触到的新环境。而他也给自己的思潮纠住了，他们都不知不觉地互相沉默下来。

（三）

　　——这便是我们的家么？……——

　　跳上了三层楼，他挽着她跑进左面的室里。从他的又是一个热情的拥抱里松解出来的小苹，睁着孩子似的惊诧的大眼睛，旋转着身子向周遭望了又望。这室中的一切是那么的新鲜，华丽，但那于她是太陌生，太不习惯了！她从来就没有看过这样高贵精致的陈设，她绝对不需要这些！

室里的东西宛如没有准备着对这新来的主妇表示欢迎，他们都傲岸似的板起可憎的脸孔！她感到说不出的不愉快，她叫了那么的一声。

这样的家和她们过去的完全不同，而也和自己曾经偶尔描想着的同居生活相差太远！她不相信自己和他便要在这样的家一同生活下去！

——为什么？这正是我们的家庭呀！……为了你的来临，为了我们以后的同居生活，几天前我才租定了这层楼房的。中你的意思么？小苹！你如果不累就跑到前面的客厅里看看罢！我们的东西算是完备了，我们现在还有精致柔软的沙发呀！……

忽然有些不好意思的样子，他把夸张着的笑脸收缩了一下。

——你坐坐休息罢！我喊娘姨搬进你的行李来。——他匆匆地跳下去。

把眼光对一切重新估量了一番，她想着他那得意的心情，但自己何以只感到无名的不快呢？……这室中有着一架没有挂上蚊帐的铁床，上面的被子不是两年前他由乡里带来的那一条了，枕头也更换了新的，是缀上玲珑的花边和绣着好看的花儿。这床上的东西都很雅洁，精致，那雪白得来就好像没有人晚上曾经在这儿睡过。壁上挂了一幅装璜美丽的西洋裸女画片，画里的她那对你垂下来的眼睛好像对着床上的人们媚笑！

眼睛掠到床头的一只小几上。忽然，一件东西把她紧紧地抓住了！那好似在生疏的境地里，无意中碰到了熟识的同伴般，一阵愉快冲激着她的心头，从口中跳出来了。

——呃！这是我的小圆镜子，我的影相架呀！……

把这两件东西拿到手里，先对自己的上半身影片细细地看了一下，她笑起来了！三年以前的她特别显着快活跃动的样子。本来有点突出的上牙床因为故意忍住开口大笑的缘故弄得上下唇紧紧地闭住，整个的脸上充满滑稽要笑的神情。她忆起那时自己就像孩子一般，这像片是于摄完了妇协全体大会的纪念影子从技师手中夺来了镜头，他亲自为她拍就的。他顶喜欢这张照相。特地买了个精巧的像架为她装上，也在临别的时候，她把它吻了几下才装进他的行李中。

在这样的追忆中他变成过去那个可爱的辛同志了！……但现实渐渐恢复了来，她觉得现在的他有些异样了，比起从前的辛同志模糊了许多！

——这小圆镜子，哈哈！原来给他偷偷地带了来哩！在Ｐ村累我找了许久……

微妙的，温热的恋情袭了上来，他是这样的爱而又这样的爱着她！他把她玩过的小镜子也宝贝似的特地带来搁在自己的床前，日夕玩爱着她的手泽。

冯铿

她甜蜜地笑了！她看着映在小镜子中的自己的笑容！……

——太太！我来迟了，没有迎着太太请安，到外面买东西去哩！……

从背后跑进来一个穿着黑衣服的妇人，满脸油腻腻地向她笑着，又从头至脚把她打量着，手里搬着她的一只藤箧。

"太太"这称呼使她感到可怕和厌烦，她的心头有些跳动，在对手的油腻腻的眼光中袭击来一种不安的局促，她想到以后要和他一同过着役使仆人的生活便更加不快起来！

——呀，……这等我自己来安置罢！

她跑前去想接过那只藤箧。

——太太，让我来好了，就搁进床帏下面罢。

娘姨出去了。

她睁了嫌恶的眼光望着那些闪着栗色漆光的椅桌。

——怎么呢？萍君！你要仆人服侍你么？但我可不惯呀！——她懊恼地对进来的他说。

——你说娘姨么？傻孩子呀！我有职业要干的，而你叫我自己能够弄饭，洗衣裳么？我初来的时候吃包饭可吃得讨厌死了，又不好吃，又不卫生！……她，这娘姨不合你的意思么？

——你要干你的职业。好，现在我来干，我是闲着的，让我替你弄着罢，我不是很喜欢自己弄东西吃的么？……

——那不行呀！给朋友们看了不成样子的！娘姨终归要用的！……扫地，倒痰盂，泡茶，买东西，……呵唷！你的好精神为什么要枉费在这些麻烦的事体上面呀！……而且你解雇了她反而使她一时找不到饭吃，只要我们不要把她看成奴隶就好了。是不是？

——我不是拘谨什么人道主义呀！……不过我们总要自己处理着自己简单的生活的！而且，像村居时一样，我们互相处理着的同居生活不是很有趣吗？一点都不麻烦呵！……还有，我不是太太呀，我不愿意人家把这样肉麻的名词称呼我呀！……

——哈哈！这容易啦！不叫你太太叫你小姐好了。村居的生活可以简朴，但这儿是都市，没有法子呀！……

——也不要叫小姐！这些资产阶级的称呼我通通不高兴的。——她打断他的话。——她依旧服侍你一个好了，无论如何我是不愿意人家为我劳动着微小的事情，除非重要的工作把我整个吞噬了。

——真是和我为难哩！好小苹，难道叫她喊你同志么？为什么斤斤于无谓的称呼上来呢？……那就喊你先生罢。满漂亮哩，你不是刚好做着先生来的么?……

她沉默着。

——为什么呀？我的小苹，我们经了许多困苦别离的时间，现在能够相聚了，不应该快乐些么？看你的心情好像有些变了的样子！……呀！你不感到高兴吗？为了什么呢？告诉我罢！——他跑过来揽住她。

——你才有些变了啦！唉！……——说了这样的一句，她的心头好像松吐出来一团棉絮。

在这温暖的怀抱中，这柔情的爱抚下面，这过去曾经令人陶醉的，柔瀚的海波现在真有些不同了，宛如有一层朦胧的夕雾把它和自己之间遮住！现在不但这室里的一切于她是太不习惯，就连这张开两臂揽着自己的爱人也生疏起来了，不是自己亲密的同伴了！

把头部无力地枕在他的胸前，一种不习惯的懊恼几乎使她像一般的女孩子般流下泪来！

都沉默着。他伸起手儿抚摸着她的乱发，这是从前他亲自给她把一条短短的辫子剪下，有些闪着褐色柔光的短发。

这两年，在P村你定过了许多无聊的生活吧？……小苹，你是晓得的，我是如何热盼着能够和你在这儿一同生活着的呵！我们的物质看看能够安定下去，不再担忧了，不像在P村时呀！以后有的是快乐的日子！小苹！你不是希望着读书的么？现在有机会了，我有些朋友可以介绍你进大学的！将来你毕了业，你定比我更加聪明能干的吧！

——读书，我是希望着的，但现在的我已不喜欢读那些无聊的典雅艺术了！我晓得怎样研究一些需要的学问，不愿意进学校哩。……萍君，你还不晓得呵！这两年来在P村我们有很好的机会，我读了一些连你从前也没有读过的Marxism的社会科学，那是我们的真理哩！以前我，也许你也是同样吧，只从事实或情感上需要革命，但现在呀，我可明白了革命还是学理上所必然的需要呵！你也应该多读那样的书，那会使你获得正确的意识，树立坚牢的信仰！只有信仰才不会变更我们的意志！是不是呢？……

她仰起闪动的大眼睛，希求似的凝望着他。就在她这样的圆脸上好像浮着他所不能了解的神情！两年的离别在两人间画上了一道奇异的膜痕，他应该细心地把这道膜痕消灭，否则在两人间的爱情上是很危险的吧！

——是的！唉……——他低声地答着。

他的几根指头交互地，轻轻地在她的头发上面起落着，这好像轻按上风琴的键子，美妙的乐音从她的心灵里流泻出来！她虽然要燃烧起来炽烈的火焰，但她还可以需要这蜜似的温情吧！而且他也是革命的儿子呢，不要抛弃了他，

冯　铿

应该挽着他一同跑上去呀！

——我为什么要作无谓的懊恼呢！放点勇气罢！难道他真的变了去么？……

她自己这样想着。

（四）

然而，没有坚牢的信念的人生是跟了环境决定他的意念的！虽然仅有只有两个整年的隔别，但存在于两人间的一切是完全不同了，这之间扩大了填补不上的裂痕了！

仅仅为了一次的口角，可怕的裂痕是不能掩饰的呈现在他们眼前了！

那是在她到来的第三个晚上。

那晚上，上弦月很客气地从云缝中闪着光芒，晚霞拖着它的一抹余晖在天末逐渐苍茫下去。窗口吹进来春晚的轻风。刚刚吃完了晚饭，她跳上她喜欢去的露台上。

——来，萍君呀！你快来！……——她像小雀般叫着，又像小雀般揽住走上来的他。

——多可爱的春晚呀！……你看：今晚上有月亮了。——她的声音好像夜莺。

——春晚的风光真令人沉醉呢，但这是有了我的小苹的原故！——他吻着她闪动的大眼睛。

——你看！月亮完全涌现在碧空中哩！好光亮呀！……

——好光亮呀！……你看！那边的马路上已经耀起灿烂的灯光了！骀荡的春晚上，那灿烂的街灯下真使人沉醉极了！……快去呀！我们到街上逛逛去罢！

——不是陪你去了两晚的么？委实不愿意再去了……——她皱起双眉。

不要傻吧！人生总要及时权变呀！快活不快活是由你的心情转变的。请不要再意识到那些唠叨的问题了！我们还是去罢！

——我真是不愿意去呀，我们在这儿看月亮不好么？

——你不是爱我的么？……我请求你罢！他拉住她的手儿。

——那你不也是爱我的么？为什么要勉强我做不愿意做的事情呢？……

唉！小苹！好罢，以后我定不再勉强你了！只这一次，这算最后的一次罢！难道你真的忍心拒绝我么？……——他的声音恳挚得有些颤动了！

——……她只好跟他一同下去。

她把天青色的法兰西小绒帽子戴上。在他为她新买来的服装中，她只爱上这顶歪戴着的帽子。

——来，小苹呀！我替你把旗袍穿上罢！

——跑跑马路也要更换衣服，麻烦死了！

——谁叫你在室中也不喜欢把它穿上呢？老是依恋着这套旧衣裙！……不用你动弹呀，我会替你穿上的。

他像爱抚孩子似的替她解开上衣，她皱着眉头由他摆布。

——呵唷！你还整天插住这支破墨水笔干吗呢？……等下我们另买新的呵！

——不要拿开呀，这是我心爱的东西！……

——她赶快抢下来依旧插进上衣的襟上。

替她穿好了衣服，他自己穿上外衣，梳着头发，站在后面的她像很忧郁般叹了口气！

——做什么呢，小苹！你还是不高兴吗？他转过头来，牙梳子在闪光的黑发上停住了。

——不是呵，……我想起哥哥来呢！……

——那是过去的事情了，想它做什么呢？……去！我们去罢……——温情的他挽住她。

"为着狭小的恋情，我会忘记了我们伟大的斗争么？……"她心里苦闷着的是这些，但萦绕在对手的脑中的却是怎样来和她享乐这华灯初上的春宵！

"但我是已经决定了我的目标的，现在只有等着炳生。也好，路上或许会碰到他吧！"她展开皱着的眉峰。

他俩混进在热闹的马路上，梦般沉醉着的男女堆中了。

他的眼光朦胧着给灿烂的窗饰、华丽的女人们掠夺了去。她却只注视着身旁过往的年青的男子，看看他们是不是她所盼望着的炳生。有时也仰望着那挂在狭长的天宇上面的月亮，月亮已给这夜的都市完全忘却了，灯光下谁也没有把她的光辉放在心上。

他俩的神情很不相属！他照着样子好几次伸起手来想勾住她的臂膀，但她却挣脱了！她说那正是自甘做着附属物的女人的表现，恋爱绝对不需要这些举动，她要舒舒服服的自己跑自己的路！……这可恼了他，但他还是很柔合的尽附住她的耳朵说着甜蜜的话儿，想引起她的情趣！有时在一两面窗饰前他便停住了脚，转过笑脸去想对她品评里面的东西，但不识趣的她好像毫不在意，早已从身旁跑过几步远去了！而他也只好嗒然地从后面赶上。

从后面他视察着她，在眼中的是一个粗率无文，小孩子似的女子！时髦女

冯铿

人娇贵的姿态不要说从她身上抽不出一丝来，就连女人所必有的旖旎风情也一点都找不到！他再凝视着她的大眼睛，那在三年以前是闪动着夺去他的生命的光辉的；但现在它虽然依旧放射出一种光芒，而在他却感到那是太于强烈了，不是他所迷恋着的了！总之她已不是自己此刻所需要的娇美的小鸟般的爱人了！

然而他还是恋着她的，是自己曾经执恋着的爱人！他感到苦闷，她淡薄了他们间的爱情，好像快要从他的怀里振翼飞去的鸟儿了！

两人终于默默地，一前一后的跑回家来！

——我说，小苹！你为什么不爱我了呢？

灯光下俩人依旧默默地对坐着，他忍不住那可怕的沉闷的气压，颤着声音说了出来。

——呀！这苦闷了你么？……萍君呀！问题并不是我们间有谁不爱了谁，而是你我间罩上不同的幕幛了！……你忘怀了革命，你把我们间一同生活着的要素抛弃掉了！……

她望着他苍白了的脸孔。

——革命？……唉！为什么它会在你脑里像生了根般固结着呢？它委实太使我伤心了，我厌恶了它，我对它绝望哩！……几多高贵的生命为它牺牲，为它受尽残酷的灾祸！但现在有芥子般大的成效吗？到头它能给我们一点什么呢？……

——不对呀，不对呀！你，你何以会幻灭到这般田地呢？勇敢的牺牲了正有他们伟大的代价，整个的劳动群众不是天天在向上，革命的高潮不是重新就要到来么？……萍君呀！你离开了革命的怀抱，离开群众的怀抱！可怕呀！你已忘记了我们的事业，而它也把你遗弃了！……你赶快承认了你的错误，把你的悲观、动摇，……种种的劣根性克服了罢！你呀，你往日的热情那里去了，你真变成个浅薄无聊的落伍么？呀，你呀！

她站起身来紧握住自己的手掌！

——请不要再说下去，不要再说下去罢！……是的，我的热血是退却了，我只渴望着我们温婉的爱情！我憎厌革命，我不需要它！……——他苍白的两颊上泛上兴奋的红晕，简直像女人般倒进她怀里流着眼泪了！

怜爱的温情没有在她铁似的心头萌芽，愤恨的烈焰却不能遏止地蓬勃起来！她推开了他，毫无怜恤地高声叫道：

——你这革命的叛徒，你无聊的时候玩弄着革命，但一等到危险当前的时候你便背叛它了！现在我看穿了你，你这毫无信念的小资产阶级是绝对不能参加我们神圣的事业的！好，现在你安享着罢，享受这由资本家们乞怜得来的苟安生活着罢，这享受都是从工人们的血汗得来，资本家吸收了又排泄一些剩余的给你们！呵！你真的不觉得羞耻吗？你甘心享受这种生活吗？……至于我，当着我们的事业正急待努力的时候，我愿意跟着你一同过着这样卑污可耻的生活吗？唉！……你呀！……

她的大眼睛射着利剑也似的光芒，刺得他的心头痛楚不堪，大颗的眼泪从他的眼中滚下来！

——别的不要说了，不要说了！你，……仅仅我们的爱情哩？爱情……！

——你还说我们的爱情吗？完了，完了！我只有爱我们的事业，它才是我伟大的爱人！

——但我们的爱情不是纯洁的，崇高的吗？……

——不，不！这样建筑在美妙的梦而其实是渺小丑恶的现实上的爱情我是不需要的了，真是不需要呀！

——你太伤了我的心，我真痛苦呀！……

——你才伤了我的心呢！你背叛了我们间结合着的意义，你堕落得使这意义毁灭了！——……

娘姨跑上来从门隙偷望这奇异的吵闹。他捧着脸孔倒到床上了，她也跑到外面去。

（五）

低湿的云团一堆堆地在漏出来的青空上移动，渐渐地展开了整个蔚蓝得像用顶好的蓝墨水染成的天空来。而在这长空的角落，那给早霞渲映得红紫灿烂的一方却张开着它的笑脸，太阳虽然还没有出来，但这天空已闪耀着晴朗的可爱的春光了！

在彩霞底下，在遥远的东方，那儿耸立着笔杆儿也似大小的烟囱，在静谧的晨空里浮上一缕缕不大飘动的黑烟。

就在那些气管吐出它在今天中的第一口气，那是晨星还在灰黯的空中闪烁着的时候，它吼动的声音把小苹从梦中醒觉过来，这声音还混着江头汽笛的尖锐的叫声，荡漾在她的脑膜上。

"他们又在开始一天的劳作了！"从梦中还紧紧把她揽住的爱人腕里松开，她跳下床来。

沉浸在梦里的他脸上尽浮泛着无限温和甜蜜的笑痕。头部顽皮地斜贴在枕上，柔黑的乱发遮掩了他紧闭着的眼睛，女人似的红唇因为笑着而绽出一角细白的牙齿！……可爱极了，完全是三年以前初恋着的辛同志呀！这小口，这蜜

冯　铿

似的温情的微笑正是三年以前,她,一个无邪的小姑娘会把他恋上的缘故吧!

她不忙着穿上衣服,却轻轻地俯下去吻了他的口角。

渐渐地在这令人迷恋的温情里,不幸的暗影在眼前展了开来,把这可爱的他的睡姿掩覆去了。

走上露台,在晴朗的蓝空下面,她看见马路对过那一家院子里的柳条已点缀了繁密的柳眼了。而故乡的柳树呢,现在正是翠拂行人首的垂杨了罢!微风漾着春的气息满满地给吸进她的胸头。她想起别离只有十天左右的南国风光,更忆起多年以前,就在这样的春光里爱上了那撩动人的温情的笑脸!

明媚的春光中忽然又袭上飘萧的暴风雨,涌现起崩塌糟乱,血肉模糊的惨象来!

那是整个为革命而斗争着的故乡,和为斗争而牺牲了的哥哥、妈妈,和别的许多同伴!

小苹是个农村的女儿,和别的农民般她血管里面流着的是勇敢朴诚的血液;但不同的是她壮健的血液里面还渗着要斗争的另一种热力!

她生长在 C 村。那是革命在发源地的 K 省,大庾岭极东极东的 T 县。浩荡的珠江支流滚滚地绕过村前,绵延数十里的 K 山麓便是这 C 村所占着的一部。虽然依山傍水的占尽可夸的自然环境,但 C 村也和别的农村一般,过去几千年以来尽给铸就在封建的铁坟下面!

小苹脑中没有父亲的印象!她在娘肚里的时候他便因为受地主的压迫受不过,盲目的起来抗争而给他们弄死了!但父亲遗留给他们兄妹俩的是血液里的热力。

和她一道在 G 村生活着的是比她大了八岁,长成个顽健不过的农民的哥哥,和一位与别的老农妇没有两样的慈爱的母亲。

幼年,在母亲和哥哥被榨剩下来的血汗里她算安和地能够在岩石嶙峋,和滔滔地流着朱红色江水的长堤上度过了她的童年。

长大到十三四岁的农女了,蓄着一根给太阳晒得闪上褐色的光泽的短辫子,和别的村姑一般她不晓得广大的世间的一切,只有一个圆圆的小红脸孔和一对黑溜溜的大眼睛。

革命的怒涛涌进滚滚的 G 江,激荡着长堤南岸的 G 村!映进她的大眼睛里的有新鲜,奇趣的一切了!哥哥是渐渐地不和人家打架,不喝醉了酒而叱喝母亲,骂打着她了!他好像很忙的样子,农作之后便匆匆地跑进村里的乌祠堂,和村里的同伴们或一些由别的乡村到来的客人们老是在谈论着什么,忙着什么;有时还整天不见的说是到了县城里去干着什么事情!

渐渐地哥哥变得越是温和了。常常笑着拉她的手儿,抚摸她那褐色的头发。他又常常地和母亲谈论一些不大明了的谷租这等事情,在母亲那表示骇叹的辞气中引起来她的注意,她也睁着大眼睛倾听他们的言论,不时的发出自己的疑问。母亲笑了,但哥哥却温和地详细替她解释,很希望她能够明白的样子老是指画着他粗大的手腕。

又渐渐地哥哥忽然老捧了一些有着墨的点划的册子、纸张,在灯下紧皱起他的两眉。他说那是书籍,是世上顶可宝贵的,能够教给人们一切不晓得的东西!

她睁着眼站在哥哥身旁,把奇异的眼光默默地对他注视着。一个晚上,一阵本能冲动着她,从口中跳出来,她说道:

——这些,你看着的这些书本子既然是很好的东西,哥哥呀!为什么你不教给我认识一些呢?妈妈也认识一些呢?!

——呵唷!女孩子也要认字做什么呀?你这傻孩子!

……——还不等哥哥的回答,母亲从皱痕满布的脸上叠上厚的笑痕了!

——这不对呀!妈妈!……是的,小苹呵!哥哥真蠢死了,放着好好的机会却想不起来领你到乌祠堂的平民学校里念书!——哥哥哈哈地笑起来,他高兴地放下手中的册子拉着她的短辫子。

——真好呀,明天,明天哥哥便领你念书去!……妈妈你还不晓得哩,现在我们的世界里男孩子女孩子是一切都平等的了。为什么不呢?妈妈你做了比我们男人苦了许多的一世农妇,难道不想起来解放自己吗?……男孩子会做的女孩子不也同样会做吗?只要她们自己起来参加革命。小苹呵!你将来定会帮助哥哥干我们的事业的!你的命运真好呢,小小的年纪便有机会认字了,不像哥哥,现在才……但哥哥可不会输给你的呵,将来我们看谁会比谁多识一些罢!哈哈!……

那晚上她的心中好像新长了两只翅膀!

明天,她穿了唯一好看的红格子上衣和黑布的裤子,哥哥粗大的手掌按住她的肩头,带她一同到乌祠堂去。他们的脸上都浮上新鲜的光彩!

——小苹呀!你要过乡去么?哥哥带你到城里逛逛去么?……——走出低矮的家门,邻右的孩子都围住她问着。

——都不是呵!哥哥领着我,领着我到乌祠堂读书去哩!……——她有些夸傲的样子,笑着指着插在哥哥袋里的书本子。

——好撒谎的小苹呵!读书,你骗我们呢!我们跟着看你跑到那儿去!

哥哥笑起来,张开臂膀把他们叫回去。

——迟早你们都要到乌祠堂读书去的!——他说。

——阿大!你带妹子哪里玩耍去呀?……——碰到相识的老农民,他们也唠

冯　铿

叨地问着。哥哥告诉了他们，但他们都笑着说道：

——开玩笑，女孩子也读书的么？

但哥哥解说了几次也不再打理他们了。

到乌祠堂，她小小的心房跳动起来！只紧紧地拉着哥哥的衣角。

哥哥喊她坐在前面的阶沿上，自己匆匆地跑向里面去。春晨的太阳从花纹古旧的檐角上射下，天井里两株大龙眼树开满小点的白花，悄静的空间充满着无限的神秘！

哥哥跑出来拉她的手儿进去，他很恭敬地指着一位穿长衫子的男人叫她喊"李先生"。

李先生走过来抚摩她的头发，她看见他的手儿又白又小的不像村里的农人，他很温和地笑着对她说了些什么。

到现在她还清清楚楚的记着，那天午间哥哥从田里挑了一担草儿，跑来带她一道回家去。她的心头像塞住了一些什么，饱饱地竟比平时少吃两个母亲炊熟了的土芋。

生活改变了，几十个和她同样大小的村童和整天穿着长衫子的李先生是她的同伴。乌祠堂的龙眼树下和屋后巉岩的山麓便是他们游耍的地方，她渐渐不喜欢接近早日那些女伴，她们的言谈行动都和她合不上了！

她念完了两三册印着人物的书本子，感到它的兴趣了；也学会了写字，爱把牙齿吱开那给坏的墨汁所胶住了的毛笔尖儿。

她天天挟了一两册书本和一块已经打破了的石板跑到乌祠堂，短小的辫子在脑后跟着她跳跃的时候一起一落地动着。这小辫子是乌祠堂里独有的辫子，她是他们中唯一的女孩子，她会比他们读得更加聪明些。

妹妹整天都有功课，但哥哥却只有乘了搁下锄头的闲暇，晚上读着一两个钟头的夜学。妹妹在家里坐不惯了，晚上也跟哥哥一道去听他们的谈话、演讲，读着他们的书籍。哥哥很容易便会明了里面的意思，但妹妹却有些懂有些不懂的只认识了几个生字。

夜里，从乌祠堂回来后，在小小的豆油灯下面对坐了兄妹两人。各人都读着各人的功课，眯着老眼的母亲也横坐在下首补她的破衣服，或者摇着纺纱的轮子。

哥哥老是紧皱着眉峰，粗大的手指不停地搔着自己的头皮，好像恨不得把整本的书籍吞下肚里去的样子。妹妹呢，她溜动着思睡的大眼睛高声地读着，或者歪着头默默地写她歪斜的字句。

妹妹喜欢和哥哥赌着认生字，哥哥老是输了的时候多；输了时他不是越发皱紧了眉头痛骂着自己便是哈哈地笑起来，拉了她短小的辫子夸奖妹妹聪明！

哥哥有一次从城里带回来一件新奇的东西！那是一根秃了笔头的自来水笔。他很夸耀的把来插在自己敞开了胸膛的上衣袋里。这打动了妹妹，她借过来试用着，试用着老是不忍拿回哥哥。但他说那是自己积下来的几只角子在城里买来的，如果她能够一连赢了他三次以上的赌认生字，那他可以割爱送给她。

妹妹夺去了哥哥心爱的自来水笔了！妈妈说小孩子用不到这样好的东西，但哥哥却哈哈地笑了，情愿让给她。她高兴得晚上一连做了好几次关于这支笔的梦！明天，插在衣襟上连跳带跑地走到乌祠堂去。

自来水笔里面的墨水用完了时连哥哥也想不出法子！幸而李先生教给她使用的方法，还把自己的一罐墨水送给她。

从此，她不用再挟着破了的石板跑来跑去了，她整天留心着收集一些白净的纸屑，很高兴地歪了头儿，用着秃了的自来水笔写她歪斜的字句。

（六）

小苹度着她十七岁的青春了。姑娘们在这个期间正像一朵娇艳的玫瑰，幸福和青春原是联系在一起的呀！然而我们的小苹却刚刚是两样！她是一株由荆棘丛中茁长出来的乔木！她没有沉醉于处女的软红的梦，而是处身于洪涛烈火当中！

青春给她带来了狂热的革命情绪！

她的青春也刚好带来了中国的革命高潮，那是一九二七年的开头。G村的土地早已在铸就了的铁坟下面翻动，农民们早已在里面啸乱，看看他们快要冲破这若干世纪以来，重重地压在上面的铁墓了！

G村掀开它一页斗争急剧的历史。

现在小苹是C村××协会里面得力的一员女斗士了！虽然刚刚是十七岁大小的一个农女，但她脑里装着的是满满的革命意识和有生以来便需要斗的事实！帮助哥哥们领导有着千余个农民的G村来开拓它的新命运，她是协会里的文书部长和妇协G村分会的领袖。

哥哥为着努力工作的缘故忙得来自己几亩田地都无暇耕种！两三年来她们的一家三口在物质上依然过着刻苦的生涯，但兄妹俩的精神是跟了村民们改善了的生活般有了可惊的进展！

哥哥把粗大的臂膀高撑起减租运动的旗帜，和村民们向躲藏起来的地主门前呐喊，走进军警森严的城里向统治者示威！妹妹却站在长堤上或乌祠堂的门口，对一些落后的农民们大声地喊着口号，热情地演讲着。

冯铿

曾一次哥哥因为斗争的缘故给身上受伤的抬了回来！母亲吓得号哭了，但听了这消息的妹妹还坐在乌祠堂里飞动她的笔尖，起草着重要的宣言。

从G村妇协的支部，她被选进城里总会充当常委了。

拖着褐色乱发编成的辫子，上衣襟上插了一根旧的自来水笔；圆而黑的脸上透着满满的红霞，黑而大的眼珠睁开来闪动着光辉。她身上的妆束和农村没有什么不同，不同的只有从今天起她系上了一条短的蓝布裙子。她把裙子拉得很高很高，为的是便于走路的缘故。但她穿的是短统的袜子，走起路来她的膝头便很不客气的裸露出来，然而她完全不打算到这些事情。

就是这样的一个农女，小苹，她以G村代表的资格，到城里来的第二天，被全县各界代表大会的主席介绍着起来演说。

是第一次她站在许多不熟识的群众面前溜动着大眼睛！有点茫然的样子了！但她即刻把握到自己，激越的声音从她口中散出，她差不多把脑袋装得满满的东西都从口中倾泻出来！

粗大的手掌在台下雷似地轰叫起来！

她跃动着小辫子走下台去时，他，县党部代表辛萍君抢着起来发言了。他说：有许多革命的知识分子老以领导者自居，看轻了工农群众！但现在请他们自己批评一下罢！中国的无产阶级和妇女对革命的认识不是已达到可惊的进展吗？像G村的代表便是一个好例，有谁能够比她说得更真挚，更热烈的革命理论呢？除了真正的工农群众！……大家应该一致赞同她们所提出的运动方式，她的呼声便是我们几十个工农代表的呼声呀！……

与其说小苹的言论引起他的赞叹，那还是她那时闪动的大眼睛把他从心灵深处给熠动过来的更为确切吧！他是个小资产出身的革命者，是浪漫的、热情的青年。他受了现社会的所谓高等教育，但大学还没有毕业便跑回家乡来充当教员——那一半是因了他没落的中产家庭不能赓续给他求学的经济负担，而别的原因也是他自己对无聊的学生生活已起了厌倦！但粉笔黑板的灰色生涯更使他苦闷，而社会的黑暗面也开始映进他的眼膜！于是他把雄心收拾起来尽付之流水，他憧憬着不可捉摸的乌托邦，沉醉着浪漫的文艺热，然而这些没有使他得到安慰，像一只失了重心原力的陀螺般，在地上东突西窜地盲冲着！

而刚刚在这个时候汹涌起来革命的狂澜！于是他找到了自己的出路，他热狂地追求着能令他奋发起来的事业。

虽然只有二十三岁的青年，但前部的青春于他是无声无息地溜过去了！现在他要紧紧地把它抓住，加倍的享用这残留的青春。他需要革命，但他还需要生命所必不可少的异性的爱情！

爱情始终是神秘的东西吧？！它不停留在时髦的女学生，党的女职员同志，或别的美丽的女人身上，却毫不踌躇地投进在一个粗陋的农女的大眼睛里！

不仅仅为了一对闪着光辉的大眼睛呀！她全身质朴简陋的妆束在他看来是另含有新鲜的，浪漫的少女的姿态，是一种纯洁高超的神韵！

这可爱的神采深深地抓住了他的心灵，本来他的生命只有追求着热情的革命，而现在这热情中另茁长出一根有力的萌芽了！

但她呢，她不懂得这样的爱情的，她爱哥哥，爱妈妈，尤其爱整个的G村同伙们和阶级相同的无产群众！

这时对她表示赞许，对她们的斗争表示同情的萍君给她是一个很好的印象，她晓得那是一位和李先生同样的革命知识分子。

在城里她依旧忙着她的工作。现在没有哥哥们来拉她的辫子或者拍着她的肩头了。一同工作着的几个女同志她感到她们不是真正的革命同志，孤零零地总是和她们合不上！她晓得自己是个粗陋无文的农家女，女学生出身的姑娘们定比自己高明得多。但渐渐地她推翻了这样的念头，这些同伴真使她失望！

"Miss 小苹，今天参加军民游艺大会的演说词你预备去罢！我们到时都要表演游艺的！……"

"小苹同志，请你把裙子放低一点可以不可以呢？会场里露出整段的膝头是不大雅观的呀！……衣袖便要短得露出整支臂来算时髦的，但你的袖子却偏偏这样长！" "你为什么连雪花膏都不搽一搽呢？小苹姑娘！到城里来后不把服装改良改良是赶人家不上的呀！……"

"同志小苹！你的文字做得还不差，但你太不懂得艺术了！革命是需要艺术化的呵！请多读一些关于文艺的书本罢！我可为你介绍！像飞絮、落叶，……这一类的文学便是现在顶流行的恋爱小说呀！……"

"……"

"……"

这便是女同志们对她的谈话。她看穿了她们，她们不是为恋爱、为虚荣而来革命便是想借此开开无聊的心！她们对资本主义时代的物质诱惑不能排遣，她们完全不晓得精神上的向上！只是一团肉，一团毫无生命的专供同样堕落了的男性玩弄着、蹂躏着的肉体！

她忍不住的时候便睁大眼睛来替她们解释革命的意义，怎样才是新女子的人生观。但她们不是噘起口唇来射开了去便是哈哈地把她讥笑起来！

她愤恨她们，但她更加紧自己的努力。她们整天只找着机会跟男同志们到什么地方去游玩开心，到什么游艺大会和娼妓们一同表演肉麻的歌舞；还有不是整天躺在床上抱着恋爱小说便是整日里忙着写情书，烫头发……！她们把辛苦的繁重的工作都推到她身上，但她从来没有推避一次的，高兴着连忙干

冯　铿

去了。

在城里她体验了复什的劳动群众的生活，更惨酷的手工业工人待遇和两重压迫下的女工贫妇们的苦况！她努力地领导着他们，指示他们应该怎样起来抗争！

工作把她整个包围着。

是元宵节日，全城里一对对新悬在门前的红纸灯笼还未透出光亮的烛影，代替了亮晶晶的一轮明月的却是纷纷点点的满城寒雨！

刚从党部里散会回来的小苹，褐色的乱发上缀满了珠珞般的雨珠，跑回住宿着的妇协会去。

——小姐们通通给先生们分头请吃节酒去了！大约晚上没有十一二点钟是不会回来的！只可惜晚上躲去了月亮，不然我们两个倒可以清静的坐谈一下！……唉，看你真是忙死了，谁个姑娘们像你这样不贪快活哩！……——她刚刚跨进了大门，爱和她唠叨着的女什差便迎着说了一大堆。

——呃，要我这样忙才是快活呢！……——她笑了走进自己房里。揩一揩头发后，便伏在案头把刚才的决议案重新整理着。

邻家送进来一阵阵的爆竹声！忽然，她忆起家来了！忆起幼年时和哥哥在这个晚上便合力筑成一个瓦塔，在月光下的爆竹声中又把它烧毁了，自己和孩子们携着手，绕着那射出美丽的火光的瓦塔跳着，唱着无腔的村歌。呀，那是多快乐的游戏呵！

像醒觉过来般她连忙屏去自己的童心，依旧低头理完了她的工作。

把脑袋清一清，今晚上是没有什么事情要准备的。于是回家去的念头又袭了上来。她挂念着哥哥们的工作近来不晓得怎样，离别以来虽还不够一个足月，但不晓得整个的G村群众可有了什么进展？

跳起来脱下鞋袜，把裙子拉得更高些。从县里跑到G村没有灰筑的官道，只有一下雨便泥泞满路的小田径。她赤着足穿了木屐子，检出几册刊物来准备送给乌祠堂的新组织成功的农民俱乐部，跑下楼来和女什差商借竹笠。

——你这个样子便想回去吗？不怕在城里碰见那些先生们么；……——女什差惊诧得笑了！

——我怕什么呢？我是惯了的！——她戴上大的竹笠子。

刚好这个时候从门外闪进一个人来，他穿着闪光的雨衣。

——小苹同志在里边吧？说姓辛的要找她。——来客对女什差说。

这声音使她立刻注意到来的是谁，她高兴起来。

——在这儿呀！我刚要回家去哩！

——呵唷！我可认不出是你来呢？……——他又惊又喜地看着那两只深覆

在竹笠下面的大眼睛，这眼睛放射出越发可爱的光辉！而她这样潇洒自然的装束更是动人极了！

她笑着把竹笠除下了。

——怎么？有什么事情吗？……

——要有事情我才可以来找你吗？今晚上就是因为没有事情做，才想找你谈谈呀……他也笑着脱了自己的雨具。

——我们不是刚在会场里碰到的么？此刻你来了我便以为是部里又发生了什么特别事情哩！

——你整天都担心着工作呀！……——那光辉闪动得他的心头跳颤起来！

——哪里？……我真高兴和你谈谈的，但对不住呀，此刻我要回村里去呵！

——那我只好告辞了！……不过，晚是晚了，又下着雨，你自己一个在村野上跑着不太孤寂吗？……——他很恋恋地注视着她的眼睛，口角上浮着温柔的惆怅的微笑，白嫩的手指玩弄着雨衣的钮扣，只是不愿意离开她的样子。

一阵奇怪的冲动在她心上跳跃，她忽然感到他的可爱了！她从来就没有领略到像他这样的男人的温情的微笑，那像醇酒般濡进她的灵魂深处，醉了似的她凝住自己的眼光。

"他可爱呀！……"脑中闪上已经组织起来的这样的一句！全身的血管中好像流着无数的轻轻咬嚼着她的肌肉的小动物，而这种咬嚼是引起来新鲜的，甜蜜的快感！

她再感觉到颊上渐渐地烘热起来！

两人都低头沉默着。

——那，那请你一同到我们村里去好吗？路上可以一面走一面谈谈，不是不寂寞了吗？……——她有些不好意思地终于说出来。

——好的，好的！我真高兴呀！……我们去罢！——他笑得露出一列细白的牙齿来，这牙齿也使她感到可爱极了。

——还有，辛同志呀！我要介绍你给我们农会里的同伴们，他们定欢迎你呀！你是个努力于我们的斗争的同志呀……——她立即记起来这可爱的他便是热情于革命的敬爱的同伴，他有比自己更加高深的学问，他的言论常常会使自己折服的呵。

她跳跃起来，戴上竹笠子。

冯　铿

（七）

　　无偏私的青春也带给她蜜似的温情，在谁个的青春里没有一段温情的 Romance 呢？黄昏的村野，寒雨霏微的道上，像掉进软绵绵的蜜糖里似的躲在辛同志的怀中，她很大胆地吻了他那绽着柔和的笑意的，颤动着的口唇！

　　现在只要有意的追思起来，那就连自己的指尖也会感到当时的特殊的滋味哩！在女人的一生，处女的第一次浸浴在恋情里的感觉是深深地印上脑膜的呀！

　　可是我们的小苹所以和别的姑娘们不同的不是她不需要这蜜似的温情，而是在这斗争的生活里，她需要的是更伟大更热烈的革命的爱情呀！

　　当晚 G 村的农民们就在乌祠堂里聚集起来欢迎这革命的领导者——党的青年部长辛萍君！听了他的高兴的演说，他们是喜欢得来感激似地高呼着！……而现在呢！现在这曾经领导着群众的知识分子是背叛了革命，生活在群众的血汗里的落伍者了！

　　第二天天一亮的时候她和他便赶回城里，哥哥拉住她的手儿说：

　　——现在我们村里是准备着再进一步的抗租运动了，这是很隆重的一件事情呀，虽然时机还没十分成熟，我们的敌人还有许多！……可是，我们是愿意把最后的生命交给这一次斗争的了！……小苹！……

　　——好的，哥哥！你们准备着罢！这是我们最后的一次呀！在城里，我是刻刻都记挂着我们的农村的！我晓得尽我的力量帮着这事情干着的！……还有，这辛同志他也是站在我们同条战线上的斗士，他是努力替我们尽力的，我晓得！……——她紧握住哥哥粗大的手掌。哥哥好似有点不舍得她离开了农村的样子！

　　她离开了哥哥、妈妈，离了整个亲爱的 G 村！谁会料到这一次的别离竟成了永诀！现在她已再不能看见亲爱的他们，不能看见那未经铁蹄蹂躏，整个在欣欣向荣的农村了！……

　　一回城里，工作依旧把人包围了去，她忘记寒雨声中那温馨的恋情了。在会议席上，在群众堆中，她也常常碰见了他，但这个时候的他是紧握住手儿，渡过那波涛汹涌的大海上的同舟伴侣，是一同团结在斗争热情里的敬爱的同志！他的红唇没有浮绽着柔婉的笑痕，有的只是庄严的，愤发的光彩！

　　"小苹呀！为什么你总是不喜欢和我私下谈谈呢？我们不可以亲密一点么？……"

　　"你的眼睛闪动得太动人了，你把我的心灵一熠一熠的夺了去呀！……"

这迷人的温情也会打动了她，处女的柳絮也似的心情是经不起这春风般吹着的甜蜜的言语的！于是她会忍不住倒在他的怀里，捏着他嫩白的手指或是抚摸他柔软的黑头发，把他叫着"傻孩子"了！

然而许多次这温情像给她胸中的烈火消灭了去，软红的迷梦完全引不起她憧憬着的柔情，满满地填在脑中的是凶猛粗暴的铁锤、刀剑！毫不踌躇地把他拒绝了！

——辛同志！请不要尽对着我说这些话儿罢，我忙着哩！难道你却很悠闲吗？你的工作呢？……

——好忍心的姑娘呵！真是个铁似的女斗士呀！……好，大家努力罢！我就干我的去了！

——谢谢你呀！这样我才爱你呢？……

不觉地对他笑了。于是各人便分手干着各人的事情。

薰风漾着麦浪似的温情陶醉了她，他方呢，那熊熊烈火一般的斗争越是猛烈的燃烧着，就在这两种不相混和的氛围里，她度过了城里的落花时节。

历史的车轮辗上了险恶的轨道！就在这一度革命的高潮达到了它顶点的时候，飓风施行它最后的暴力，排山倒海地覆下来把它压成无数的浪花，飞溅得整个的中国都沾满可惊的白沫！

黑暗的一方风驰电掣地掩覆了刚要升起的光明！它用着可惊的速率伸展到大地！反动的铁蹄冲破了栏栅，践踏到稚嫩的园地来了！

黑暗和光明早已起了分野，后者是暂时给消灭了！整个的中国已陷进黑黝黝的深渊，而消息闭塞的 T 城，依山临水的 G 村却反而在茫茫的大海上浮着一两点闪烁的灯光，想延长那微弱的光明！他们已长起万丈的斗争烈焰，这烈焰没有暴力的扑灭是不愿自行掩熄的呀！

凶恶的暗潮快要淹没而来的前几天，邻村邻县都啸动起来！T 县也难逃这必然的劫数，在那反动势力高压的下面，她们还奔走呼号的尽着最后挣扎的力量！

小苹有两天晚上没有睡觉了，褐色的乱发在头上蓬松得像一团干草，睁着两只充血的大眼睛，歪了头儿不断地运算她们的计划！

哥哥老是没有碰到的机会，他曾一次进城来找她，但没有碰到便匆匆地跑回去了！这几天来有的说他已跑出 S 埠，但有的又说曾在什么村上晤见他。外间的消息已和这儿隔绝，反动分子是明目张胆地干起来了，她和萍君们都好像一群给捉到瓮里来的小动物，转来滚去竟找不到一条出路！但他们依旧拼命地和反动的压力斗争，奋力着挣扎着。

她没有余力兼顾到自己的农村，不能跑回去！他晓得哥哥们一定不会屈服

冯　铿

在暴力下面的，他们只有奋斗，虽然到头来或许只有牺牲！她也认清自己当前的任务，只要有一丝的希望她便尽力干去的！哥哥粗大的手掌好像什么时候都紧紧拉着她的，她没有畏怯，畏怯自来就不曾闪上她的脑海！

她们躲在一家儿子是个青年小贩，母亲是六十多岁了的浣衣妇的熟识的草屋里秘密议决她们的案件。这儿一共只有五个忠实的同志，平时那些投机分子现在躲的躲，背叛的背叛了！

在惨淡的豆油灯下，听着附近的城楼已经敲了三更的鼓声！

——好！同志们，就这样结束了今晚的会议，各人进行各的工作去罢！……——她睁着那充血的大眼向大家溜动了一下，眼睛虽因失眠的缘故失却那闪动的光芒，但燃烧着的气焰把同志们的睡意都扫除净尽！

——他们早已严重的侦察你的行踪，这你是知道的。为了我们整个的目标，小苹同志！你应该躲在这儿不要出去了！团结起各个工会来的任务我来代你干去罢，我自然晓得尽力干得好好地！……——萍君握住她的两手。

——但我终须不能死躲在这里的，我还要跑回 G 村去帮他们联络起各村的×会来和我们一致行动，这是紧要不过的事情呵！

——那更使不得呀！听说今晚上各个城门都站了检查员呢，他们是真的干起来了！——另一个小个子的同志抢着说。

——呀！那你还不早点说出来呵？他们把我们截成两段了，没有农村的援助是只好束手待毙的，这几个毫没武装的小工会能够干什么呀？外面是一点都得不来信息，究竟我们党的中央组合是怎样了呢？……大家的脸上都罩上深灰色的浓雾！

——可是，干终归要干的呵！不斗争，难道向敌人们暂时屈服了么？勇敢的同伙呀！

——她立即跳起来说——辛同志！那请你代我尽力去罢！我一定要筹思出来更安全的法子。

他们陆续地出去了。

吹熄了豆油灯，黑夜里她一面静听着老妇人低微的鼾声，一面想来想去总想不出怎样飞出这牢狱似的县城，回到 G 村去是无望了！

她守望着由屋顶的一方玻璃小窗眼所透进来的天空渐渐灰白着。

盼望着他们，但自朝至午任等都没有他们的足音！下午的时候了，外面好像响了几下枪声，她惊疑着，没有一会屋里的老妈妈颤巍巍地走回家来！

——是什么灾祸呀！天王爷！……先生们通通给抓去了，经官兵们……！——她慌张得枯瘦的老脸孔好像缩小了许多。

——怎么呀！你，你说的是这些先生们……——她急得来好像热锅上的蚂蚁，下意识地指头咬住了！

——这些来这里坐谈的先生呀，还有许多，许多！官兵们到各个学校、工会，……还有人家里都搜掠透了！他们乱抓了人，又放了枪呢！东西好的都给他们抢尽了！唉，真不晓得是怎么来头的灾祸呀！……我在女学堂里替姑娘们洗衣服的，但不好了！官兵们一哄的冲了进来，不问情由，把姑娘们有的连衣服都脱光了！……唉，可怕呀，天王爷！这是闹什么乱子呢？她们赤条条地给抓去许多个呀！真是……——老妈妈的老泪扑簌地滴下来。

——完了，我勇敢的同志呀！……都给抓去了吗？

还没有关上的独扇门闪进来一个穿着肮脏布服，戴着宽大的破帽子，胸前还系着一方厨夫似的白布围裙的男人！他那几根不能掩饰的嫩白手指按在推开来的门扉上，使小苹跳起来了！

——是你么？萍君？……

——完了呀！小苹，……但幸而我们总算碰在一起了！……——他张开两臂来把她揽住了？

——可是我们怎能悄悄地躲起来呢？……我们是不会退缩的！——她推开了他。

——完了，完了！工会都给他们早已占夺去了，同志被悄悄地抓去了！是迅雷不及掩耳的突变呀！天没亮的时候我得来这些消息，只好躲进姊夫家里去！……然而我挂念着你，死我们也要死在一道！赶这混乱的时机我逃出来了！……我们自然不会退缩，但现在是一线的出路，一丝的力量都没有了！……姊夫说 G 村自昨晚上给统治者军队包围了，农民武装起来抗拒反动的军队，但混战到上午的结果是失败了，实力上万万抵抗不住了！你哥哥不必说了，你母亲和多数的村民们都给立地枪决了去，乌祠堂和一些瓦屋是给烧毁了，家畜钱物是给洗劫了，G 村现在只有逃难的一群灾民和一片烽火还没有熄灭的瓦砾！

……——他一气呵成地滔滔说着！

——呃！……——整个的世界在她脑里翻腾过来！在眼前，黑沉沉的一片里闪着一堆堆鲜血淋漓的尸体，闪着哥哥们的脸孔……又渐渐地这一切都飘浮而去，黑沉沉的一片吞没了一切！

（八）

——唉，这是什么一个地方呢？怎么老像是在夜里呢？

渐渐感到自己是躺着的样子，全身都松解了般连动弹一下的念头都没有起

冯　铿

过！她昏沉沉地尽浸溺在恍惚可疑的境地里！

——唉，我失去了工作吗？为什么老在夜里躺着呢？……——深灰色的浓雾中老是浮现着一个模糊的影子，这是谁呢？她真想和他讲话，但喉头好像给什么闷塞住了，自己整个的存在就如一团没有意识的棉絮！

——小苹呀，醒醒罢！……小苹呀！……

渐渐地她感到一阵阵低微的声音老像在喊着自己！这声音好像就从那模糊的影子中发出来！

这声音真温柔极了，乐音似地尽在茫茫然的脑际回旋！

——唉！……是妈妈吗？是哥哥吗？……这声音，这影子！……

——然而，都不像呵！……哥哥和妈妈呢……他们，他们不都是没有了吗？……

一阵漆黑无边无际的压下来，鲜血在里面飞溅！……

漆黑渐渐散开了，深灰色的浓雾里又漾着轻柔的声音。

——呃！是你么……？辛同志！……——模糊的影子忽然很清晰地在脑上映现！

——是他，是他呵！……——她想喊出来，但喉里只透出一丝短促的气息。

——呀！你醒过来罢！……小苹呀！……

这轻柔的声音现在更可以清楚地听到了。她记起来过去的断续的一些残痕，但这些又给那浓雾弄得模糊着了！

为着这病，他和她才能够安全地从紧张着危险的T城逃走出来。

那是黑暗暴风雨后的第二天晚上，他穿了女人的衣服，她却紧紧地被裹在被窝里，抬进泊在草屋后面的小河上的船舱里，老妈妈护送着，她的儿子给她们摇船，说是重病的亲戚要送回家里，没受检查的小船由城河摇出城外去了！

他带着她投奔到七八十里水程以外的姑母家里。这是一个很静谧的桃源似的农村。这儿自来就没有所谓革命的抗争！丛叠的山丘虽然不险阻，但却深深地把它三面环绕着，只有一条小小的河流从西方的田野里很曲折地流进来。革命在高潮时所溅起来的浪花没有超越过丛山叠嶂散布在这里，化石般的农民们的脑袋只晓得谨愿地耕他们聊以自给的田地，不晓得别的什么希求；但最大的原因却是外面统治者的铁蹄很少践踏到这里，而这儿又因了是创立不上几百年的新村，农民间很平和的没有什么专横的地主，到外面交纳的租谷也比别的村民们少一些。

姑母的家庭是个目前还能够安和过活的农家。她没有丈夫，有两个儿子和一个媳妇。小的儿子是个活泼的，憧憬着外面复杂世界的十七岁的孩子了；大的却是只晓得劳力的忠朴的农人。他们是勤俭过活的农户。

姑母有一所落成不久的新瓦屋，除自己耕作的外还有几亩租给人家的园地。她能够供给侄儿的生活，她充分的同情他，他的逃亡在她以为就和给奸臣谗害的落难状元般相似。表兄弟们也欢迎他的来临，他们眼中的他是神圣高贵的读书人，政客，他们都劝他静静地躲在家里，等到天下太平了那才到外面升官发财去。

小苹害的是热病，一连几天都躺在昏睡的状况中，这村里当然没有什么医生，村民们的生命除了凭自己的经验调养之外是由他自生自灭的。姑母替他着急得求神问卜，他却整天整晚只有守在她的床前，低唤着她的名字，偎着她滚热的脸孔和按着她跳跃着的脉搏，把脑中记忆着的对于病人应有的调护方法都谨慎地施用着。

过了危险的期间，她清醒了。她晓得自己经过不幸的斗争，现在是逃亡者的，成为只好躺在床上的病人了。

她老在追忆那不幸的斗争，那太使她痛苦了！

——唉，辛同志呀！我要复仇的，我们终要胜利的！……——这样的言词常常在她病弱了的唇中溜出，失了光辉的大眼睛在瘦陷下去的眼眶里突突地显露着。

而他一定着急起来，很温和地安慰她，哄她忘记了过去的一切！

他为她每点钟都按着脉搏，很细心地誊记在记着她的病情的表上，把温柔的口唇贴着她烘热的额角，把一调羹一调羹的开水喂给她喝……！

在他这样温柔的爱抚之下她只好抛去心头的记忆，很驯服地闭上眼睛沉沉地陶醉着梦般的境地。

他曾酷爱文艺，读了许许多多的中外古今说部；而且他很会讲，溜着轻柔的春风似的声音，慢慢地，滔滔不绝地讲着，水银般的滑进她病弱的脑袋，把里面的创伤轻轻地洗净了。

她爱听《三国》、《西游》，而尤其爱听《水浒》！她叫他两次三次的重复讲着，张开口儿，孩子似的憧憬着那趣味浓郁的幻影！

当他每次呻吟着想一想要讲的资料时，她撒娇似地说道：

——一定完了哦！我不相信你的脑里会装上那许多东西的！还是再给我讲着林冲罢，讲着鲁智深罢！……

——哪里会讲完哩？是太多了反而打算不定要先讲哪一部好呀！……林冲太滥了，我要讲别的新鲜有趣的呵！

——真的还有了更有趣的么？那便快讲罢！你真比我聪明呀！

——不是比你聪明而是比你有机会多读罢了！你才是聪明不过的女子呢！

冯　铿

小苹！……

——就是没有机会啦！小的时候读得太少了，太简单了！以后不晓得还有躺下来静静用功的机会么？——她感慨着了！

——现在不就是机会了吗？等你好了的时候，我们一同来读着心爱的书本子，真是幸福的生活哩！……文艺要有相当的素养才会领略的，以后你就研究着吧！……

——那还是专供你们有产有闲的人们欣赏去罢！我们现在处的是怎么样的一个时代呀？……好了的时候，病好了我们不是依旧要找机会干着的么？……——她又兴奋起来了。

于是，他又像哄孩子似的把她的心情哄得慢慢地平静下去。

他还时常对她吟诵了一些诗词，开始他只像唱催眠歌似的哄她睡下，但这渐渐地打动了她，比讲故事更加使她爱好起来了。

她是女孩儿，那历史以来所赋与的柔情虽给要斗争的烈火狂风消灭了去，但现在她是卧在病榻上，是躲在爱人的怀里，她的心情是怎样的脆弱呢？当那隽永动人的诗句，从可爱的他的唇里轻妙地溜出，婉转地漾进脑中去时，宛如一个柔弱不过的姑娘似的，她把头儿静静地倒在他的腕上，帖帖服服地不想动弹，两人的灵魂融合起来，流进那神秘的，美妙的渺茫里了！

——你这样爱好文学的么？爱好诗句和故事么？……真是可爱极了的小苹呀，在你这样沉醉着的当儿！……——颤动着情焰的他的双唇会紧紧地吻上她褪了色的蔷薇似的脸上！——我曾为你做了许多诗句哩，在碰见你的第一天起！你的眼睛真撩动了人呀！……

——真的么？你为我做了诗句，为我的眼睛么？可爱的你呀！……为什么你会爱上我这样一个粗陋的女子呢？我不是不懂得诗这东西的么？……

——你才是真懂得诗这东西的姑娘哩！像你这样的女子才是夺去了我的生命的爱人呵！失去了革命，但我现在是获得了你的爱情了，更可宝贵的爱情了！……

——这便是我们两人间的爱情，而它会使你沉醉，使你忘记了一切的狭小的爱情么？我也爱你的，然而我不要失去了革命，我们应该永久和它同在呀，我们不是要胜利的么？

——是的，要胜利，要胜利，为了我的小苹的缘故革命一定会胜利的！……

——那你高兴极了！萍君呀！快把你为我做着的诗句念出来罢，念给我听听罢！

温馨的时光偷偷地在病榻上溜去了二十多天！

（九）

　　缠绵淅沥的梅雨期在病室的窗外溜过去了，晴朗的五月天带来了夏的光与热。村里蒸发着各种各样郁闷的气体，堆积在土埕上或屋后的草囤儿发出来腐湿的气息，和在地上干了犹未被捡去的猪牛的排泄物所散出来的混成一种难闻的臭味！沟渠和深的水洼都张着丑恶的口儿，照着阳光闪了奇妙的光彩，还吐着讨厌的气息。呆然躺在人家檐下的一些农具大都晾晒上一两件破旧的棉袄；有些农妇们披着花格子布的头巾，蹲在太阳底下的土埕上洗刷她屋里发了霉的用具。午间从田里回来的耕牛懒懒地拖着它笨重的身子，身子上闪着汗珠。孩子们都换上粗麻制成的上衣，裸了两腿的到处跑着。鸡雏一群群的在地上忙碌找食，争啄着一些闪光的砂砾或铜片。

　　然而这光与热也充满盛绿的山谷原野和河岸，叶儿草儿都闪耀着油滑滑的光辉，发散了新鲜的植物的香味。亮得好像透明般的蓝空间也浮泛出几朵温软的白云，这点缀着宛如生满绿野间的红紫、黄白的小野花一样。

　　人们就呼吸在这样晴朗的初夏风光里。

　　姑母的新瓦屋临着那曲折的小河，左面长着一片像用剪刀剪齐了的禾穗，田野尽处便是丛杂着浓绿的浅谷和久雨洗过的蔚蓝的山峰。河的两岸铺满了丰缛的绿茵和碎锦似的小野花。澄碧着，宛如几许层无色的玻璃堆叠起来般流着透明的河水。结着小得来针头也似的累累果实的龙眼树林在对岸形成个疏落的果园，和庭前几株红花落尽的木棉树连成一片浓荫，把这道河流越发看成纤小了！

　　早晨，他挽着她在河岸上慢慢地踱着，病后的四肢娇懒了许多，她不是闲倚着木棉的树干便是坐下在河岸上，河里是两个并肩的影儿。

　　病后的心情也脆弱了许多，猛烈的狂焰失去了它燃烧起来的热力，她让自己懒懒的偎住萍君的肩膀。

　　吸着泥土和草木的芬芳气息，在晴朗的晨光中，在久病初痊之后，在温柔的恋情里……她感到一种新生的甜蜜的滋味！这滋味是幸福的，是她，这十七岁的姑娘所没有享用过的。

　　于是她沉醉着这幸福，细细地玩味着。但不幸是她很容易便会从这之间惊叹似地醒觉过来，袭上伤感般的阴影！

　　"这小河，真澄碧得可爱呀！……但故乡的却是雄浑浑的朱红色的江流呀……"

　　"这山峰上那片石头有些像我们那里的呀！……唉！故乡呢？……什么时

候我们才能够重新干起来呢？"……

可是这些阴影也很容易给周围美妙的自然和甜蜜的恋意消灭去的。在这样的生活里，你还能够兴起别的什么念头呢？外面是恐怖的世界，你只好敛起两翼，暂困守在这温馨的梦里罢！

吃过午饭了，闷热像胶住了飞扬着尘土的空间，虽然轻风在四处流动着。蝉声从木棉树上刮耳地噪着，但一些偷懒的村民们却敞开对襟的上衣，躺在树荫下面，吹着悠徐不过的口笛！

在南窗下，静躺着无力的肢体听他哼着一些醉人的诗句，不知不觉便午睡去了！

夏的晚霞渲染得整个的乡村就像画里的天国！在山麓，河岸，林中，……不等到暮霭把一切都笼罩了他俩是不想回家去的。

渐渐地恢复了早日的健康，两人开始了同居的生活了。姑母的家庭就像自己的家庭，她读着叫表弟到T城去运来的萍君的许多书籍，把秃了的笔尖写着许多能够念诵的诗词。他她还喜欢料理家务，跳来跃去地帮姑母切菜烧饭晒谷子；帮嫂嫂喂家畜，抱小孩子。

——你几时变了个伶俐的小主妇呀？我的小苹……——闲躺在屋檐下面，瞧着她忙碌着的萍君常常感了兴趣地笑起来。

而她顶高兴的是帮姑母和表弟栽种园里的菜蔬果实。她爱土地，虽然是个农女，但自来就没一片属她自己的土地让她们自由耕种！过去她们都是替地主劳作的。现在这土地是自己的，自己可以任意在上面创造着自己劳力的结晶！多有意思呀！她亲自把种子播下去之后便天天盼望它的萌芽，抽叶。整天披散着剪下辫子的短发在园里跳跃着，小心地灌水，下肥料，拔去什草，除去害虫，看看这些又弄弄那些。她自己种了两畦落花生和一片山芋，把这些当成事业似的忙着。

有时在园里她一面工作着便一面和好说话的表弟谈讲，讲的多是关于外面的世界。她比他晓得多些，他很热心地疑问着，倾听着，而她是不倦地答着、讲着。

——我们的田园宣传家又要开讲了！……站在旁边的萍君一定笑了。

每回她都谈及他们过去的一切。她努力使表弟明白革命的意义，还叫他把已经明了了的转讲给他的同伴们。

——真有这样的道理呀！……为什么我们老没想起这些呀？……——听到理想的世界的实现，表弟会高兴得来跳跃着把畦里的植物践踏着了！

——这样的世界终要到来的！……而我们现在的路线就是要革命，要斗争！……——而她的热情便和表弟一同煽动起来了。

——而我们现在只找寻着时机！——说到眼前的环境她不得不愤慨起来，怅望着云山层叠的空间！

——时机一找到了时我们这村里也可以一同干起来的吧？——表弟的热情汹涌着！

——一定的！为什么不呢？劳苦群众都是革命的同志呀！

——那我们村里可以组织×××了，完全像你所说的干起来了！呀……！

——不过干起来于你们这半地主阶级是没有好处的呵！——萍君喜欢和表弟寻开心！

——为什么呢？我们自己虽然有田地，但我们不是受着官府们、城里的绅士们压迫的么？我们要通通打倒他们呀！……而且，为了我们的同伙呀，他们真是苦呢！……

——你真是未来的斗士呀！你看，我们定归要胜利的，这真理是谁都能领悟的，除了我们的敌人！……——她高兴的几乎想揽住鼓起眼睛的表弟！

她的热情是没有泯灭的，那不过蕴藏着罢了！她和表弟天天热情的盼找着时机，她怂恿他从几里外的邻乡辗转定订来了一些报纸、杂志。

蝉声逐渐在木棉树上弛缓下去，而终于息灭了时，南国的秋风荡着嫩绿的新禾，漾起阵阵的碧波来了！这儿的气候特别暖热，现在虽是仲秋天气，但那高大的木棉和矮胖的榕树还是绿叶成荫的没有一些儿凋零衰败的样子。河沿和山谷依旧缀满茂草繁花，澄澈得可以见底的碧流只多映上一些摇曳的芦花的倒影。

可是秋的气息是宛如和盛夏不同的！人呼吸的是清爽幽凉的空气。在山野上，在山谷中，那澄碧的秋空是高旷得人的心脏都跟它一同展开了似的辽阔，天空里到处浮着村童们放起来的各式纸鸢，发出来悠徐的筝声，顺着秋风凄怨似的送进人的耳朵！

秋渐渐的深了，萧条的气象跟着渐渐黄起来的柑子一天比一天浓厚了。南国也有它的秋天的。

落花生已开过它金黄的花儿，山芋却红红的肥大着了。而就在这个时候，她不得不离开它们，离开这秀丽的乡村；而同时是和亲密了几个月的他隔离了！像秋风吹散了的一池萍儿般，两人要东飘西泊的散开了！

残秋结束了他们恋爱的美梦！

因为他生长T县，而又在那儿工作的一个叛徒，是绅士们想要食肉寝皮的逆党！他的逃亡是他们老大的痛恨，他们定要得而甘心的！而统治者们现在也连成一气，他们施行了种种联防保甲的政策想来捞回一些漏网之鱼，没有斩草除根他们的统治努力是一天不能安稳的！

冯　铿

——这烦扰苛虐的政策看看快要施行到与世无争的姑母村中来了！

革命失败了，但他得到更可宝贵的她的爱情。满拟两人屏弃了一切而沉溺在这爱情里，隐居似的度着诗书田园的生涯，这清恬自适的生涯可以使他满足，没有别的什么追求了。

但仅仅这样的生涯也成了理想的乐园，现在是完了！欢娱将成过去的云烟，不得不离开爱着的她而走上茫茫的飘泊途径！他忍不住揽着她呜咽起来！

而她可没有什么伤感！她说这正是给两人以找寻时机的机缘，沉浸在这样的美梦里是很危险的，对于他们的事业。她安慰着他，十二分期望着两人此去能够碰到各人继续干下去的机会！她的大眼睛闪着希望的光辉！这光辉激动起来他前进的力量！

两人照着筹思的计划分开了。他到 C 州和上海找些友人亲戚；她呢，远的地方她是没有一些经验，没有一个认识的朋友的，她只好走到距离不远的 P 村，在那儿他有一位很要好的朋友是当地的有力的人物，革命的同情者，他会为她设置生活的方法。

这别离一直继续到两年以后的现在。他流浪了一些地带，但他已鼓不起来过去的热情！到头在上海他投奔了有钱的表叔，得到悠闲的职业！环境渐渐洗涤去他犹豫的信念，阶级意识决定了他的人生，他是沉浸到挽回不来的深渊里了！

（十）

现在只要追忆起那柔情缱绻的一切，那紧紧揽住了而在沉默中静味着自己颤动了的心灵的滋味，真太于把人撩动了呀！

他的红唇依然会浮着蜜似的温情，颤动着炙人的情焰！然而那内心燃烧着的革命的烈火却早已完全熄灭，有的只是一堆拨不出残烬来的死灰，维持两人间的要素是没有了！于是她明白了他们间的关系，各人都站在方向相反的两个极端，中间的距离是太远了！那可爱的影象已罩上模糊的浓雾，变成不可理解的东西了！

那迷人的睡姿只有一闪起来便跟了温馨的过去一同消灭！醒觉来后她依然是顽强的她！她应该蔑视那醉人的，没有生命的过去的爱情——不，不是爱情，只是两个渺小的灵魂所紧紧纠缠着的痴恋罢了，——而从这深潭中跳出。应该把胸中的热力追求着广大的、神圣的革命的爱情！

太阳已从东方升上来。他照耀着欢欣的光芒，炫夺人的眼睛！她从露台上跑回屋里去。

他还没有起身,自闹翻了之后他尽是苍白着可怜的脸孔!昨晚上和几个无聊的友人好像到外面喝酒的样子,回来的时候叹着气流了不少的眼泪!这眼泪虽和解了她板起来的面孔,但总消灭不去她胸中的烈焰。

　　不想喊醒他,让他沉沉地找寻自己的醉梦吧!给时代遗弃了的人物她是没有法子把他赶跑了去的,虽然这是从前的恋人,同志!她也没有闲情来愤恨他,痛悼他;她只耽心着五天了,一个星期了,而炳生何以老是没有找过她一次?是他忘记了这急待援进的同伴呢,还是他碰到了别的不能抽身的事情?!

　　读着一册已经看了大半的书籍,但心神总是不能集中的常常从书中跳到别的什么上去!

　　抛了书籍跑到走栏,看看一群在地上玩耍的孩子;不时地转过头去望望马路上可有什么认得的行人,弄堂里有没有找着门牌号数的客人。

　　突然!有纪律的喊声隐隐地在耳际浮动起来!这声音散开就好像是几千万缕相似的啸声在里面颤动着,宛如繁音杂奏的交响乐!

　　这声音打动了她,它好像是从她那刻下在脑膜上的唱片里开唱出来的一样!为什么她感到那声音这样的熟识呢?那不是群众的呼声么?不是示威巡行的呼声么?……

　　她即刻记起来今天是×月×日,是个伟大的纪念日!三年以前的今天她正高撑了一面光明的旗帜,和群众们在 T 城的狭小弯曲的巷道上,热狂的号喊着,跳跃着哩!呀,多伟大呀!……这记忆激荡着她,兴奋起来了!但现在,在这儿,不是白色恐怖下帝国主义践踏着的地带么?难道勇敢的群众能够在这儿举行纪念的仪式么?这儿的同伙们已经组织成这样强有力的队伍么?……

　　那是自己的幻觉吧?但啸动的呼声是一阵比一阵越发清晰地送进她的耳膜、镌进她的心灵!那震荡着空气、刺破高高的蓝空!激越地,雄浑地送来了!

　　那蕴藏已久的烈焰现在在她的心头爆炸开来!血管里汹涌着急流的热血,灵魂快要飞越出这颤动的躯体般,强度的兴奋着!

　　再也没有踌躇,她流水似地泻下了几十级楼梯,冲向门外去了!娘姨从橱下跑出来替她把门关上,睁着惊异的眼光一直送她出了弄堂!

　　穿过飞驰来去的人堆中找寻她的目的物,跟了怒潮起伏的吼声走去,转过了马路,在大的铁桥上,在眼前滚着一条闪耀着春日的光辉的,江流似的群众的队伍!

　　血红的,一别三年而现在像碰了爱人似的可爱的旗帜,在这江流上面被高高地撑起,迎着春日的和风,张开了翅膀般在群众头上飘展着!

　　——哟!……

冯 铿

披到颈上的乱发飞舞起来,大的眼睛闪射着无限的光芒,高举起两只臂膀,害了热病似的狂热她冲进整然进展的队伍怀中!

哗然的腾跃起来,好像几千百个被打进了过量的气体而同时爆破开来的球胆般,她的声音混进这样的喊声里了!!好像把两年以来闷积胸头的东西都吐出来混进这里面了!

从一位同伴的肋下抽来一束彩色的纸张,跳着把它向空中一掷!因风飘荡的纸张纷纷地散进行人的手上,袋中,也有些飞过了桥栏,飘下在河水上或舣集着的河旁小舟上。

喊着跳着,她越过许多同伴的身旁,冲进前面,现在已经跑进旗帜下面了,她歪仰起头儿,旗的阴影落在脸上,上面罩着晴朗的春天的蓝空!

群众的队伍向左转去,黑蚂蚁般的敌人们渐渐从各方麇集了来,整然的队伍分成断断续续的几个段落,但这好像一条虽被砍断,但还转动着的百足之虫,没有力量能够把它一时完全弄僵!

暴力渐渐压下来,斗争于是开始了!粗大的棍儿从各人的头上身上滚下,但粗大的拳头和怒跃的喊声却又把它岔开了去!又渐渐地布的衣服给撕裂了,领带给扯得歪在一边,到后来枪刀的尖端接触到人的肉体,鲜红的血滴沿着愤怒的脸孔和撕破了的上衣的胸膛,纵横的流了下来!

前进、前进,呼喊,呼喊!斗争继续了整个钟头!

强暴的手腕抓住了她的颈顶,粗大的东西黑压压地从脑门上压了下来!一切都在眼前晃乱,跟着是沉向茫茫的黑暗中去!但她紧紧地抓回来自己的知觉!

她感到自己好像一条伸张着的皮带,紧张不过的在极度强力的两端中间挣扎着!

已经断绝了般从一端松解下来!她睁开眼睛!

——呀!……是你?……——你把我从敌人的腕中夺了回来!!

她碰着那个日夕盼待的同伴,但只有一瞥间他已跳进另一堆人丛中去了!

(十一)

她碰到炳生,在扰攘的群众中她紧紧跟了他左右奔突,巡行的目的已达到相当的成功,由四方满满地滚来的敌人的鹰犬们,把队伍零落地冲散开去!

窜过几条街道,两人一前一后地转进一条安全地带的僻静小巷。

——好同志,我们来握一握手罢!真是个勇敢的女斗士呀,——他回过头来笑嘻嘻地站住了。

她赶上去满心欢喜地伸出手儿来。他们紧紧抓住各人的手掌，四只眼睛都闪动着意外高兴的光彩！

——你对不住我呀！为什么抛了你的同伴不想援进她？……

这时她才注意到他身上穿着一套蓝色的工人布服，拖了一对塌着后跟的破鞋子，脏了的打鸟帽低低地复在头上，不是仰起头来是瞧不清脸孔的。他的上衣领已给撕裂了两寸光景，还涂上许多灰尘，显得来有些狼狈的样子！于是她伸着手来替他把撕裂的地方摺下去，为他拍去了污尘！

他也笑着把她端详了一下。她依旧是船中那个布衣短裙的姑娘，不过现在在沾上许多尘土的乱发下闪动的是两颗特别射着热力的大眼睛，右颊上浮着一片青紫的伤痕，这是刚才她斗争遗下来的痕迹！他们不敢久站着对谈，他叫她把身上弄整齐一点以免引起人家的注意后便一面谈着一面跑去。

——那会忘记了你呢？这有许多特别的原因呵！我老是记挂着你哩！……——他现了一种着急的神情忙着向她解释。把打鸟帽的舌头拉得更低下了。

他说自上岸之后一直忙到了现在！那是刚刚碰到了这儿一所工厂的工人向敌人斗争的缘故。他参进这个斗争，受着党的指令指引工人前进，是忙得来连抽身都没有余裕！

——现在这斗争是怎样了呢？真大懵然了，我是一点都不知道呀！——她着急着。

——……现在么？等着罢！那时几千个工友是烧起了对资方愤恨极了的毒焰！资方把他们的精血吸收净尽，一旦不需要了的时候便像渣滓般吐了出来！他们把厂的铁门关上了说是停止营业，把工友们的衣包、破被都丢了出来滚满街头，不管他们眼前的死活！于是工友们明白了来，向资方请求是得不到一丝怜悯的，眼前只好把生命来作最后的斗争！他们咆哮起来，暴动起来！群众向潮水似地卷去，要凭着暴力冲开了牢样的工厂的铁门，把属于群众的工厂抢夺了来，把里面的钢铁都恢复它们的运转！……呀！你想是一次怎样伟大的斗争呀？……——他的拳头不住地在空中挥舞着！

——呵！真是令人奋起的热力呀！……

眼前的他也不是船中那个孩子模样的炳生，而是颗炸弹似的，巍岸的战士！

他说当时的斗争终于遭来了敌人们的高压！统治者的帝国主义驶来无数的铁甲车，满满地装着武装的鹰犬们！但群众没有退却，没有流血是不能完成伟大斗争的，不牺牲他们也是找不到生活的出路的！斗争已达到尖端，没有爆发开来是不能缓和下去的！机关给手指拨动了，枪弹从前方扫射了来！

——呵呵……!"躺下去,躺到地上仍旧滚前去呀!同志们!"我这样喊着!滚热的子弹嗤嗤地从身上飞过,烟雾溺漫了周遭。呀!……——他起劲地喊着,但立即醒觉到这是在路上,连忙放低了声音!

——这儿,现在有了这么热烈的斗争吗?那我们的时机不是快要到了么?!——她跃动着新的热力。

——这儿的明争暗斗现在是一秒钟都在飞快的进展着呢!现在不比从前了,劳动群众都明白和急需伟大的斗争了!

只有十天,在这上岸后短促的十天中他是干了许多繁重的工作,经验了伟大的斗争,而现在是个肩了重任的勇敢的斗士了,但自己呢,自己在同样的十天中除掉领略一些温情的残烬,为渺小的恋情苦闷着之外还会得到什么呢?……不是只有一个空虚的心脏么?……

她真惊悚起来了!自己若不再紧紧抓住眼前的时机,献身给伟大的事业,抛弃了过去的迷梦,追求着时代的热烈的,群众的爱情,……那不用几个十天,几个一月,便会把自己跟着已经没落的他,一同沉进不能自拔的黑暗里去了!

她决定不回家去和他告别,应该忘记了他,忘记过去迷人的温馨的梦境!那残余的恋情还像一缸甜甜的蜜汁,假如自己再事贪恋,那就会跌下去给它胶住了!

——现在就请你带我到我们的组织里去罢!介绍我给同志们罢!

他把她凝视了一下,接着是高兴地笑了。

——一定的,一定的!……外面的世界才是空旷的,我们的事业才是伟大的!你忘怀了那狭小的家庭罢!唯有群众的爱才是我们所需要的。……好,我真喜欢哩,我们现在才是亲爱的同志呀!……

若不是在这不自由的路上,那他们两个定又紧紧地把手儿握住了!

(十二)

现在她依旧缚着三年以前那条短裙,插着那支秃了的自来水笔。但多着的是现在头上歪戴了一顶天青色的小绒帽子。

三年的光阴没有吞蚀了她身上的一切,她依旧燃烧着比从前更加猛烈的青春的热力——这热力支配着她的全身,不是时光这东西所能够把它推移,而是跟着时代进展的!

而三年以后的现在可和三年以前的过去有了不同,不同的不是她的外表而是她的内心。现在她脑上充实了越是精确、深邃的宝藏,两脚踏过了越是丰富的人生经验,而仅仅在这重新担负起工作来的十多天后,她的精神飞速着新的进展哩!

现在她坐在湫隘的亭子间里,外面是一方狭窄的,昏暗下来的天空,和一条不大器什然而污秽了的弄堂。刚下过一阵春雨之后的天空虽从阴郁的颜脸上好像绽开了一痕笑意,但黄昏的来临又把它弄成逐渐灰黑的样子。

刚从××工厂的门前,一堆躺着的泥土上面跳下,飞转了几条街道,才安全地赶回这里来!

在那堆坟起的泥堆四周,围住一群由厂里放工出来的男女工人。在堆上站着她,一面散发着彩色的纸张一面高声地喊着沉重而扼要的话句。

沉重的语句沉重的压进工人们的脑袋,闪耀着光芒的大眼睛射刺着他们的心房!

正在这个时候袭来了一阵恶浪,鹰犬们黑压压地冲上来,把围成密密层层的圆环子冲散了!

她的话头虽被打断,但种子是已经播下的了!那彩色的纸张说不定此刻正给他们捧着,细心的读着吧!

想着她便微笑起来,却不忙把沿着帽沿滴下的雨水揩干。

她再想起今天已经做过的各样事情。

早上阅读了许多必要的刊物,嚼了两个热烘烘的大饼,便跑到一所平民学校去授了两个钟头的功课。

几十个工农的子女围绕在她身旁,对着这些未来的小同伴,她是更加感到人类的热爱的,这像整个能够把她吸引了去,推动出来热力的集团。

过去两个年头她所以能够度过沉默的时光的就是她的心灵已给那些同样的小生命溶合了去,在P村,在那地滨南海的海湾,无垠的沙滩上跑跳着一群皮肤赭黑的孩子,沙地上纵横晾晒了渔人们张开来的黑网子,发了腥秽的,然而已经闻惯了的气味。在阳光射照得闪耀起来的沙滩上,她曾和小同伴们度过了不能忘的村岛的生涯。

现在虽不能暗见那些未来的渔人,但她完全不用挂念着他们!无情的生活自然会教给他们一些伟大的真理,当着革命高潮重新起来的时候,他们自然会裸着赭黑的胸膛,臂膀,起来加进这队伍中来的。

其次她想着参加一个工会的罢工会议!他们那果决勇敢的态度和生死干去的精神使她对整个的事业感到无限的热望!她尽着力量贡献给他们一些意见。

会散的时候已是午后二时,肚子虽饿,但她还有一件比吃饭更加重要的事情在等着去干,连忙又赶到工人区一所破草屋的女工家里。

——来了呵!好同志!我老等着哩!

冯铿

  在那没有太阳也蒸发着一种腐坏似的气息的小屋里，女工阿玉跳起来握住她的手儿。

  阿玉是个很难看的女工！高高的颧骨耸出在三角形的瘦脸上。但她在另一方是有了比明眸皓齿的姑娘们更加优美百倍的精神。她有着对革命的正确理解和对生活不平的愤懑，这愤懑的毒焰燃烧着她要斗争的势力！

  她是××工厂内党的区分部的执委，也是那儿几百个工女的领导者。

  ——怎样呢？进行的结果？！……——她还没有说完，对方的答案已冲出口来。

  ——胜利给我们把握到了！……

  于是在纸张，沙沙地飞跑着那秃了的笔尖，照例她的头儿又不知不觉地歪着。

  ——真高兴死呀！照这样子看来只要三天以内便会成功这计划了，这全亏了你，真是个了不得的能手呵！……

  ——你称赞你自己罢！没有你的指示我如何进行呢？……

  她们笑了。

  ——不是还没吃中饭的样子么？一开完那儿的会议就到这儿来的罢？

  ——真有些饿了，有什么就给我弄点来罢！

  坐下在阿玉的破凳子上，她一面吃着热腾腾的汤面一面和她谈论着关于这事情的话儿，十个铜子一大碗的汤面此刻是香甜极了的东西。

  别了阿五，跑去把这报告转达之后又在那儿把脑袋工作了一两个钟头，接着是和同伴们分头向放着尖锐的汽笛声的工厂门前跑去，而在逃回来的路上给淋了一场春雨！

  她仰望着天空，天空虽然哭丧着脸孔，但经了一天工作的紧张和疲劳，此刻能够安闲地坐着，想着已经做过的一天的工作，真是快乐不过的时间了！

  阴郁的天空并没有消失去她脸上挂着的笑痕！

  足步声从前楼一直响进这亭子间里，走来一个身躯高大的人物。他穿了一件不称身材的污渍的长袍子，这人是进出都要更换他的服装的，在外面你碰到他时是不容易一下子就给你认出来的。他的瘦陷下去的眼眶里凝结着尖锐的光芒，头发是毫无光泽的粗乱着。全身的胴体是伟岸的工人的骨骼，是神采奕奕的健康者。

  ——回来了，同志！今天散了许多宣言吧？——他的声音尖锐得和他的眼光一样，总之他是个沉毅机敏得力的同志，他阔大的肩膀上挑上一担很重的担子！他是和生，执委会的委员，是这儿第×分部的部主任，是炳生的哥哥。

  ——散了许多哩，同志！今天你的工作完毕了罢！

——还没有呵!就要出去的。——他笑着把手里的一束文件交点给她。——你还不把雨水揩干,湿在头上是不好的呀!——他替她除了帽子来。

晚上,在灯光下面她们又开始各人的工作了。在前楼的办公桌上沉着和生的尖锐的眼光,同志们的低下的脑袋;楼下的暗室里响着纸张起落的微小的啸音和别的一些声息……而在狭小的亭子间里,歪着头儿的她正飞动着那秃了的自来水笔。

这儿的生活是没有固定、刻板的,整个的工作是天天在进展着,跃动着!是刻刻在创造着新鲜的,扩大的生命热力!

(十三)

"杭育呵!……杭育呵!"

码头上依旧麇集着蓝色的一团团,交织往来的河流劳苦群众依然在消耗他们的血汗!……然而,不同了,老大的变更了!从他们的啸声里她听出来有愤恨的毒焰,喊着准备斗争的声息了!

一月来革命的洪涛激荡着黄浦江头,整个的无产群众胸中重新溅起来醒觉的浪花!时代已快到它阵痛的境地,呆然躲着的胎儿只要一到它成熟的时机就会一阵比一阵更加剧烈地挣扎着、翻动着,从旧的母体里诞生出来新鲜的生命!

而这一月来正开始了频繁的,猛烈的胎动!

烟囱依旧笔直地耸立在无数的劳力上面,但缕缕的黑烟已混着伟大的力量弥漫了天空。空中已包孕着浓春的风光,天是蓝蓝的澄朗着,暖阳射出来热力与光明;地上的空隙处都茁长了野花小草!电线底下的枯枝也抽出嫩绿的新芽!

而这一月来在她的生命上也长出新的嫩叶!她从迷梦中解放出来自己伟大的热力,达到了重新起来干着的目的!

她的生命现在不是她自己所有,但也不属于任何一个谁!那是已经交给了伟大的群众,像一根纤维般被织进一匹坚韧的布匹,永久的变成集团里的一员,而这集团便是推进那胎动的整个的原动力!!

受了党的指令,现在她是被遣派回到C江一带工作去。

×××的组织已遍满中国各地的农村!×军像春雨后的笋儿般茁长出来变成一支支强有力的武器!土地重新在铁蹄底下翻动起来!再次的醒觉了的农民们热烈地需要他们自身的斗争与创造了!

C江一带的农村已照满了火的光辉与热力!现在不是三年以前了,时代已运转到新的阶段了!

回到故乡,回到给黑暗掩复了而现在是透出曙光的故乡去创造未来的光明!回到给铁蹄践踏着而现在是掀动起来的故乡去把敌人歼灭,开辟前面的坦途!……呀,那真是太令人狂热的工作,太令人高兴的工作呀!……

她的大眼睛会依旧和亲爱的农民们相见,激越的声音会依然混进那咆哮起来的喊声里,而一同建立起来他们那实现了的天国!如果说她的生平没有尝试过这样伟大的愉快,那此刻的她真好像高兴得胸头煽动着熊熊的一团火焰!

汽笛的叫声已尖锐的从江面回响了来,机声嘈乱了,庞大的船身开始微微地转动了!

她和同行的两个同志倚着船舷,船身开始在水面上划着白的痕迹,看看溅起浪花来了!

——小苹同志!现在我们又是船中的伴侣了!真高兴呀!——炳生转过头来对她笑着。

——但现在我们是紧紧地团结着,走向新生的路上呀!——她也笑了。

——看呀!上海已给苍茫的天海遮断了!另一个同志把手指着说。

这时,在小苹的脑里,在她的眼前,交互的闪耀着两道鲜明的光辉!

她看见在这天海苍茫消逝了去的上海正射着工人们重新啸动起来的光芒,伟大的爆发快要炸开来!

同时,在这海天苍茫的另一处尽头,无数的农村照耀起来一轮重新升上来的红日!

而整个的世界都在这光辉里面重新啸动起来!!!